ANDREA SCHACHT

Mord im Badehaus

Buch

Die Bademagd Molly war allseits beliebt – besonders bei Männern, denn sie geizte nicht mit ihrer Gunst –, aber nun ist sie tot. Ermordet! Myntha, die Tochter des Fährmanns von Mülheim, ist entsetzt, als ihre Brüder ihr diese Nachricht bringen. Verdächtige gibt es genug: zum Beispiel den Pfarrer, der Mollys Dienste gerne genossen hatte, oder der Hauptmann der Wache. Doch als Myntha klar wird, dass auch ihre beiden Brüder die schreckliche Tat begangen haben könnten, ermittelt sie auf eigene Faust – und stößt auf ein tragisches Schicksal und einen verzweifelten Täter…

Autorin

Andrea Schacht war lange Jahre als Wirtschaftsingenieurin und Unternehmensberaterin tätig, hat dann jedoch ihren seit Jugendtagen gehegten Traum verwirklicht, Schriftstellerin zu werden. Ihre historischen Romane um die scharfzüngige Kölner Begine Almut Bossart gewannen auf Anhieb die Herzen von Lesern und Buchhändlern. Mit *Die elfte Jungfrau* kletterte Andrea Schacht erstmals auf die SPIEGEL-Bestsellerliste, die sie seither mit schöner Regelmäßigkeit immer neu erobert. Sie lebt mit ihrem Mann und zwei Katzen in der Nähe von Bonn.

Weitere Informationen unter: www.andrea-schacht.de

Myntha, die Fährmannstochter bei Blanvalet:

1. Die Fährmannstochter
2. Die silberne Nadel
3. Das Gold der Raben
4. Mord im Badehaus
5. *in Vorbereitung*

Andrea Schacht

Mord im Badehaus

Historischer Roman

blanvalet

MIX
Papier aus verantwortungsvollen Quellen
FSC® C014496

Verlagsgruppe Random House FSC® N001967

1. Auflage

in der Verlagsgruppe Random House GmbH,
Neumarkterstr. 28, 81673 München
Redaktion: Rainer Schöttle
Umschlaggestaltung: © Johannes Wiebel | punchdesign,
unter Verwendung von Motiven von Shutterstock.com
(© Everett-Art) und Bridgeman Images (© View of the town
of Cologne, from the Chronicle of Nuremberg by Hartmann Schedel,
1493 (colour wood engraving), German School, (15th century)/
Bibliotheque Mazarine, Paris, France/Archives Charmet;
© The Ferryman's Daughter, 1869 (oil on canvas), Brooks, Thomas
(1818–92)/Private Collection/Bourne Gallery, Reigate, Surrey)
HK · Herstellung: sam
Satz: Uhl + Massopust, Aalen
Druck und Bindung: GGP Media GmbH, Pößneck
Printed in Germany
ISBN 978-3-7341-0379-7

www.blanvalet.de

Dramatis Personae

Myntha, Fährmannstochter von Mülheim, die ihre vorwitzige Nase gerne in die Angelegenheiten von Schöffen steckt.

Reemt van Huysen, Fährmeister von Mülheim, der gerne Geschichten vom Rheingold spinnt und von den Rheintöchtern träumt.

Witold und Haro, seine Söhne und mannhafte Ferrer, die gewissenhaft ihre Kunden über den Fluss setzen.

Enna van Huysen, Mynthas Großmutter, die am Herd sitzt und die Nibelungensage rezitiert.

Frederic Bowman, Herr einer Rabenschar, düster nach außen, doch einem Freund ein guter Freund.

Henning, Erbsohn von der Löwenburg, der zu seinem alten Selbst gefunden hat.

Agnes, Comtesse de Malesdroit, die ihr Geheimnis preisgibt.

Bilke, Mynthas Schwägerin und Freundin.

Lore, kratzborstige Köchin im Fährhaus, die langsam ihre Borsten verliert. Aber bei Weitem nicht alle.

Cedric, der Tuchhändler, der keine Angst vor kratzigen Borsten hat.

Molly, beliebte Bademagd, die einem Mörder in die Quere kommt.

Juppes, der Bader von Mülheim, der sein Unternehmen mit kluger Hand führt.

Thyn von Bramberg, geschäftstüchtiger Schöffe des Amtes Porz.

Johannes vamme Creutz, ambraduftender Pfarrer von Mülheim.

Gevatterin Ellen, wohlinformierte Unternehmerin mit Geschäftssinn.

Leander, Marians Sohn, der gelegentlich durch seine Manieren bezaubert.

Die Sybilla, eine alte Heidebewohnerin, die Ratsuchenden Rat erteilt.

Imme, Sybillas Lehrtochter.

Adolph von Lunerke, ein runder Ritter mit Beziehungen.

Holk, Pferdemeister von Lunerke mit einer kräftigen Rechten.

Beatrix, eine Dame mit seltsamen Manieren.

Johannes von Odenhausen, ein stattlicher Ritter, der einen unerwarteten Knappen bekommt.

Berenice, Witwe des Ritters von Enzenberg, die Leanders und Hennings bezaubernden Manieren erliegt.

Bernolph von Dalberg, ein schwarzer Ritter von Gestalt und Charakter.

Thure von Heerdt, ein Kaufmann, der einen Verlust erleidet.

Rickel und Swinte Moelner, Geschwisterpaar, das auf eine ganz eigene Art um Mynthas Hand wirbt.

Robb und Crea, **Ron und Cress**, **Raky und Creky**, Frederics Wachmannschaft.

Mico, der obligatorische Kater, dem eine Pfote abhanden gekommen ist.

Und natürlich:

Alyss vom Spiegel und **Master John** mit ihren Kindern **Thomas**, **Jehanne** und **Gauwin.** Und **Marian vom Spiegel**, der Herr des Handelshauses am Alten Markt.

Vorwort

Die Badehäuser im Mittelalter, so macht man uns gerne glauben, sollen Brutstätten des Lasters und der Unsitte gewesen sein.

Schon möglich.

Aber sie waren auch Stätten der Geselligkeit, der Sauberkeit und Gesundheit. Gar so muffelig war die mittelalterliche Gesellschaft nämlich gar nicht. Man planschte gerne. Und das auch in angenehmer Umgebung. Dazu gehörten nicht nur die großen Bottiche mit heißem Wasser, sondern auch die Schwitzkammern und die Barbierstuben. Das Personal bot allerlei Dienste an in jenen Wellness-Oasen. Muskelwalken, Haarewaschen, Körperenthaarung, auch kleine chirurgische Eingriffe gehörten zu den Aufgaben der Bader und ihrer männlichen und weiblichen Hilfskräfte. Es wurden Getränke gereicht und, wenn gewünscht, kleine Imbisse bis hin zu ganzen Mahlzeiten. Und ja, ein bisschen Sündigen gehörte auch dazu.

Geschäftsleute trafen sich in der Bütt, und sicher wurde da im warmen Wasser auch geklüngelt. Aber das wurde es auch anderswo. Andererseits – die Arbeit war hart im Mittelalter und ein heißes Bad eine angenehme Entspannung.

Erst als nach der Entdeckung Amerikas auch neue

Krankheiten nach Europa kamen – vor allem die Syphilis –, geriet das Baden in Verruf, denn in den Bottichen verbreiteten sich die Krankheitserreger in großer Geschwindigkeit.

Eine andere Plage des ausgehenden Mittelalters war das Auftreten der Raubritter. Die ritterlichen Tugenden verkamen allmählich, vermutlich deshalb, weil es nicht mehr genug auskömmliche Lehen gab. Ein mageres Stück Land mit ein paar halb verhungerten Pächtern erlaubte keinen gehobenen Lebensstil mehr. Das Herumreisen, um bei Turnieren Preisgelder zu ergattern, war anstrengend und barg Gefahren für Leib und Leben, die reichen Pfeffersäcke in den Städten aber sahen zunehmend hochnäsig auf die armen Ritter hinab.

Reiche Handelszüge lockten mit kostbaren Waren aus aller Herren Länder.

Und so mancher Ritter befand, dass ihm einiges davon zustand.

Die Handelszüge wappneten sich, und wenn ein Ritter bei einem Überfall ertappt und Anschuldigung gegen ihn erhoben wurde, dann verlor er seine Ritterwürde.

Was peinlich für ihn war, wie man sehen wird …

1. Kapitel

Badermeister Juppes war rechtschaffen müde. In seiner Badestube war viel Betrieb gewesen, und einige Gäste hatten gerade seine Dienste in Anspruch genommen. Der Hauptmann der Wache hatte sich eine lästige Warze entfernen lassen, die sich gemeinerweise an seinem Hintern gebildet hatte. Pfarrer Julius, ein neuer Gast in der Badestube, hatte mit besonderer Aufmerksamkeit behandelt werden müssen. Zum Glück war der geistliche Herr nicht besonders prüde und hatte sich genauso wie die anderen Besucher ausgezogen, um sich im Schwitzraum mit Birkenreisern massieren zu lassen. Das allerdings hatte Molly getan und, wie Juppes bemerkte, zum großen Vergnügen des Pfarrers. Ebenfalls mit äußerster Vorsicht hatte Bader Juppes den düsteren Rabenmeister behandelt, der eine Bütt für sich hatte. Zu ihm wollte sich niemand setzen, obwohl Molly ihm ein Tablett mit einer üppigen Portion gebratener Hühnerschenkel aufgetischt hatte. Erst als die beiden Fährmänner Haro und Witold eintrafen, füllten sie seinen Bottich und bedienten sich an den Hühnchen. Auf seinen Wink hin brachte Molly ihnen einen frischen Krug mit kühlem gewürztem Wein und der Baderknecht einen mit kochend heißem Wasser. Die anderen Gäste brauchten weniger Aufmerksamkeit. Hier und da eine Rasur – mitten in der Woche eher selten –, einige kleinere Operationen, Walken und Kneten, Zupfen und Rupfen – der Hauptmann legte Wert auf einen exakt geformten Bart. Das Haarewaschen bei den Weibern überließ Juppes aber lieber Molly, denn das Geschwätz beherrschte sie besser als er. Nicht dass nicht auch die Männer redeten, aber ihre Themen waren ernster und wichtiger. Na ja. Nicht alle …

Juppes nahm einen Schluck von dem gewürzten Wein und seufzte zufrieden. Es mochte zwar ein anstrengender Tag gewesen sein, aber die Einnahmen stimmten. Er war stolz auf sein Badehaus – es war reinlich und bot einigen Komfort, die Knechte und Mägde waren gehorsam und fleißig, sein Ruf untadelig. Auch wenn Molly ihre ganz eigenen Dienste anbot. Man musste so etwas haben – die Männer brauchten eben weiblichen Zuspruch, und Molly hatte, neben ihrem kecken Auftreten, auch eine mütterliche Art, und nicht wenige suchten Trost in ihren Armen. Als Gegenleistung vertrauten sie ihr allerlei Dinge an, die sicher sonst nicht über ihre Lippen kamen. War etwas von Bedeutung darunter, gab Molly es dem Bader weiter. Juppes behandelte die Hinweise vertraulich, zog aber gelegentlich Nutzen daraus.

Nicht dass er jemanden mit seinem Wissen unter Druck setzte, nein. Aber manchmal brachte er Leute zusammen, von denen er wusste, dass sie sich gegenseitig nutzen konnten. Und wenn er dann ein paar Silberstücke als Dank erhielt, wehrte er sich nicht dagegen. Und Molly erhielt auch regelmäßig ihren Zehnt von den Einnahmen. Sie war ein kluges Weib und hortete ihre Münzen. Wenn einst ihre Reize verblasst waren, wollte sie bei Gevatterin Ellen die Aufsicht über die Wäscherei übernehmen.

Als der Weinbecher geleert war, machte Juppes sich daran, das Badehaus abzuschließen. Dabei prüfte er, ob alle Feuer gelöscht waren, und als er in die Schwitzkammer trat, sah er Molly auf der Bank sitzen.

»Molly, noch hier? Die Gäste sind… Molly?«

Als er näher trat, packte ihn das Grauen.

Molly war tot!

Juppes löste sich aus seiner Starre. Als Bader war er mit vielerlei Verletzungen vertraut, und hier hatte jemand Mollys Hals zugedrückt. Die dunklen Male waren unübersehbar, auch die anderen Anzeichen sprachen von Erwürgen. Er wurde nachdenklich. Mollys Tod konnte man nicht vertuschen, dazu war sie viel zu beliebt. Also musste er den Mord melden. Wer war zuständig? Der Hauptmann der Wache? Der war anwesend gewesen und hatte einen kleinen Disput mit Molly gehabt. Der Pfarrer? Der hatte sich ebenfalls mit ihr unterhalten. Dieser Rabenmeister? Da rührte man besser nicht dran. Die beiden Ferrer? Die hatten Mollys Dienste auch gerne in Anspruch genommen. Aber Reemt, der Fährmeister, der war an diesem Nachmittag nicht da gewesen, warum auch immer. Ihm könnte er die Sache melden.

2. Kapitel

»Nein, Ihr könnt nicht aufstehen. Nein, die Rheinnixen rufen Euch nicht. Nun bleibt doch endlich liegen. Himmel, Herrgott noch mal!«

Myntha hatte alle Hände voll damit zu tun, ihren fiebernden Vater im Bett zu halten.

»Dann lass mich wenigstens zum Acker gehen. Dort liegt bestimmt das Rheingold. Ich will nicht, dass der Bauer Egbert es sich unter den Nagel reißt.«

Reemt hustete, und Myntha schob ihm eine der Pastillen über die Lippen, die der Krudener für sie gedreht hatte. Gegen Husten halfen sie wirklich gut. Gegen das Gefasel vom Rheingold leider nicht.

»Ich richte das Bett noch mal, und dann schlaft Ihr bitte eine Weile. Ihr habt Fieber, und der Husten hört sich schrecklich an.«

»Aber ich muss …«

Wieder zappelte Reemt sich aus den Kissen.

»Myntha!«

»Jetzt nicht, Agnes.«

Myntha wollte die ältere Frau aus dem Zimmer schicken, aber diese blieb am Bett stehen und reichte ihr einen dampfenden Becher.

»Ein Heiltrunk, Myntha. Einer, der den Schlaf fördert.«

Er würde ihrem Vater auch wüste Träume schenken, aber was sollte es. Besser, er träumte vom Rheingold, als dass er aus dem Bett kroch und danach suchte.

»Trinkt das bitte. Es ist süß und würzig und wird Euch helfen.«

Misstrauisch schnüffelte Reemt an dem Getränk, aber widerwärtig schien es nicht zu sein. Der erste Schluck überzeugte ihn, dass Kräuter, eine gute Portion Honig und Wein darin waren, also trank er den Becher aus und ließ es zu, dass seine Tochter und die Pilgerin die Decken um ihn feststopften. Wohlige Wärme und Müdigkeit umfingen ihn, und er glitt in einen traumbunten Schlaf.

»Viel Mohnsaft?«

»Ausreichend.«

»Danke, Agnes. Er ist so stur und uneinsichtig, wenn er krank ist.«

»Nicht nur dann.«

»Auch wieder richtig. Aber wenn er fiebert, ist es besonders schlimm. Nur gut, dass er die Fähre nicht mehr bedienen muss. Ich kann mich erinnern, als ich ein Kind war, da ist er einmal mit hohem Fieber bei Eisgang und Sturm losgezogen, um eine hohe Dame überzusetzen. Ich weiß nicht, was damals passiert ist, aber seither glaubt er, die Rheinnixen würden ihn rufen und er würde das Gold der Nibelungen finden. So ein verrückter Mann«, sagte sie und wischte ihrem Vater lächelnd die Haare aus der Stirn.

»Ein mutiger und gütiger Mann«, flüsterte Agnes und strich die Decke glatt.

»Ja, das ist er auch«, antwortete Myntha leise. »Ich

glaube, wir können ihn jetzt seinen Träumen überlassen.«

»Er wird die Nacht durchschlafen.«

Bevor sie jedoch die Kammer verließen, naschte Myntha noch rasch eine der honigsüßen Hustenpastillen, die so köstlich nach Salbei und Pfefferminze schmeckten.

Ein prächtiger Aprilregen fegte gegen die Fensterläden, und der Sturm dazu heulte im Kamin. Neben der Feuerstelle in der Küche hockte Enna und schmierte Schmalzbrote. Als Myntha eintrat, begrüßte sie sie mit den Worten:

»›Bevor von Tronje Hagen den Schatz also verbarg,
Da hatten sie's beschworen mit Eiden hoch und stark,
Dass er verhohlen bliebe, so lang sie möchten leben:
So konnten sie's sich selber auch noch jemand anders geben.‹«

»Tja, Enna, das sag mal meinem Vater.«

»Warum? Er kennt die Mär von Siegfried und Kriemhilde doch.«

»Im Augenblick ist es wieder mal keine Mär für ihn.«

»Will er nicht im Bett bleiben?«, fragte Lore, die Scheiben von einem fetten Schinken schnitt. »Hilft Agnes' Mohnsaft nicht?«

»Doch, er schläft jetzt, aber er hat zuvor ordentlich Aufstand betrieben. Erst wollte er in den Rhein, dann auf Bauer Egberts Weizenfeld.«

»Warum gerade dorthin?«

»Tja, das ist seine neueste Geschichte, an die er selber glaubt. Hätte ich sie ihm nur nie in den Kopf gesetzt, um diese blöde Reliquiensache aus der Welt zu schaffen, die Pfarrer Julius den morschen Knochen angedichtet hat.«

»Ich finde es spannend, was er da so über den Prinzen der Heiden erzählt. Jedes Mal, wenn er davon anfängt, nimmt sie einen neuen Verlauf. Letzthin kamen die Trolle darin vor, die eine junge Maid gefangen hielten.«

»Sein Einfallsreichtum ist unermesslich.«

»Bringt mal einer Brote und Schinken in die Gaststube?«, fragte Lore.

»Nicht bevor ich nicht einen Happen davon gegessen habe. Ich bin halb verhungert.«

»Du hast heute Mittag Würste und Kraut gehabt.«

»Die Würste hat Mico gefressen …«

»Was fütterst du dieses dreipfotige Untier auch ständig?«

»Er ist so klein …«

»Er soll in der Vorratskammer die Mäuse fangen.«

»Macht er doch. Hast du dich nicht über eine tote Maus in deinen Schuhen aufgeregt?«

»Die ist von selbst darin gestorben.«

»Ja, ja, an Altersschwäche. Lass uns nicht um eine Scheibe Schinken zanken, das Brot schneide ich mir schon selber ab.«

Lore knallte zwei dicke Scheiben von dem Schinken auf ein Brettchen, legte eine Senfgurke dazu und füllte einen Becher mit Rotwein.

»So, das muss reichen!«

Agnes nahm sich zwei Schmalzbrote und streute sich reichlich gebratene Zwiebeln darüber. Auch sie bekam von der Köchin mit finsterem Blick einen Becher Rotwein hingeschoben.

»Warum ist sie denn so ungehalten?«, flüsterte Agnes.

»Vermutlich, weil wir sie alleine gelassen haben und Haro und Witold sich nur um die Getränke kümmern. Da werden die Gäste manchmal übermütig. Beeilen wir uns mit dem Essen, damit sie was zum Kauen kriegen.«

Kaum dass Myntha ihr Mahl beendet hatte, griff sie nach den beiden großen Körben mit Broten und Schinken und trat in die Gaststube. Sie wurde mit Johlen begrüßt, und das Essen wurde ihr aus den Händen gerissen. Agnes sammelte die Münzen ein, die fröhlich in ihrem Beutel klingelten. Es waren Bauern aus der Umgebung, aber vor allem Fischer, die sich eingefunden hatten. Die meisten unterhielten sich friedlich über ihren Fang, das unstete Aprilwetter, die Netze, die immer wieder geflickt werden mussten, die Reusen, die heuer gut gefüllt waren, und die Preise für Lachs und Aal. Nur einer saß alleine in einer Ecke.

»Dir einen guten Abend, Alrik. Möchtest du auch ein Schmalzbrot? Mit Schinken oder mit Zwiebeln?«

»Ziwwln«, nuschelte der Mann, was zu gleichen Teilen seinem Charakter und seinen fehlenden Zähnen geschuldet war. Myntha reichte ihm das Gewünschte und sagte mit süßlichem Tonfall: »Möge es Gott Euch vergelten.« Und deutlich schärfer: »Und Agnes wird Euch dafür einen Pfennig berechnen!«

»Gaunerei.«

»Zahlen wir nicht auch pünktlich für deine Aale?«

Alrik grummelte noch einmal unüberhörbar: »Weibervolk!«, zückte aber seine Börse, als sich Agnes vor ihm aufbaute.

Nachdem alle Gäste versorgt waren, ging Myntha zu Haro, der an den Fässern stand, und bat um zwei Becher

Apfelwein. Damit setzte sie sich an einen leeren Tisch und winkte Agnes zu sich.

»Und, haben alle bezahlt?«

»Sicher. Gutes Essen lockert die Börsen. Heute ist es ruhig hier.«

»Reemts Geschichten fehlen.«

»Ja, er ist sehr unterhaltsam, und der Rhein ist für alle hier ein wichtiger Fluss. Nur gut, dass es diesen Winter keinen starken Eisgang gegeben hat.«

»Dafür müssen wir Gott danken. Aber dieses Jahr scheint die Gefahr von Überschwemmungen gebannt. Obwohl es regnet, führt der Rhein im Augenblick erstaunlich wenig Wasser.«

»Hat es eigentlich in den letzten elf Jahren oft Überschwemmungen gegeben?«

»Ach, Agnes, immer mal wieder. Ich kann mich nicht an jede einzelne erinnern. Vor allem zu Beginn des Frühjahrs steigt der Fluss oft ziemlich an, sodass wir manchmal die Fähre an Land lassen.«

»Dann hat Hochwasser sicher auch dieses Haus betroffen?«

»Zum Glück nicht. Wir liegen schon hoch genug. Der Felsen schützt uns. Aber Angst haben wir dennoch immer gehabt.«

»Also hat der Rhein auch Bauer Egberts Feld nicht überflutet?«

Myntha lachte.

»Dazu muss schon noch eine Sintflut kommen, Agnes. Nein, das Rheingold hat es sicher nicht in sein Weizenfeld gespült.«

Für einen Augenblick hatte Myntha das Gefühl, dass die ältere Frau zufrieden aussah.

»Aber warum gerade in den letzten elf Jahren?«, hakte Myntha nach.

»Ach, war nur so eine Zahl. Ich hätte auch nach den letzten zwanzig Jahren fragen können, aber dazu bist du noch nicht alt genug.«

Das mochte eine Erklärung sein, aber Myntha beschloss, sich diese Frage zu merken – vor elf Jahren nämlich war es gewesen, dass ihr Vater fiebernd eine hohe Dame übergesetzt hatte. Sie beschloss, sich später noch etwas genauer an diese Zeit zu erinnern, als sie noch ein junges Mädchen gewesen war.

3. Kapitel

Rrrobb, Rrrobb, Rrrobb!«

Cedric rief leise den Namen des Hauptmanns der Wache, und der große Rabe landete auf seiner Schulter.

»Na, mein Freund? Alles in Ordnung im Haus?«

»Futterrr.«

»Klar, deinen Tribut bekommst du.«

Cedric steckte dem Vogel ein Stück Pastete zu, das dieser mit einem Schnabelschnapp verschlang. Inzwischen mochte Cedric die acht wachsamen Raben, die die Kate seines Freundes zu ihrem Heim erkoren hatten, und immer wieder erstaunte es ihn, wie gelehrig diese Tiere waren. Robb aber war sicher das Beste unter ihnen, er hatte sich einen reichen Vorrat an Wörtern angeeignet, die er mit Geschick einzusetzen pflegte. Aber ihre wichtigste Aufgabe war es, das Anwesen zu bewachen und jeden Fremdling zu melden. War es kein Freund, konnten sie ziemlich bedrohlich werden. Cedric selbst hatte es einmal erlebt, wie sie mit scharfen Schnabelhieben einen aufdringlichen Handelsmann verscheucht hatten.

An diesem düsteren Nachmittag war er froh, die warme Kate betreten zu können, in der sein Freund Frederic und dessen Gehilfe Henning wohnten. Eine Zeit lang hatte er das Haus mit ihnen geteilt, aber inzwischen hatte er eine eigene Wohnung auf der anderen Rheinseite in der Nähe des Severinstors bezogen. Das hatte sich so ergeben, weil er inzwischen Partner des Tuchhändlers Tilo Pauli geworden war. Tilo kannte er schon seit seiner Jugendzeit, als er seine Lehrjahre bei Frau Alyss verbracht hatte. Er war mit Frederics Schwester verheiratet, und Lauryn führte zusammen mit ihrem Mann erfolgreich die Geschäfte. Doch Tilo, der bislang den Handel mit den Engländern betrieben hatte und dazu oft Köln verlassen musste, wollte nun zu Hause bleiben, um seine Söhne und Töchter sein Geschäft zu lehren. Daher kam ihm Cedrics Angebot gerade recht, die Aufgaben jenseits des Kanals zu übernehmen. Er hatte gute Beziehungen zu den walisischen Schäfern und den flämischen Tuchwebern, kannte sich im Londoner Kontor aus und konnte auch in seiner Heimat, in Norwich, seine Einkäufe tätigen. Dafür hatte Tilo Erfahrung mit den Messen in Köln, in Frankfurt und in Basel und galt dort als angesehener Kaufmann, der erstklassige Ware zu bieten hatte. Die Partnerschaft zwischen den beiden Männern versprach erfolgreich zu werden, auch wenn Lauryn sogleich zarte Andeutungen gemacht hatte, dass ihre älteste Tochter im besten Heiratsalter war. Hadewin war ein süßes Mädchen, doch sie war noch schrecklich verträumt und unreif. Cedric sah zwar ein, dass eine Heirat ihre Partnerschaft weiter besiegeln würde, aber seine zukünftige Frau würde er sich doch lieber selbst aussuchen. Lauryn war ein wenig verschnupft, erholte sich aber schnell und war auch sogleich bereit, als er ihr vorschlug, gemeinsam mit ihm einen geeigneten Bewerber für Mynthas Hand zu suchen. Lauryn hatte von dem Mühlenerben Rickel und seiner raffgierigen Schwester Swinte schon einiges gehört und war mit Cedric sehr schnell einer Meinung, dass diese Verbindung nicht von Segen sein würde. Sie und Tilo kannten eine ganze Reihe von passenden Junggesellen oder Witwern, die weit mehr Mynthas Ansprüchen genügten.

Frederic saß am Tisch und legte die Feder nieder, mit der er eben etwas in einen Registerband eintrug, Henning hockte am Kamin und schnitzte an einem langen Eibenstab herum, als Cedric eintrat.

»Die Wache ist nass, aber aufmerksam.«

»Das Wetter scheint diesen Vögeln wenig auszumachen. Häng dein nasses Gefieder in den Stall, Cedric. Hier drinnen beginnt es zu dampfen.«

Cedric brachte seinen triefenden Umhang zu den beiden Pferden, und die hochträchtige Stute schnaubte leise. Er tätschelte ihr den runden Bauch und wurde dafür sacht an der Schulter gebissen. Meuric, der schwarze Hengst, betrachtete ihn hochmütig. Cedric hielt Abstand. Er wollte nicht Gefahr laufen, sich einen Tritt einzufangen. Als er sich auch noch seiner durchweichten Stiefel entledigt hatte, kehrte er in die Wärme der Kate zurück und wurde mit einem Becher heißem Wein belohnt.

»Nun, wie stehen die Geschäfte?«, wollte Frederic wissen. »Und wie geht es meiner Schwester?«

»Beides gut. Ich werde, sowie die Frühlingsstürme vorüber sind, nach England reisen und Tuche einkaufen. Deine Schwester wollte mich mit ihrer ältesten Tochter verheiraten.«

»Hadewin ist doch erst fünfzehn, oder?«

»Schon sechzehn und entsetzlich lieblich. Wenn überhaupt, brauche ich eine Frau, die mir zur Seite steht. So jemand Handfestes wie Frau Alyss oder Myntha.«

»Mach Myntha einen Antrag. Dann muss sie sich nicht mit diesem einäugigen Mühlenerben abgeben.«

»Das werde ich nicht tun. Aber ein paar ordentliche Bewerber werde ich schon noch auftreiben.«

Frederic sah ihn fragend an.

»Meine Sache, mein Freund«, antwortete Cedric auf die unausgesprochene Frage, warum er nicht selbst um die Fährmannstochter anhielt. Und Frederic war so klug, dazu den Mund zu halten.

»Was gibt es Neues in Köln?«

»Es geht alles seinen Lauf. Allerdings hat es einen üblen Zwischenfall gegeben, so habe ich im Gaffelhaus gehört. Einer unserer Händler ist auf dem Weg nach Deventer von Räubern überfallen worden. Eine böse Sache, bei der es einen Toten und zwei Schwerverletzte gegeben hat. Einen von ihnen hat Lauryn aufgenommen. Aber bis heute hat der das Bewusstsein noch nicht wiedererlangt. Sieht schlecht um ihn aus.«

»Kennst du ihn?«

»Nein, aber Tilo hat schon mal mit dem Händler zu tun gehabt. Wie es heißt, hatte er einige Fuhren Wein dabei. Er ist der Mann, der bei ihnen im Haus liegt, die beiden anderen waren Waffenknechte, die die drei Wagen begleitet haben. Die Fuhrleute haben wohl gleich zu Beginn des Überfalls das Weite gesucht. Von ihnen fehlt bis jetzt jede Spur.«

»Woher weiß man davon?«

»Ein Wanderkrämer hat die drei Männer gefunden und den Pfarrer von Dormagen verständigt. Der hat den Händler erkannt und sie auf einem Karren nach Köln bringen lassen. Der Gaffelmeister wusste von dem Handelszug. Einer von den Waffenknechten hat es nicht geschafft, die beiden anderen armen Kerle haben böse Verletzungen. Es sieht aus, als ob sie von Pferden niedergetrampelt wurden.«

»Was?«, fuhr Henning von seinem Hocker auf.

»Lauryn kann das zumindest von dem Händler bestätigen. Er hat Wunden, die alle die Form von Hufen aufweisen. Gott, welches Pferd tut das? Selbst Meuric tritt zwar aus, wenn er sauer ist, aber er würde doch nie auf einem am Boden liegenden Menschen herumtrampeln. Aber genau so sehen die Wunden wohl aus.«

»Ich kenne ein solches Pferd«, kam es leise von Henning. »Hat irgendjemand den Räuber gesehen?«

»Vielleicht wenn die Fuhrleute wieder auftauchen. Oder die beiden Verwundeten sich erinnern. Warum meinst du, du kennst so ein Höllenbiest von Pferd?«

»Der Herr, dessen Knappe ich sein musste, besaß einen solchen Hengst. Er hat ihn darauf abgerichtet, genau das zu tun.«

»Bitte? Er muss doch ein Ritter sein, wenn du sein Knappe warst.«

»Ein Ritter ohne Ehre und Würde. Ein mieser Schuft und ein hinterhältiger Mörder.«

»Und heißt?«

»Bernolph von Dalberg«, spuckte Henning aus und legte den Bogen nieder, an dem er gearbeitet hatte.

»Wenn das wahr ist, Henning, dann ist dieser Mann unter die Raubritter gegangen, und damit wird man ihn anklagen können.«

»Ja, aber man muss es ihm nachweisen und an hoher Stelle melden. Das wird schwierig«, meinte Henning.

»Aber wir haben einen Ansatz – wenn er es denn ist. Und das werden wir herausfinden, wenn sich Zeugen des Überfalls finden.«

»Werden sich nicht finden«, murmelte Henning mutlos.

»Wird sich finden. Auch die Gaffel ist interessiert daran, die Angelegenheit aufzuklären. Der Landweg nach Deventer muss gesichert werden. Und nun wäre ich dankbar, wenn wir ein paar Würste in diesen Suppenkessel werfen könnten. Ich habe einen Bärenhunger!«

4. Kapitel

Der Regen hatte nachgelassen, und das Unkraut spross wild zwischen den Reihen von Rettich, Möhren und Lauch. Lore hatte Myntha dazu verdonnert, ihm den Garaus zu machen. Also kniete sie auf einer Holzkiste im Matsch und riss büschelweise Gras, Löwenzahn und Mieren aus dem Boden.

Gerne tat sie es nicht, ihre Finger waren klamm und nass geworden, die Knie taten ihr weh, und auch der Rücken schmerzte beim Aufstehen. Aber sie hatte schon fast das ganze Beet bearbeitet, als sie Lores Ruf hörte.

Ächzend erhob sie sich.

»Noch mehr Höllenqualen?«

»Nein, ein Besucher. Kommt rein, aber wascht Euch zuvor die Matschpfoten.«

Diesem Befehl folgte Myntha an der Tränke und betrat dann das Haus.

»Wer ist es?«

»Bader Juppes. Er will mit dem Fährmeister sprechen.«

»Der liegt im Bett und träumt von den Nixen.«

»Ich weiß, deshalb habe ich ihn in die Stube gebracht und ihm gesagt, dass die Fährmannstochter sich sogleich seinem Anliegen widmen würde. Gebt mir Eure Schürze und richtet Euer Kopftuch.«

Myntha schob die vorwitzigen Locken unter das weiße Leinen und strich den Rock glatt. Dass er einen feuchten Saum hatte, konnte sie jetzt nicht ändern.

»Gut, dann höre ich mal, was mir der Bader zu sagen hat.«

Der wollte ihr jedoch gar nichts verraten.

»Ich muss mit Reemt sprechen, Jungfer. Es ist eine Angelegenheit unter Männern.«

»Aha. Nur liegt mein Vater bedauerlicherweise im Fieberschlaf und darf nicht gestört werden.«

»Er ist krank? Was hat der Fährmeister?«

»Die kalte Lunge hat ihn erwischt. Er hustet furchtbar, wenn er wach ist.«

»Dampfbäder können hilfreich sein.«

»Sicher, aber er ist zu schwach, um ins Schwitzbad zu gehen.«

Bader Juppes, ein untersetzter Mann mit Armen wie Streitkolben, fuhr sich mit den Händen durch das Gesicht.

»Was ist mit Euren Brüdern, Jungfer?«

»Die arbeiten an der Fähre. Um was geht es denn überhaupt, Meister Juppes?«

»Eine Männersache.«

»Im Augenblick sind nun mal keine Männer hier. Aber ich habe den Eindruck, es ist etwas Wichtiges, was Euch umtreibt. Vielleicht kann ich helfen?«

»Männersachen, nichts für Jungfern.«

»Meister Juppes, ich weiß, wie es in der Welt zugeht. Ich bin mit zwei Brüdern aufgewachsen – und dass sie Euer Badehaus nicht nur aufsuchen, um in der Bütt zu sitzen, weiß ich auch.«

Bader Juppes wurde dunkelrot und rutschte auf der Bank hin und her.

Ein böser Verdacht kam Myntha in den Sinn.

»Ist etwas mit Molly? Hat jemand ihr etwas angetan?«

»Ihr solltet gar nicht wissen, dass es Molly gibt.«

»So ein Quatsch. Ich habe Euer Badehaus auch schon aufgesucht, und sie hat mir die Haare gewaschen. Ihre Plaudereien fand ich sehr unterhaltsam. Was ist mit ihr? Hat es Ärger gegeben? Ist sie verletzt worden?«

Meister Juppes rang die Hände.

»Nun sagt doch schon, du lieber Himmel. Ich bin kein einfältiges Jüngferchen. Und von Männersachen habe ich auch schon gehört. Ich bin jeden Abend hier in der Gaststube und höre, was die Männer so erzählen. Das dürfte sich nicht sehr von dem unterscheiden, worüber sie bei Euch sprechen. Und dass Molly sich gerne ein paar Münzen dazuverdient, weiß ich auch. Sogar, dass mein Vater von jeher Trost bei ihr sucht. Also?«

»Das geht nicht, Jungfer Myntha.«

»Doch, es geht. Was ist mit Molly?«

Wieder fuhr sich der Bader durch das Gesicht und stöhnte. Dann flüsterte er: »Sie ist tot.«

»Sankta Maria. Sie war doch ein Weib in den besten Jahren. Was ist geschehen?«

»Ich habe sie im Schwitzraum gefunden. Gestern Abend. Sie saß einfach da. Und dann sah ich es – die dunklen Male an ihrem Hals. Jemand hat sie erwürgt. Im Schwitzraum.«

Myntha nahm die Hände von Bader Juppes. Sie zitterten.

»Mein Gott, Meister Juppes. Das ist ja entsetzlich. Aber Ihr habt recht daran getan herzukommen. Der Fährmeister ist zwar zuständig, aber Mord muss dem Amtmann gemeldet werden. Ihr müsst einen Boten zu Albrecht von Zweiffel in Porz schicken. Soweit ich weiß, ist der für die Gerichtsbarkeit in einem solchen Fall zuständig.«

»Einem Amtmann, einen Boten …«

»Oder Ihr reitet selbst nach Porz und legt ihm den Fall dar. Etwas anderes würde Euch mein Vater auch nicht raten können. Er ist nur für die kleineren Verbrechen in der Gerechtsame zuständig. Einen Mordfall darf auch er nicht aufklären.«

Bader Juppes grummelte etwas Unhörbares, das Myntha als Ablehnung deutete.

»Meister Juppes, Ihr könnt Mollys Tod nicht verleugnen. Ich weiß, Ihr habt Angst, dass man Euch die Tat anhängen könnte. Aber wenn Ihr selbst Anzeige erstattet, ist die Gefahr viel geringer.«

»Es waren viele Männer da. Auch der Pfarrer.«

»Pfarrer Julius wird Euren guten Leumund bestätigen, wie alle anderen auch. Aber es muss untersucht werden, warum jemand Molly umgebracht hat. Meister Juppes, sie war ein beliebtes Weib, und ich glaube nicht, dass sie hier in Mülheim Feinde hatte. Aber es gibt böse Menschen, manche sind von Dämonen besessen, wie einst unser Vikar Volmarus. Und das Böse muss man finden und ausrotten.«

»Schon gut, schon gut. Würde einer Eurer Brüder den Amtmann aufsuchen?«

Er hatte Angst, stellte Myntha fest. Angst, dass er beschuldigt und sogleich in den Kerker geworfen würde. Vielleicht war das berechtigt. Obgleich Myntha den Amtmann nicht für so voreilig hielt.

»Gut, Meister Juppes, ich werde Witold bitten, sich nach Porz zu begeben. Arme Molly, sie war so ein nettes junges Weib. Das Schicksal hat sie nicht verdient.«

»Nein, hat sie nicht«, sagte der Bader, und Myntha hatte das Gefühl, dass er den Tränen nahe war. Sie strich ihm tröstend über den Arm.

»Ist gut, ist gut. Wir kümmern uns um die Angelegenheit. Und wenn mein Vater wieder gesund ist, wird er Euch auch zur Seite stehen.«

»Danke, Jungfer Myntha. Ihr seid ein sehr verständnisvolles Weib. Ich hoffe, Euer Bruder hat Erfolg bei dem Amtmann.«

Sprich, man würde ihn nicht gleich festnehmen …

Mit begütigendem Gemurmel geleitete Myntha den Bader hinaus und trat dann zu Lore in die Küche.

»Molly ist ermordet worden.«

»Jott der Jerechte!« Lore ließ den Löffel sinken, mit dem sie die Kohlsuppe umgerührt hatte. »Das wird die Männer hier schmerzen.«

»Ja, das wird es. Sie war nicht einfach nur eine Dirne. Sie hatte ein großes Herz unter ihrem Busen schlagen. Solange ich weiß, hat mein Vater sie aufgesucht, um sich über den Verlust meiner Mutter hinwegzutrösten. Und auch Witold und Haro haben ihre ersten Erfahrungen bei ihr gemacht.«

»Ermordet!«, sagte Lore noch mal. »Einfach umgebracht?«

»Ja, und das muss untersucht werden. Lore, wir müssen nach dem Mittagsmahl nach Köln hinüber, um in dem neuen Fährhaus nach dem Rechten zu sehen. Dann sage ich Witold Bescheid, dass er nach Porz reiten muss, um den Vorfall zu melden.«

»Machen wir. Richtet schon mal das Brot fürs Essen.«

Myntha nahm das große Messer und machte sich daran, den kroschen Brotlaib in Scheiben zu schneiden. Und als ihre Brüder sich an den Tisch setzten, berichtete sie ihnen von dem Geschehen im Badehaus. Haro und Witold schwiegen dazu, und erst als Myntha Witold bat, den Amtmann aufzusuchen, erntete sie eine nuschelige Antwort, der sie entnahm, dass ihr peinlich berührter Bruder seiner Pflicht nachkommen würde.

Das Maultier sträubte sich, den warmen Stall zu verlassen, und Lore keifte es mit bissigen Worten an. Das Düwwelsbalch stemmte sich mit allen vier Beinen in den Boden und machte einen langen Hals, als Lore an dem Strick zog. Seine Schreie gellten über den Hof.

»Nun sei doch nicht so hart zu dem Tier«, sagte Myntha und zückte einen schrumpeligen Apfel.

»Das wird nicht verwöhnt, das Düwwelsbalch. Das hat zu gehorchen!«

»Ach Lore …«

Myntha hielt dem störrischen Maultier den Apfel lockend hin, und schon trabte es hinter ihr her. Auf der Fähre gab es dann noch mal einen schwierigen Augenblick, als es um sich trat und die Fahrgäste seinen harten Hufen ausweichen mussten. Aber auch hier half eine Möhre, die Myntha wohlweislich eingesteckt hatte. Lore maulte zwar deswegen, aber das Tier folgte ihr danach anstandslos. Auf dem Treidelpfad wanderten sie friedlich das kurze Stück zu dem Gebäude, das zukünftig als Fährhaus dienen würde. Es war von außen hübsch anzusehen, das untere Geschoss aus Steinen, darauf ein Fachwerk mit weiß getünchten Fächern und schwarzen Balken. Eine Rose rankte sich an einer Ecke an einem Gitter hoch: Haros Werk für seine Braut. In wenigen Tagen würden er und Bilke hier einziehen und die Wirtschaft übernehmen. Es roch nach frischem Holz und Bienenwachs, der Dielenboden glänzte wie poliert, die beiden langen Tische schimmerten, durch die verglasten Fenster fiel das Licht auf einen großen, reich geschnitzten Schrank, in dem sich die Becher und Kannen befanden. Ein Fässchen Wein, eines mit Apfelmost und eines mit Bier, standen hinter einer Theke aus schön gemasertem Eichenholz. Zufrieden strich Myntha mit der Hand darüber.

»Sieht richtig gut aus.«

»Hier schon, lasst uns die Küche betrachten«, sagte Lore und strebte aus der Gaststube nach nebenan. Aber auch hier war alles gerichtet, und die Messer und Löffel fanden den Anklang der Köchin, ebenso das glänzende, neue Kupfergeschirr.

»Der Kamin ist zu klein«, nörgelte sie dann, und Myntha nickte.

»Es passt nur ungefähr ein ausgewachsenes Schwein am Spieß hinein und nicht gleich zweie.«

»Der Suppenkessel muss mit rein.«

»Ich glaube, Bilke und ihre Köchin Lena werden schon damit zurechtkommen.«

»Pff.«

»Du hast uns Lena selbst empfohlen.«

»Ja, ja, ja. Armes Weib. Muss mit einem solch kleinen Herdfeuer auskommen.«

»Musst *du* ja nicht. Gehen wir weiter.«

Ein kleines Kontor lag an der Hinterseite des Hauses. Hier waren die Borde an der Wand noch leer, aber bald schon würden die Registerbände sie füllen, in denen das Geschehen der Fährbetriebe und der Pachten verzeichnet würde. Myntha warf nur einen kurzen Blick hinein und meinte dann zu Lore: »Gehen wir nach oben!«

Unwillig grummelnd, folgte Lore Myntha in den ersten Stock. Hier fanden sie eine ansehnliche Stube, in der zwei bunte Teppiche an der Wand hingen, ein Schaukelstuhl am Fenster stand und hochlehnige Stühle sich um einen Tisch gruppierten. Die Scheiben der Vitrine blitzten, die Pokale dahinter schimmerten silbern. Auf dem Bord standen Zinnteller und Krüge. Zwei Schlafkammern lagen auf der anderen Seite, eine davon mit einem Pfostenbett ausgestattet.

»Haro wird zittern und zagen, wenn er Bilke hier hineinführen soll«, meinte Lore.

»Ich weiß nicht. Er mag zwar Knoten in die Zunge bekommen, wenn er mit ihr sprechen soll, aber ich glaube, seiner Pflicht als Ehemann wird er mannhaft nachkommen. Er hat bei Molly ausreichend geübt.«

Lore gab ein leises Seufzen von sich.

»Du solltest dir auch einen Mann suchen, Lore.«

»Ich? Niemals!«

»Cedric ist noch immer unbeweibt …«

»Der is ene Daurenix.«

»Ich weiß nicht, ich finde, der taugt ganz schön was.«

»Der es fottjejange. Der blieft nit.«

»Lore, er ist jetzt mit Tilo zusammen im Geschäft. Tilo ist ein ehrenwerter Mann, der wird sich nicht mit einem unbeständigen Taugenichts zusammentun.«

»Ich will darüber nicht nachdenken.«

»Na gut. Schau, wir müssen dafür sorgen, dass dieses Zimmer mit Blumen geschmückt wird, wenn Bilke hier an ihrem Hochzeitstag einzieht.«

»Sag ich Lena.«

»Das ist eine gute Idee. Schauen wir uns die Dienstbotenkammern an.«

Die lagen unter dem Dach und waren spärlich, aber ordentlich eingerichtet mit Decken über den Betten, Truhen und Haken an den Wänden für die Kleider.

»Es scheint alles in Ordnung zu sein und bereit für Haro, sein Weib heimzuführen.«

»Bis auf den zu kleinen Kamin.«

»Lore, unserer ist auch nicht größer.«

»Irgendwas brauche ich doch zum Nörgeln. Bei so ene staatse Hus!«

»Einverstanden. Und jetzt zerren wir das Düwwelsbalch zum Alten Markt und kaufen Firlefanz.«

»Kappesköppe un Murre.«

»Seidenchapels und bunte Schleier.«

»För üch Hoppemötzjes und Mareuzjes kaufen wir Jedöns und Jeschlepps.«

»Du wirst auch ein hübsches Gewand tragen und ein feines Chapel.«

»Ich bin ene aal Husdrache, ich brauche kein Gewand. Und ein Chapel setze ich überhaupt gar nicht auf.«

»Wir werden sehen.«

Mit herzlichem Gezänk zogen die beiden Richtung Alter Markt, und das Maultier trottete gehorsam hinter ihnen her. Myntha hatte den Eindruck, dass es sich über ihre Zankereien amüsierte.

5. Kapitel

Die Stute war unruhig, und Henning führte sie auf die Weide, auch wenn Frederic sie lieber im Stall behalten wollte. Die Geburt des Fohlens stand kurz bevor. Aber Henning hatte so das Gefühl, dass die Mutter ziemlich genau wusste, wie weit sie war, und wenn sie Bewegung wollte, dann bekam sie sie.

»Hey, wollen wir eine Runde reiten?«

Das Schnauben war ihm Antwort genug, und mit einem kraftvollen Sprung landete er auf ihrem Rücken.

»Na komm, ein, zwei Runden über die Weide werden dir nicht schaden.«

Im gemächlichen Trab zogen sie ihre Bahn, begleitet von einem Rabenpärchen. Als sie an Bauer Egberts grünendem Weizenfeld vorbeikamen, reckte Henning seinen Hals. Zu gerne wäre er dort noch mal hinübergegangen, seine Fundstücke vom vergangenen Jahr hatten ihn neugierig gemacht. Nicht, dass er noch mehr Gold benötigte als das, was er in dem zerbrochenen Krug gefunden hatte. Der Wechsel, den ihm sein Vater geschickt hatte, hatte ihn zu einem zahlungskräftigen Mann gemacht.

Er würde dieses Geld benötigen, wenn er es mit Bernolph von Dalberg aufnehmen wollte.

Das Jahr, das er dem Rabenmeister schuldete, war in zwei

Monaten vorüber, und er war wieder ein freier Mann. Ein Mann, der Rache nehmen würde.

Jetzt, da er nahe davor war herauszufinden, wo sich dieser Schurke befand, der seinen Herrn umgebracht und Schande über den Ritterstand gebracht hatte, rückte der Zeitpunkt näher.

In seinen Träumen stellte er diesen Halunken zum Zweikampf. In einem Schwertkampf auf Leben und Tod. Und wenn er selbst dabei unterlag und sterben würde, würde sein Blut auf ewig an der Rüstung des verdammten Kerls kleben.

In einem versiegelten Schreiben an seinen Vater hatte er dargelegt, was passiert war und was im Falle seines Todes zu geschehen hatte.

Beklommen war ihm immer noch. Er hätte gerne seine Mutter und seine Geschwister noch einmal wiedergesehen. Wäre so gerne noch mal über die Felder seiner Heimat geritten, hätte so gerne noch einmal den Duft der Orangenbäumchen gerochen, die im Garten seiner Mutter standen, den der Rosen, die an seinem Elternhaus rankten.

Die Stute wurde immer langsamer und blieb schließlich stehen. In seine schmerzliche Sehnsucht versunken, saß Henning still auf ihrem Rücken.

»Wir wollten sie im Stall lassen, Henning«, sagte Frederic und legte seine Hand auf die runde Flanke des Tieres.

»Was? Oh, Meister.«

»Wovon träumst du, Henning?«

»Von meiner Mutter. Von ihrem Garten …«

»Herr Marian ist zurück, mein Junge. Und im Herbst

wird er wieder nach Venedig reisen. Zusammen mit seinem Sohn. Ich bin mir sicher, er wird dir gerne einen Platz in seinem Handelszug anbieten.«

»Vielleicht ...«

»Du weißt, dass du dich auf unsere Hilfe verlassen kannst, Henning.«

»Und Ihr wisst, dass ich diese Angelegenheit alleine erledigen muss.«

»Sei nicht dumm. Du alleine sollst ihn natürlich anklagen. Aber ihn seiner Meintaten zu überführen wird dir nicht alleine gelingen.«

»Ich will ...«

»Du willst ihn im Kampf besiegen, ich weiß. Und heldenhaft dabei sterben. Henning, sei nicht so ein verbohrter Tropf. Diese Genugtuung darfst du diesem Schuft nicht geben. Was, wenn er sich deinem Vater gegenüber damit brüstet, nicht nur seinen Freund, sondern auch dich noch getötet zu haben? Oder gar deiner Mutter hämisch lachend diese Botschaft überbringt?«

Diese Sichtweise war neu für Henning. Und sie erschütterte ihn.

»Nein, das darf nicht geschehen!«

»Natürlich nicht. Nur wenn du tot und begraben bist, kannst du es nicht mehr verhindern. Also lass uns einen anderen Weg für deine Rache finden. Witold kam eben mit einer Botschaft von meiner Schwester zu mir. Der Händler, der verletzt wurde, hat sein Bewusstsein wiedergefunden. Es wäre wohl sinnvoll, dass du sie besuchst und den Mann befragst. Er ist ein wichtiger Zeuge, Henning.«

Henning gab der Stute ein Zeichen, sich wieder in Bewegung zu setzen. Frederic ging ein Stück neben ihnen her.

»Was überlegst du, Henning?«

»Ich werde Eure Schwester aufsuchen, ja. Aber ich würde auch gerne nach Dormagen reiten und sehen, ob ich die Fuhrleute finde.«

»Die dürften dir wenig helfen. Die sind schon beim ersten Anzeichen des Überfalls abgehauen. Möglich, dass sie Kumpane des Ritters waren.«

»Ja, möglich. Umso wichtiger wird es sein, sich bei den Kätnern und Bauern umzuhören, wo sich dieser verdammte Kerl aufhält. Ich glaube nicht, dass er sich allzu weit verkrochen hat.«

»Im Alleingang ein Raubritternest auszukundschaften, ist eine ziemlich hirnverbrannte Idee, Henning.«

»Ihr traut mir das nicht zu!«

»Ich fürchte um dein Leben. Henning, bewahre einen kühlen Kopf. Zuerst einmal müssen wir sichergehen, dass der Überfall wirklich von Bernolph von Dalberg durchgeführt wurde. Und dazu brauchst du die Aussage des Händlers in Lauryns Haus. Und vielleicht kann sich inzwischen auch der andere Verwundete an den Raubzug erinnern. Allerdings kann ich mir nicht vorstellen, dass dieser Bernolph seine ritterlichen Farben bei dem Anschlag trug.«

»Nein, vermutlich nicht. Aber sein Pferd wird er geritten haben, und das können die Männer sicher beschreiben.«

Sie hatten den Stall erreicht, und Henning glitt von der Stute.

»Hoffentlich. Indes wäre es gut, wenn du dich an weitere Einzelheiten erinnern würdest, die diesen Mann auszeichnen. Wie spricht er? Er stammt nicht von hier, seine Sprache wird sich von der hiesigen unterscheiden. Hast du sein Gesicht vor Augen? Gibt es Merkmale, die ihn von anderen unterscheiden? Eine krumme Nase, abstehende Ohren, ein Muttermal, fehlende Zähne?«

Henning hatte eine Karde zur Hand genommen und striegelte sanft das Pferd, das sich an seiner Krippe mit etwas Hafer vergnügte.

»Ihr habt ja recht, Meister. Ich muss mir meine Fragen zurechtlegen.«

»So ist es. Und wenn du dir ganz sicher bist, dann kannst du anfangen nachzuforschen, wo dieser Bernolph sich zurzeit verkrochen hat. Und das, mein Junge, machst du nicht alleine.«

»Ich sollte Euch dankbar sein, Meister …«

»Du wirst mir dankbar sein, glaub mir. Hallo, was hat die Wache aufgeschreckt?«

Die Raben krächzten und umschwirrten einen Ankömmling. Cedric, der den Mann begleitete, versuchte, sich Gehör zu verschaffen, aber Robb ließ nicht nach, wilde Attacken gegen den Fremden zu fliegen.

»Robb!«, rief Frederic, und der Rabe flatterte auf ihn zu. Die anderen ließen die beiden Männer in Ruhe, nahmen aber aufmerksam auf den Ästen der Bäume Platz.

»Cedric, stell uns unseren Besucher vor.«

»Aber gerne. Marsilius von der Aducht hat mich von Köln begleitet.«

»Und will bei einem Becher Wein sein Anliegen vortragen?«

»Ich bitte dich, ihm Gehör zu schenken.«

»Nun, dann folgt uns in die Kate, junger Mann.«

Marsilius von der Aducht war nicht viel älter als Henning, doch ihm fehlte alles, was den ehemaligen Knappen ausmachte. Seine Schultern waren schmächtig und hingen kraftlos nach unten, auch wenn ein mit bunten Litzen geschmücktes Wams sie umgab. Seine Waden wirkten dürr in den seidig schimmernden Strümpfen und seine Beine ein wenig krumm. Sein Blick war misstrauisch, während er sich in der kargen Kate umsah, und nur zögerlich nahm er einen Schluck von dem ihm gereichten Wein. Dessen Geschmack allerdings schien ihn zu beeindrucken. Doch die sanfte Röte, die er in seine bleichen Wangen lockte, machte seine Erscheinung in Frederics Augen nicht ansprechender. Zwar hatte Marsilius seine dünnen Haare zu kunstvollen Locken gedreht, aber das zeugte ebenso wie seine aufgeputzte Kleidung mehr von einem eitlen Charakterzug als von natürlicher Anmut.

»Master Cedric ist, wie er Euch sicher anvertraut hat, ein guter Freund von mir. Und darum bin ich gerne bereit, mir Euer Anliegen schildern zu lassen«, sagte Frederic vorsichtig.

»Können wir unter vier Augen …«

»Nein, wir können nur hier und im Beisein meiner Freunde miteinander reden. Fasst Euch Mut. Was immer gesprochen wird, verlässt diese Behausung nicht.«

»Nun … äh … man sagte mir, dass … äh … Ihr ein junges Weib kennt.«

»Tatsächlich. Cedric, kenne ich eines oder gar mehrere?«

»Du kennst ein ganz besonderes, Frederic. Besinne dich.«

»Oh ja, ich kenne eines von besonderer Art. In welcher Weise seid Ihr erpicht auf ein junges Weib, werter Herr?«

Der arme Marsilius wand sich vor Verlegenheit unter Frederics spöttischem Blick.

»Mein Vater… äh… sagt, …äh… es sei an der Zeit, meinen Verpflichtungen… äh… der Familie gegenüber nachzukommen.«

»Und ein Weib heimzuführen?«

»Äh… ja.«

»Nun, dasjenige, das Master Cedric im Sinn hat, mag Euch da sehr zupasskommen.«

»Bestimmt.«

»Geradezu vollkommen. Sie ist vielleicht ein paar Jahre älter als Ihr, aber das wächst sich mit der Zeit aus. Sie versteht sich darauf, Fische auszunehmen, wenn auch ihr Brei gerne mal angebrannt schmeckt. Sie ist von großer Seelenstärke und hält ihr Mannsvolk in strenger Zucht. Nur einen kleinen Makel hat sie, fürchte ich … sie scheut das Wasser.«

Der Adamsapfel des jungen Marsilius hüpfte hektisch auf und ab.

»Na, was sagt Ihr? Was sind Eure Tugenden, die Ihr dagegenhalten könnt?«

Marsilius stürzte seinen Wein hinunter und stand auf.

»Meine, fürchte ich… äh –…, können mit ihr nicht mithalten!«

Und damit verließ er eilig die Kate.

»Mann, Frederic, ich habe es gut gemeint. Ich habe

Myntha versprochen, ihr einen besseren Freier zu finden als diesen einäugigen Schwächling mit seiner garstigen Schwester.«

»Und du meinst, ein Geck ohne Rückgrat ist ein besserer Bewerber?«

»Er hat keine Schwester.«

»Aber einen Vater.«

»Und noch beide Augen.«

»Von dem eines schielt. Cedric, so tust du ihr keinen Gefallen.«

»Und der Kerl glaubt nun auch noch, dass Myntha eine nach Fisch stinkende alte Vettel ist«, sagte Henning erbittert. »Dabei ist sie eine so edle Jungfer.«

»Niemand hat erwähnt, dass es sich um die Tochter des Fährmanns handelt. Oder, Cedric?«

»Nein, habe ich nicht. Aber du hast ein wirklich böses Bild von ihr gezeichnet.«

»Oh, nun, ich hätte ja auch ihre unholden Züge schildern können.«

»Frederic!«

Der lachte.

»Kannst du dir wirklich vorstellen, dass Myntha und dieses Würstchen zusammenpassen?«

»Schon gut, schon gut.« Und dann lachte Cedric ebenfalls. »Du bist ein gerissener Hund. Ich werde bei dem nächsten Anwärter auf ihre Hand auf mehr … äh … Seelenstärke achten.«

6. Kapitel

Die Sonne hatte die düsteren Regenwolken endlich vertrieben, und Myntha wanderte neben dem Maultier über die noch immer schlammigen Wege zu Bauer Egberts Gehöft. Lore hatte sie gebeten, bei ihm die vier fetten Gänse abzuholen, die er für sie geschlachtet hatte. Sie war froh darüber, denn die Vögel würden ihren Federbetten zu neuer Fülle verhelfen und unter Lores kundigen Händen zu einem köstlichen Braten werden. Nun, eine davon, die drei weiteren würde sie vermutlich in den Rauch hängen. Für Mico würde es ebenfalls ein Festessen werden, wenn Myntha der Köchin ein Gänseherz abluchsen konnte.

Ein kleines Wölkchen warf seinen Schatten über das wogende Weizenfeld, wanderte jedoch schnell vorüber. Myntha war ganz froh, dass seit dem vergangenen Jahr, als die neue, scharfe Pflugschar allerlei Vermächtnisse aus der Vergangenheit zutage gefördert hatte, niemand mehr belastende Gegenstände oder alte Knochen ausgrub. Solche Dinge verursachten immer nur Unruhe. Da waren ihr vier Gänse schon weit lieber.

Ihre heitere Stimmung erfuhr jedoch einen argen Dämpfer, als sie den Bauernhof erreichte. Ein Mädchen kam mit wehenden braunen Zöpfen auf sie zugelaufen.

»Jungfer Myntha, Jungfer Myntha, der Schöffe ist da. Er wollte den Vater in den Kerker werfen.«

»Wie bitte? Was soll das heißen, Nanke?«

»Hier kam heute Morgen ein Mann an, der sagte, der Amtmann von Porz habe ihn ausgesandt, um einen Mörder zu fangen. Und er wollte den Vater in den Kerker werfen. Aber der hat gesagt, er war nicht baden. Und das Gesinde hat's bestätigt.«

Myntha war erschüttert. Dass ein Schöffe kommen würde, um sich um den Mord an Molly zu kümmern, hatte sie gewusst. Dass der Mann offenbar wahllos jeden verdächtigte und mit Kerker bedrohte, hatte sie nicht erwartet.

»Wo ist dein Vater, Nanke?«

»Im Schweinestall.«

»Und der Schöffe?«

»Ist zum Badehaus.«

Nun gut, das war zu erwarten. Und in den Schweinestall musste Myntha auch nicht, Bauer Egbert traf sie im Hof, wo er eine kleine Magd zusammenstauchte, die die Milch vergossen hatte.

»Lasst Gnade walten, Bauer Egbert. Sie ist ja noch ein Kind.«

»Ein ungeschicktes Kind. Aber gut, die Peitsche bleibt dir erspart. Sei das nächste Mal vorsichtiger, Töchterchen.«

»Ja, Herr Vater. Danke, Jungfer Myntha.«

»Ihr hättet doch nicht wirklich die Peitsche geschwungen?«, fragte Myntha, als das Mädchen fort war.

»Nein, natürlich nicht. Aber es schadet nichts, wenn sie Angst davor hat.«

»So wie Ihr Angst davor habt, in den Kerker zu wandern.«

»Was diesen Tropf von einem Schöffen dazu verleitet hat, möchte ich mal wissen. Er hatte noch nicht mal einen Büttel dabei.«

»Er will offenbar Angst und Schrecken verbreiten. Genau wie Ihr«, sagte Myntha und grinste den Bauern an.

»Ah, ja sicher. Manchmal hilft es. Aber um Euch das Fürchten zu lehren, braucht es wohl mehr als einen Abgesandten von Porz.«

»Das wird sich noch weisen. Bauer Egbert, Lore schickt mich wegen der Gänse.«

»Richtig, die Gänse. Folgt mir.«

Es gab die Gänse, und es gab auch noch ein Dutzend geräucherte Würste und einen Schinken dazu. Das Maultier bockte unter seiner Last, und Myntha hatte alle Hände voll damit zu tun, es in Bewegung zu setzen. Letztlich waren es drei Möhren, die das Tier mit ihr gehen ließen.

Als sie beim Fährhaus eintraf, herrschte wilde Aufregung. Agnes lief auf sie zu und schrie: »Sie haben deine Brüder abgeholt. Sie werden angeklagt. Ihnen droht der Galgen.«

»Beruhige dich!« Myntha kämpfte wieder mit dem Maultier, das vor dem Geschrei fliehen wollte. »Hör auf, du Düwwelsbalch. Wehe, du trittst nach mir. Au, verdammt.«

Agnes kam ihr zu Hilfe und nahm dem Tier die Körbe ab. Auch sie hätte fast einen Tritt von dem nach allen Seiten auskeilenden Maultier abbekommen. Von seiner Last befreit, schaute das Tier sie plötzlich verdutzt an, gab ein leises Wiehern von sich und stand lammfromm da.

»Na, geht doch. Ab in den Stall!«

Als das Tier versorgt war, strebte Myntha eiligst ins Haus.

»So, und nun erklärt mir bitte jemand, was mit Witold und Haro ist.«

»Der Schöffe kam mit zwei Bütteln und hat deine Brüder abgeführt«, sagte Agnes.

»Und die sind ganz einfach mitgegangen?«

»Die Büttel hatten Halseisen dabei. Witold hat zwar ihre Unschuld beteuert, aber der Schöffe hat gesagt, das wird erst die Befragung weisen, und bis dahin gehören sie in den Kerker.«

»Und wo haben wir hier in Mülheim einen Kerker? Lore? Enna?«

Lore zuckte mit den Schultern.

»Ich weiß nur, wo sie in Köln die Verbrecher einsperren.«

»Im Keller unter der Kirche vielleicht«, ließ sich Enna von ihrem Platz an der Herdstätte vernehmen. »Oder im Keller von diesem Hospiz, wo dich der verrückte Volmarus eingesperrt hat.«

»Das bringt mich auf eine Idee, Enna. Ich laufe hinüber zum Pfarrhaus. Vielleicht kann der Herr Julius diesem Schöffen Einhalt gebieten. Den Bauer Egbert hat er auch schon verdächtigt, Molly umgebracht zu haben.«

»Der war doch gar nicht im Badehaus.«

»Eben.«

»Ja, benachrichtigt Pfarrer Julius. Auf ihn muss er hören. Schließlich ist er unser Geistlicher«, sagte Lore. »Ich rupfe jetzt erst mal die Gänse. Und Frau Agnes, Ihr dürft mir helfen.«

»Ach, darf ich?«

»Was meint Ihr wohl, wie ansonsten die Daunen in Euer schönes, dickes Bett kommen? Und außerdem mache ich Euch einen Gänsebraten mit Äpfeln und Zwiebeln und fettem Speck gefüllt.«

Myntha musste schlucken, sie sah die knusprige braune Gans schon vor sich.

»Und wir müssen sie nicht mit Witold und Haro teilen, wenn ich jetzt hierbleibe und helfe, Gänse zu rupfen«, sagte sie.

»Es geht um deine Brüder!«, empörte sich Agnes. »Wie kannst du nur so herzlos sein! Im Kerker werden sie verschmachten.«

»Wohl kaum. Aber ich habe nur Spaß gemacht. Ich gehe jetzt zum Pfarrhaus und sehe mal, was ich erreiche.«

Sie pochte und pochte an der Tür, aber niemand öffnete ihr. Dabei hatte sie gesehen, dass jemand hinter den Scheiben stand und versuchte, nach draußen zu spähen. Aber die kleinen runden Gläser verzerrten das Bild, das wusste sie. Also erhob sie die Stimme und rief nach dem Pfarrer.

»Herr Julius, ich bin es, Myntha vom Fährhaus. Macht auf, ich bitte Euch. Es ist dringend.«

Die Tür wurde einen winzigen Spaltweit aufgemacht, und ein Auge musterte Myntha. Dann ging sie weiter auf, und die Haushälterin flüsterte: »Er ist nicht da.«

»Ich grüße Euch, Frau Doortje. Wo finde ich denn den Herrn Pfarrer?«

Ein Aufschluchzen war die Antwort, und Myntha drängte die Frau zurück ins Haus.

»Was ist los? Was entsetzt Euch so sehr?«

Die Haushälterin rang die Hände und schluchzte weiter.

»Sie… sie haben ihn geholt. Sie werden ihn hängen. Und er war so ein guter Mann.«

»Wer hat ihn abgeholt?«

»Die B…Büttel!«

»Das darf doch nicht wahr sein.«

»Doch. Der Schöffe sagt, er hat die B…Badermagd umgebracht.«

»Tatsächlich.«

»Hat er aber nicht«, schniefte die Haushälterin, und ihr Busen wogte. »Er ist ein ehrenwerter Mann!«

»Zweifelsohne. Wohin haben die Büttel ihn gebracht? Wisst Ihr das, Frau Doortje?«

Sie nickte.

»Ich bin ihnen gefolgt. Sie haben ihn ins Hospiz gebracht. Die Mönche sollen ihn bewachen.«

»Die Benediktiner dort sind sanfte Menschen, sie werden ihm keinen Harm tun.«

»Aber die Büttel…«

»Dürfen ihm ohne Richter auch nichts tun. Beruhigt Euch, das alles kann nur ein Missverständnis sein.«

Und würde alsbald bereinigt, sowie sie mit diesem verwünschten Schöffen gesprochen hatte.

»Wisst Ihr, wohin der Schöffe und seine Büttel sich begeben haben?«

»Nein. Nein, ich bin zurückgerannt und habe die Tür verschlossen. Ich habe Angst.«

»Nun gut, dann sperrt wieder ab. Ich werde ihn schon finden. So groß ist Mülheim nicht, dass er hier verschwinden kann.«

Die Haushälterin schob sie geradezu aus dem Haus, und als Myntha auf der Gasse stand, hörte sie, wie der Riegel vorgeschoben wurde.

Der Schöffe war also eifrig, wenn nicht gar übereifrig. Ganz gewiss war er auch schon im Badehaus gewesen. Vielleicht konnte Bader Juppes ihr weiterhelfen.

Mit energischen Schritten ging sie zum Badehaus und achtete nicht der verwunderten Blicke, die ihr folgten. Etwas erstaunt war sie, als sie sah, dass der Reisig nicht über der Tür hing, der üblicherweise anzeigte, dass der Badeofen angeheizt war. Die Tür stand jedoch offen, und als sie eintrat und nach Bader Juppes rief, bekam sie keine Antwort.

Oft war sie noch nicht in der Badestube gewesen. Sie machte eine weitere Tür auf und blickte in den Schwitzraum, der heute kalt und menschenleer war. Auch in dem nächsten Raum mit seinen Wannen und Bottichen war es kühl. Allerdings saßen hier drei Baderknechte und zwei Mägde und redeten aufgeregt miteinander.

»Ich grüße Euch!«, rief Myntha laut, und eine der Frauen sah zu ihr hin.

»Heute kein Baden, Jungfer.«

»Schon gut, ich suche Bader Juppes.«

»Der ist nicht hier.«

Langsam beschlich Myntha der böse Verdacht, dass der Schöffe wahrlich übereifrig handelte.

»Sagt nur, die Büttel haben ihn abgeholt?«

»Dieser Narr von einem Schöffen hat ihn beschuldigt, unsere Molly umgebracht zu haben«, grollte einer der Baderknechte.

»Und Ihr habt einfach gestattet, dass die Büttel ihn mitnehmen?«

»Da kann man doch nichts machen, Jungfer.«

Myntha war da zwar anderer Meinung, aber sie sagte nichts, sondern stürmte zornschnaubend aus der Badestube. Die Angelegenheit schien ja völlig aus dem Ruder gelaufen zu sein. Wenn es also nicht die geistliche Macht war, die den Schöffen in seine Schranken weisen konnte, dann musste es die weltliche sein. Die Stadtwache musste eingreifen! Auf ihrem Weg dahin begegnete sie Gevatterin Ellen, der sie ihre Empörung über den Schöffen in gesetzten Worten mitteilte. Gevatterin Ellen hörte ihr ungewöhnlich sprachlos zu, denn eine solche Wortflut war höchst erstaunlich für Myntha. Als die endlich ihrem Unmut Luft gemacht hatte, sagte Ellen: »Was für ein Blödsinn! Keiner von denen hat Molly umgebracht. Warum auch? Hat der Schöffe sich das mal gefragt?«

»So wie es aussieht, scheint er gar nicht zu denken. Und darum werde ich jetzt die Wache verständigen.«

Mit diesen Worten eilte Myntha weiter. Im Wachhaus an der ehemaligen Stadtmauer aber fand sie die Männer ebenfalls in Aufregung. Sie musste gar nicht fragen – aus den wütenden Worten entnahm sie, dass auch hier bereits der Schöffe zugeschlagen hatte. Der Hauptmann der Wache war in den Kerker gebracht worden.

Der Mann musste verrückt sein, schloss sie. Mülheim war ohne Schutz, ohne Geistlichen, ohne Fährleute und ohne Bader. Als Nächstes würde er wohl noch den Stadtrat einkerkern.

Bedrückt machte sie sich auf den Heimweg.

7. Kapitel

Die Raben machten ein gewaltiges Getöse, und Frederic trat aus der Kate. Drei Männer näherten sich. Einer trug ein Halseisen, die beiden anderen waren mit Schwertern bewaffnet. Zwei hatten Helme auf dem Kopf, der dritte eine Kappe, auf die Robb seine Angriffe flog. Der Mann war mutig genug, sein Schwert zu ziehen und nach dem Vogel zu schlagen.

Besuch von Gewappneten bedeutete Ärger, fand Frederic und ging in die Kate zurück. Sein Bogen hing griffbereit an einem Wandhaken. Er spannte ihn, hängte sich den Köcher um und legte einen Pfeil ein.

Dann trat er wieder vor die Tür.

»Bleibt, wo Ihr seid!«, herrschte er die Fremden an.

Der mit der Kappe gab den beiden anderen ein Handzeichen, und sie blieben stehen. Noch immer fegten die Raben um sie herum.

»Ruft diese verdammten Tiere zurück.«

»Nennt mir Eure Namen und Euer Begehr!«

»Schöffe Thyn von Bramberg und zwei Büttel. Wir suchen einen Mann namens Henning.«

»Aus welchem Grund?«

»Er ist verdächtig, einen Mord begangen zu haben.«

»Den hat er nicht begangen, und nun verschwindet.«

»Wenn Ihr ihn nicht ausliefert, nehmen wir Euch mit.«

»Na, das versucht mal.«

Der Schöffe trat einen weiteren Tritt vor, und zwei Raben schossen auf sein Gesicht zu. Nur mit einem Satz zur Seite konnte er sich vor einem kräftigen Schnabelhieb retten.

»Meine Wache ist nicht zu Scherzen aufgelegt. Und ich auch nicht. Also verschwindet.«

Der Schöffe schlug erneut mit dem Schwert nach den Vögeln, und Frederic ließ den Pfeil von der Sehne schwirren. Er traf die Kappe des Schöffen und ließ sie zu Boden fallen. Entsetzt schaute der Mann ihr nach.

»Der nächste Pfeil sitzt in Eurem Herzen, wenn Ihr nicht schleunigst abzieht.«

»Das wird Folgen haben.«

»Sicher. Kommt gerne noch mal vorbei. Ihr wisst jetzt ja, wie Ihr empfangen werdet.«

Der Schöffe bückte sich nach seiner Kappe, zog den Pfeil heraus und zerbrach ihn wütend. Dann wandte er sich zum Gehen. Robb und seine Schar verfolgten die drei noch ein ganzes Stück des Weges laut krächzend.

Als sie zurückkamen, hatte Frederic schon das Futter für sie ausgestreut. Seinem treuen Hauptmann reichte er das Stück Fleisch selbst in den Schnabel.

»Gut gemacht, Robb!«

»Frrrreund!«, sagte der und kniff Frederic ins Ohr. Der lachte und strich dem Raben über sein rabenschwarzes Gefieder.

Die nächste Besucherin empfingen die Raben mit anderen Lauten. Es musste die Fährmannstochter sein, schloss Frederic aus dem freundlichen Gekrächze. Also öffnete er die Tür und wurde nicht getäuscht. Mit dem großen Raben auf der Schulter kam die Jungfer Unhold auf ihn zu.

»Es sieht aus, als sei Euch Euer freundliches Lächeln verloren gegangen, Unholdin. Bringt Ihr schlechte Nachrichten?«

»Zunächst grüße ich Euch, Rrrabenmeister. Und dann frage ich mich, was Ihr von einer Unholdin anderes erwartet als schlechte Nachrichten.«

»Überbringt sie! Rasch!«

»Meine Brüder, Pfarrer Julius, Bader Juppes und der Hauptmann der Wache wurden von dem Schöffen des Amtmanns von Porz gefangen genommen. Ich bin außer mir vor Ärger.«

»Und den wollt Ihr jetzt an mir auslassen?«

»Nein. Nein, natürlich nicht. Nur, es muss jemand diesem Narren Einhalt gebieten, und ich dachte, Ihr könntet das tun.«

»Wie sollte ich, Jungfer Unhold? Er war eben hier und wollte Henning abführen.«

»Er tat es indes nicht?«

»Henning hält sich bei meiner Schwester auf, und meine Raben sowie ein Pfeil auf meinem Bogen ließen den Schöffen von einem längeren Besuch absehen.«

Frederic freute sich insgeheim über das kurze Lächeln, das über das besorgte Gesicht der jungen Frau huschte.

»Ihr habt eine ausgesucht gastfreundliche Art, Rrrrabenmeister.«

»Wenn es nötig ist. Und nun, was schlagt Ihr vor, das wir tun?«

»Die Gefangenen befreien?«

»Wohin hat man sie gebracht?«

»Wie es heißt, in den Keller des Hospizes. Ihr kennt ihn.«

»Kein schöner Ort, wie ich mich erinnere. Und ich denke, dass er bewacht wird. Diese Büttel wirkten nicht umgänglich.«

»Ein paar weitere Pfeile würden sie möglicherweise ablenken?«

»Jungfer Myntha, ich bin ja Eurer Meinung, dass dieser Schöffe die Falschen in den Kerker gesperrt hat, aber ein einzelner Mann mit einem Bogen kann nicht viel ausrichten.«

»Ihr könntet die Männer von der Wache bitten, Euch beizustehen. Sie schienen mir darüber aufgebracht zu sein, dass man ihren Hauptmann gefangen genommen hat.«

»Ob sie auf mich hören würden …«

»Ihr habt ihnen Bogen und Pfeile verkauft und sie den Umgang damit gelehrt.«

»Ein Argument, ja. Aber wir würden uns gegen die Amtsgewalt des Schöffen stellen.«

»Der seine Amtsgewalt auf eine Art ausübt, die jeder Beschreibung spottet.«

»Dennoch ist er der Abgesandte des Amtmanns, Jungfer Myntha. Sicher, es wäre recht einfach, die Gefangenen zu befreien, aber damit setzen wir uns ins Unrecht. Als Nächstes steckt der Amtmann Euch in diesen Keller.«

Ein kalter Schauder schien die Jungfer zu überlaufen.

»Seht, es ist nicht ganz einfach.«

»Die Fähre können wir nicht bedienen, Meister Frederic. Mein Vater liegt fiebernd im Bett und kann keine anderen Fährknechte bestellen. Er kann auch nicht mit diesem Schöffen verhandeln und für seine Söhne bürgen.«

»Bürgen – ein vernünftiger Rat, Jungfer. Schauen wir, dass wir Bürgen für die gefangenen Männer finden.«

»Wo sollen die herkommen, Meister Frederic?«

»Wir werden sehen. Gehen wir!«

Frederic schulterte seinen Bogen und schloss die Tür hinter sich. Sie eilten am Rheinufer entlang zum Platz vor der Kirche, wo sich die Marktstände befanden. Auch das Hospiz stand hier, und als sie eintrafen, hatte sich dort schon eine Menschenmenge eingefunden, aus der laute Proteste, das Heulen der Weiber und wilde Flüche klangen. Vor dem Eingang des Hospizes hatten sich die beiden Büttel postiert und warnten mit ihren gezogenen Schwertern jeden, der sich ihnen näherte. Aber eine kleine Gruppe kräftiger Männer drohte ihnen bereits mit den Fäusten, und wenn es zu einer Ausschreitung käme, würde Blut fließen.

Myntha zerrte Frederic am Ärmel.

»Dort sind die Männer der Wache, Meister Frederic. Sie müssen für Ruhe sorgen.«

»Ja, ich sehe sie. Ich werde mein Glück bei ihnen versuchen. Haltet Ihr Euch zurück, Jungfer«, sagte er und schob sie in Richtung der Gevatterin Ellen. Dann drängte er sich vor und rief laut: »Wache! Eine Reihe bilden!«

Die Männer schienen nicht überrascht von dem Befehl, sondern begannen sich zu formieren.

»Vor das Hospiz! Schützt den Eingang!«

Das Geschrei der Menge nahm ab, nur das Jammern einiger Frauen wurde lauter.

»Tretet zurück!«, befahl Frederic. »Tretet zurück! Wir werden den Gefangenen helfen. Ich werde mit dem Schöffen verhandeln. Aber ich brauche Eure Hilfe. Wer bürgt für die Männer?«

»Ihr seid doch der Mann mit den Raben?«

»Ja, der bin ich. Und?«

»Gut gemacht. Ich bin der Müller von der Bachstraße. Mein Name ist Gerhard von Mülheim. Ich bürge für den Bader. Er ist ein ehrenwerter Mann.«

»Dank Euch, Meister Gerhard. Wer unter Euch bürgt für Pfarrer Julius?«

»Ich, Meister Frederic. Ich bin Ratsherr von Mülheim, Ihr kennt mich.«

In der Tat, er erkannte den älteren Mann, der ihm vor einigen Monaten geholfen hatte, als Beisasse der Stadt anerkannt zu werden.

»Gut. Und für den Hauptmann der Wache, wer bürgt für den?«

»Ich!«, rief ein aufwendig gekleideter Herr. »Weinhändler, zu Euren Diensten. Der Hauptmann ist ein guter Kunde von mir.«

Gelächter erfolgte, und als es verklungen war, stellte Frederic mit einem Seitenblick auf Myntha die nächste Frage.

»Wer bürgt für die Fährmänner Witold und Haro?«

Ein ganzer Chor von Stimmen ertönte.

»Nehmt den Lachsfischer Godefrid, Meister Frederic.

Er ist ein guter Freund von Reemt und der Pate der beiden Ferrer«, ließ sich der Ratsherr vernehmen.

Frederic nickte, und ein graubärtiger Mann trat vor.

»Witold und Haro sind gute Männer. Ich kenne sie von Kindsbeinen an. Für ihren Leumund stehe ich ein«, sagte er laut, und zustimmendes Gemurmel wurde laut.

»Damit ist das geregelt. Wo finden wir den Schöffen?«, fragte Frederic an die Büttel gewandt.

»Wollte was essen. In der Schenke am Hafen.«

»Gehen wir. Wollt Ihr uns begleiten, Jungfer?«

»Unbedingt!«, sagte Myntha.

»Dann tut es, aber haltet Euren Mund, wenn Männer reden.«

Irgendwie war ihre Schnute niedlich.

Der Abgesandte des Amtmanns saß alleine an einem Tisch in dem ansonsten überfüllten Gastraum. Entweder weil kein anderer Lust hatte, sich zu ihm zu setzen, oder weil er schon eine Abordnung erwartete. Er war ein gutgenährter Mann, doch nicht sonderlich fett. Er aß manierlich und wischte eben seine Schüssel mit einem Stück Brot aus. In seinen Augen flackerte Erkennen und vielleicht auch etwas Angst auf, als Frederic zu ihm trat.

»Schöffe Thyn von Bramberg, ich hoffe, Ihr empfangt uns freundlicher, als ich es vorhin mit Euch tat. Versteht, ich lebe alleine außerhalb der Stadtmauer und muss mein Heim schützen.«

»Und was ist nun plötzlich Euer Begehr?«

Freundlich war der Tonfall nicht, doch Frederic versuchte sich weiter in Verbindlichkeit.

»Ich bin mir sicher, werter Herr, dass Ihr gute Gründe

habt, fünf unserer Bürger in Gewahrsam zu nehmen. Doch es sind Männer, die für das Leben dieser Stadt von großer Wichtigkeit sind. Es hat den Unmut der Bürger hervorgerufen.«

»Sie sind verdächtig, einen Mord begangen zu haben.«

Ganz sacht knirschte Frederic mit den Zähnen, blieb aber noch immer höflich.

»Es ist wahrlich furchtbar, dass die Badermagd umgebracht wurde, und der Mörder muss gefunden und überführt werden. Doch Ihr seid erst heute hier eingetroffen. Bedenkt, die Gemeinde braucht ihren Priester, die Wache ihren Hauptmann, die Fähre nach Köln muss in Betrieb bleiben, und die Menschen wollen ihr Badehaus aufsuchen. Lasst die Männer frei, damit sie ihren Aufgaben nachgehen können.«

»Damit sie sich meiner Befragung entziehen können? Ihr spaßt, Meister Frederic.«

»Nein, ich spaße nicht. Erstens halte ich Eure Gefangenen samt und sonders für rechtschaffende Menschen, und zum anderen gibt es Bürgen für ihre Ehrenhaftigkeit und Unschuld.«

»Tatsächlich?«

Es klang spöttisch, aber nun trat der Ratsherr an den Tisch des Schöffen, stellte sich vor und sprach sich beredt für den Pfarrer aus.

»Ein Pfarrer, der im Badehaus eine Magd aufsucht – für den bürgt Ihr?«, fragte der Schöffe, nachdem der Ratsherr geendet hatte.

»Auch ein Pfarrer sollte mal baden«, sagte der Ratsherr nüchtern. »Das macht ihn nicht zum Mörder.«

»Aber zum Sünder.«

»Auch das nicht. Baden ist keine Sünde.«

»Der Umgang mit liederlichen Weibern wohl doch.«

»Das hat er seinem Bischof zu beichten und nicht Euch.«

»Da habt Ihr recht. Und Ihr verbürgt Euch, den Angeklagten vor das Gericht zu bringen?«

»Bei meiner Ehre verbürge ich mich für Pfarrer Julius vamme Creutz.«

»Dann soll er so lange auf freiem Fuß bleiben. Setzt Euch zu mir, wir müssen ein Dokument aufsetzen.«

Der Schöffe zog aus seiner Tasche eine Rolle Pergament und ein Kistchen mit seinem Petschaft hervor. Der Ratsherr gab seinen Namen und seinen Stand an und leistete mit seiner Unterschrift Bürgschaft für Pfarrer Julius. Einige Münzen wechselten darauf den Besitzer.

»Da diese Abordnung recht groß ist, Meister Frederic, habt Ihr wohl noch mehr Bürgen aufgetrieben. Also setzt Euch an meinen Tisch, ich werde Euch anhören.«

Es ging einfacher als gedacht. Vermutlich gefiel dem Abgesandten die Wichtigkeit, mit der man ihn behandelte, weit mehr gefielen ihm aber wohl auch die Gebühren, die er für das Erstellen des Bürgschaftsdokuments erhob.

»Und für diesen Henning, Meister Frederic, wollt Ihr Euch sicher verbürgen«, schloss er schließlich seine Amtshandlung.

»Henning ist mein Gehilfe, und selbstverständlich bürge ich für ihn. Er ist ein redlicher Junge.«

Dass Thyn die Gebühr für ihn weit höher ansetzte als

für die anderen Verdächtigen, mochte seinem harschen Auftritt zuvor geschuldet sein. Frederic zahlte sie, ohne zu murren. Er hatte gelernt, dass alles seinen Preis hatte – vor allem die Willkür.

»Nun gut, ich werde den Bütteln Weisung geben, die Gefangenen bis auf Weiteres auf freien Fuß zu setzen. Aber sie dürfen die Stadt nicht verlassen. Und Ihr bürgt auch dafür. Der Tag des Gerichts wird kommen. Und zwar bald!«

Mit diesen düsteren Worten erhob sich der Schöffe, und Myntha flüsterte Frederic zu: »Was für ein Wichtigtuer.«

»Seid nur still, Unholdin. Sonst kommen Eure Brüder nie aus diesem vermaledeiten Keller.«

Sie verstummte, zog aber wieder so eine niedliche Schnute.

8. Kapitel

Der Vater hustete noch immer, und es hörte sich schlimmer an als das Maultier in seiner Empörung. Darum waren sich Myntha und ihre Brüder einig, ihm noch nichts von Mollys Tod und den Umtrieben des Schöffen zu berichten. Immerhin fühlte Reemt sich so erbärmlich schlecht, dass er ohne zu murren in seiner Kammer blieb und sich die Fürsorge durch sein Weibsvolk gern gefallen ließ.

»Bringst du mir noch mal diese Pastillen mit, wenn du auf den Markt gehst?«, bat er seine Tochter, als die ihm die kräftige Rindersuppe brachte, die seinen schwachen Appetit wecken sollte.

»Die schmecken lecker, nicht wahr?«

»Sie helfen mir gegen das Kratzen im Hals.«

»Sicher, aber lecker sind sie auch.«

»Sag das nicht so laut, Kind, Medizin muss scheußlich schmecken. So wie dieser widerliche Sirup, den Agnes mir abends immer versucht zu geben.«

»Er schenkt Euch aber schöne Träume.«

Das Leuchten in den Augen ihres Vaters gab ihr recht, und heimlich fragte sie sich, ob er seine Schwäche vielleicht doch etwas übertrieb, weil ihm die Aufmerksamkeit gefiel, aber dann zankte sie sich selbst ein böses Weib.

»Ich kümmere mich um die Pastillen. Und Ihr schlaft jetzt eine Weile.«

Gehorsam schloss ihr Vater die Augen, und sie schlich aus der Kammer.

Als Myntha unten in der Küche ankam, sagte sie zu Lore: »Ich gehe auf den Markt, Medizin für den Vater kaufen.«

»Bring mir Stopfgarn mit«, bat Enna vom Kamin her. »Die Jungen haben sich schon wieder die Hemden zerrissen.« Und dann kicherte sie leise. »Und einen bösen Husten habe ich auch!«

Und um das zu beweisen, bellte sie ein paar Mal. Da die alte Frau sich bislang ausgesprochen guter Gesundheit erfreut hatte, vermutete Myntha stark, dass sie ebenfalls von den köstlich süßen Pastillen genascht hatte. Je nun, auf einige mehr würde es nicht ankommen.

Als sie bei dem Kräuterhändler stand und wartete, dass sie bedient wurde, gesellte sich Gevatterin Ellen zu ihr.

»Meister Frederic hat sich vorgestern recht wacker geschlagen. Gott zum Gruße, Jungfer Myntha. Ihr seid sicher auch froh, Eure Brüder wieder zu Hause zu haben.«

»Das bin ich, Gevatterin Ellen. Es ist dennoch eine Unverschämtheit, sie zu verdächtigen, die arme Molly umgebracht zu haben.«

»Genau wie den Pfarrer. Himmel, der muss doch morgen das Kind meiner Maria taufen. Sie hat mich gebeten, seine Patin zu sein.«

»Ein kräftiger Knabe, habe ich gesehen.«

»Und das, obwohl sie einen ganzen Tag lang in den Wehen gelegen hat. Aber der Herr hat es gut mit dem

Kindlein gemeint und ihm eine prächtige Lunge geschenkt. Er blökt zum Erbarmen, wenn er hungrig ist.«

»Dann mag die Mutter glücklich sein, dass ihr Sohn gesund ist und nicht ungetauft zu sterben droht. Aber hoffentlich blökt er nicht gegen den Herrn Pfarrer in der Kirche an.«

Gevatterin Ellen lachte. Dann sagte sie: »Ich habe der Maria bereits einen schönen Taufkuchen gebacken. Ihr kommt doch auch, um ihn zu probieren? Und bringt auch Lore und Agnes mit.«

»Aber gerne.«

Dass sich die Frauen nach der Taufmesse zu einer fröhlichen Geselligkeit trafen, war üblich, und Myntha freute sich, dass Gevatterin Ellen sie ebenfalls einlud, daran teilzuhaben. Nicht nur um dem Neugeborenen und seiner Mutter zu huldigen, sondern auch, weil Ellens Kuchen immer zu den großen Genüssen bei solchen Feiern gehörten.

»Feiert Ihr in Eurem Haus oder bei Maria?«

»Bei ihr. Der Hinerk, ihr Mann, wird wohl mit seinen Freunden nach Köln rüberziehen. Frag mich lieber nicht, wie die Männer die Taufe feiern.«

»Nach ihrem eigenen Ritus.«

»Wohl wahr. Wir wollen es lieber nicht zu genau wissen, nicht wahr?« Aber dann fragte Ellen mitfühlend: »Und, geht es dem Fährmeister besser?«

»Er würde die Messe noch weidlich stören, so wie er hustet. Ich will ihm seine Pastillen kaufen.«

»Dann bittet ihn, morgen besser noch zu Hause zu bleiben. Der Herrgott wird es ihm nachsehen. Hach, aber die Pastillen – da sagt Ihr was. Ich werde auch welche mitnehmen, die kann Maria dann an die Gäste verteilen.«

»Lasst mich aber zuerst welche für meinen Vater mitnehmen«, bat Myntha. »Und Enna hustet auch ganz schlimm«, fügte sie listig hinzu.

Zum Glück für sie beide hatte der Kräuterhändler reichlich von den Pfefferminz-Pastillen vorrätig und wusste auch augenzwinkernd von dem schlimmen Frühjahrshusten zu berichten, an dem so viele seiner Kunden litten. Er machte gute Geschäfte mit diesem Arzneimittel, vermutete Myntha, als sie mit ihrem Beutelchen voll nach Hause zurückkehrte.

Die Taufe war ein Ereignis, das die Kirche füllte wie sonst nur an hohen Feiertagen. Vor allem Frauen und Mädchen waren es, die sich in ihrem besten Festtagsstaat eingefunden hatten. Die Wäscherinnen waren beliebt und sie und ihre Freundinnen ein fröhliches Völkchen, gegen deren Geschwätz und Gekicher Pfarrer Julius und seine Ministranten alle Mühe hatten, sich durchzusetzen. Doch als der kleine Junge über das Taufbecken gehalten wurde, herrschte Stille, und die Worte der Taufe klangen ungestört durch die Hallen.

»Schau mal, da vorne steht ja auch der Schöffe«, sagte Myntha leise zu Agnes.

»Hat der etwa Angst, dass der Pfarrer sich durch die Sakristei verdrückt?«

»Vielleicht will er nur der Messe beiwohnen, aber ich glaube, er ist ein misstrauischer Kerl. Angeblich fällt er den Männern hier lästig. Er fragt überall herum, wer mit der Molly Unzucht getrieben hat.«

»Und, wer hat?«

»Keiner kann sich daran erinnern. Offenbar war die Badermagd ein Ausbund der Tugendhaftigkeit.«

»Dann wird es ihm schwerfallen, ihren Mörder zu finden.«

»Sicher. Aber irgendwer hat sie umgebracht. Und das ist eine Schande. Auch wenn sie nicht so tugendsam war, wie es jetzt scheinen mag, sie war ein heiteres, hilfsbereites Weib und dem Bader eine große Hilfe.«

Die restliche Zeit der Messe schwiegen sie jedoch, und erst als die junge Mutter mit dem Täufling vor das Portal trat, gingen sie zu ihr und beglückwünschten sie. Der Kleine hatte sich wacker gehalten und keine Kostprobe seiner kräftigen Lunge erbracht, aber jetzt wurde er unruhig, und sein Geschrei war wahrlich durchdringend.

Und prompt kam eine Antwort vom Lichthof her, die Myntha als Schrei des Maultiers erkannte. Lore hatte das Tier an einem Baum angebunden, damit es die Disteln von den Gräbern fressen konnte, die es als besondere Delikatesse empfand. Aber bei diesem Genuss war es gestört worden, und zwar von einem vierschrötigen Mann, der sich heftig gegen die Umklammerung des Schöffen zur Wehr setzte.

»Was ist denn hier los?«, donnerte Pfarrer Julius und versuchte, das Geschrei zu übertönen.

»Der Mann wollte fliehen!«, keuchte Thyn und geriet in gefährliche Nähe zu dem Düwwelsbalch, das seinem Titel alle Ehre machte. Es keilte aus und traf Freund und Feind gleichermaßen.

»Das ist doch der Aalfischer Alrik«, sagte Myntha und packte Lore am Arm. »Los, sieh zu, dass dein Maultier sich beruhigt. Sonst sperrt der Schöffe es in den Kerker.«

»Das wagt der nicht!«

Lore schoss los und packte das Tier an dem Strick, mit dem es an den Baum gebunden war. Das wiederum gefiel dem nicht, und sein Protest wurde noch lauter. Seine Hinterhufe trafen den Schöffen an der Brust, er taumelte zurück. Alrik riss sich los und stürmte zum Rheinufer. Pfarrer Julius versuchte, sich heldenmütig ins Getümmel zu werfen, bekam ebenfalls einen Tritt ab und stolperte über einen Grabstein. Myntha rannte los, um ihm beim Aufstehen zu helfen.

»Seid Ihr verletzt, ehrwürdiger Herr?«

»Nur an Stolz und Würde, Jungfer. Was ist das für ein Höllentier?«

»Unser Maultier. Wir haben es noch nicht lange, und wie es scheint, liebt es die Menschen nicht sehr. Man hat es einst sehr geschunden.«

»Und jetzt lasst Ihr es auf dem Friedhof Disteln fressen? Ist das weniger misshandelt?«

»Die Toten tun ihm nichts, und auch wenn Ihr es nicht glaubt, aber es mag Disteln.«

»So kann es Feigen ernten von den Disteln? Ein demütiges Tier, trotz seiner harten Hufe.«

»Ja, an ihren Früchten kann man es erkennen«, ergänzte Myntha das Bibelzitat und grinste den Pfarrer an. Zu ihrer Überraschung grinste der zurück.

»Dat es ene Düwwelsbalch und blief ens«, maulte Lore und zerrte wieder an dem Strick. Nur mit ihrem Geschick im Umgang mit dem Tier gelang es ihr, seinen harten gelben Zähnen auszuweichen.

Thyn von Bramberg schien ihrer Meinung zu sein. Er rieb sich die Brust und bedachte das Maultier ebenso wie Lore mit bösen Blicken.

»Alrik wird nicht weit kommen, Herr Schöffe«, versuchte Myntha, ihn zu beruhigen. »Er hat einen lahmen Fuß. Aber warum habt Ihr ihn festgehalten?«

»Das geht Euch nichts an, Weib.«

»Aber mich vielleicht!«, sagte der Pfarrer energisch. »Was werft Ihr dem Aalfischer vor?«

»Er hat Unzucht mit der Toten getrieben!«

»Gütiger Herr Jesus, mit einer Toten? Das ist eine schwere Sünde.«

»Nicht mit einer Toten, sondern mit dieser Badermagd, als sie noch lebte. Und dann hat er sie erwürgt.«

»Tut man das, nachdem man Unzucht getrieben hat? Das ist mir neu.«

Jetzt knirschte der Schöffe mit den Zähnen. Offenbar wollte er nicht vor Zeugen den Pfarrer schmähen.

»Ich gehe allen Spuren nach. Und der Fischer hat sich verdächtig gemacht.«

»Er ist ein grober Kerl, das ist wohl wahr. Aber das Badehaus sucht er nicht auf. Ich dachte, das könntet Ihr riechen«, sagte Myntha und legte dem Maultier die Hand auf die Flanke. Das stellte endlich sein Geschrei ein.

»Man muss nicht baden, um morden zu können«, fauchte der Schöffe.

»Sicher nicht, aber wurde die arme Molly nicht im Badehaus tot aufgefunden?«

Thyn von Bramberg stapfte wütend davon, allerdings Richtung Markt, nicht zum Rhein hinunter, wohin Alrik geflohen war.

»Ich glaube, er muss Erfolge vorweisen«, murmelte der Pfarrer.

»Dann sollten wir ihm helfen«, antwortete Myntha. »Alleine wird er es nicht schaffen und nur für Unruhe sorgen.«

»Was können wir tun, Jungfer? Ich kenne meine Schäfchen hier noch nicht gut genug, um auch nur das eine zu verdächtigen.«

»Euch wird man vielleicht die Untat beichten.«

»Das könnte der Mörder natürlich, aber ich muss das Beichtgeheimnis wahren.«

»Das müsstet Ihr, aber Ihr könnt auf den Geständigen einwirken, damit er sich zu seiner Tat bekennt.«

»Und sich selbst zum Tode verurteilt?«

»Na ja, das ist schwierig, da habt Ihr recht. Also sollte ich mich wohl mal ein wenig genauer umhören. Es muss jemand gewesen sein, der die Molly kannte und auch das Badehaus besucht hat. Aber möglicherweise keiner von hier. Ich werde mal mit dem Meister Juppes ein Gespräch führen.«

»Lasst das Euren Vater tun, Jungfer. Über so etwas können Männer besser miteinander reden.«

»Der Vater hustet.«

»Wenn er seine Söhne von dem Verdacht befreien will, wird er den Husten schon unterdrücken. Jungfer Myntha. Ihr seid klug genug, um Euch auch einmal zurückzuhalten. Es wäre nicht gut, wenn Euer Ruf geschädigt würde.«

»Als wenn an dem noch irgendwas zuschanden gehen könnte.«

»Wie meint Ihr das?«

Pfarrer Julius starrte sie entsetzt an.

»Habt Ihr noch immer nicht gehört, was man mir nachsagt? Ich bin eine Wiedergängerin. Und in den Vollmondnächten streife ich durch die Gassen und bringe den Menschen den Tod.«

»Aber Jungfer Myntha, das ist doch blanker Aberglaube.«

»Na, dann fragt mal Alrik und seine Freunde.«

»Lieber nicht. Aber selbst wenn das so wäre, Jungfer Myntha, dann ist es umso wichtiger, dass Ihr Euch aus der Sache heraushaltet. Sonst kommt gar der Schöffe noch auf die Idee, dass Ihr die arme Molly auf dem Gewissen habt. Er scheint mir nur zu erpicht darauf, einen Schuldigen zu finden.«

Myntha fuhr ein kalter Schauder über den Rücken. Der Pfarrer hatte recht, vor derartigen Verdächtigungen musste sie sich in Acht nehmen.

»Mein Vater wird mit Meister Juppes reden. Es wird Zeit, dass er aus seinem Bett kriecht und sich seiner Pflichten entsinnt!«

»Braves Mädchen«, sagte der Pfarrer und lächelte sie an. »›Sie tut ihren Mund auf mit Weisheit, und auf ihrer Zunge ist holdselige Lehre.‹«

»Wäre schön, wenn ein verständiger Mann es mal so sehen würde und mich zu seinem Weib nähme. Habt Dank für Eure Freundlichkeit, ehrwürdiger Herr.«

Und den ganzen Weg zu Marias Haus hin freute sich Myntha über Salomons Worte.

9. Kapitel

Haro war um die Mittagszeit zur Kate gekommen und hatte Frederic Nachricht von Henning überbracht.

»Eure Schwester scheint sich ein wenig bockbeinig zu stellen. Sie will den Jungen nicht zu dem Händler bringen, dessen Pflege sie übernommen hat. Sie sagt, sie traut Henning nicht und verlangt, dass du mit dem Mann redest.«

»Lauryn soll sich nicht so anstellen.«

»Ach, ich weiß nicht. Dein Gehilfe war schon auf der Fähre ziemlich aufgewühlt, mag sein, dass er ein wenig zu hitzig ist, um mit einem Genesenden in Ruhe zu reden.«

»Ungeduldig und vermutlich fürwitzig. Ja, das kann sie gar nicht leiden. Also gut, ich komme mit und versuche, die Wogen zu glätten.«

Haro streckte seine langen Beine aus und beobachtete, wie Frederic sein Wams gürtete.

»Mein Vater hat sich aufgerafft und das Krankenbett verlassen. Myntha hat ihn überredet, den Bader aufzusuchen.«

»Ein heißes Bad, eine Rasur und ein Haarschnitt sind nach einer Krankheit sicher angenehm.«

»Und nicht nur das. Sie wollte, dass er Meister Juppes danach befragt, wer an dem Tag, an dem Molly erwürgt wurde, noch alles zu Gast war. Witold und ich haben nur in der Bütt gesessen. Aber im Schwitzraum waren auch noch andere.«

»Henning etwa. Aber er hat sich nicht darum gekümmert, wer von den Männern sich dort aufhielt. Ich habe den Verdacht, dass er mehr die Frauen betrachtet hat.«

Haro lachte.

»Er ist in diesem Alter.«

»Gut, ich komme mit auf die Fähre und besuche meine Schwester«, sagte der Rabenmeister und zog seine Weste stramm.

Der Rhein war ein wenig kabbelig, und die Fähre schwankte über die Wellen. Die Passagiere kämpften mit ihren Körben und Säcken, damit sie nicht über Bord rutschten. Eine Händlerin stolperte und fiel gegen Frederic, der Mühe hatte, aufrecht stehen zu bleiben.

»Hach, dass ich das noch mal erleben kann – an der Brust eines schönen Mannes zu liegen«, kicherte sie und zeigte dabei zwei Zahnlücken. Sie roch nach geräucherten Würsten und nach Frau, und Frederic befreite sich sacht aus ihrem liebevollen Griff.

»Ihr seid ein beherztes Weib und könnt auf eigenen Füßen stehen«, sagte er.

»Sischer dat!«

»Kommt hier herüber, Marja«, rief Haro. »Hier schwankt es weniger.«

Frederic war froh, dass die Händlerin ihn in Frieden ließ, und als sie das Ufer erreicht hatten, sprang er als einer der Ersten von dem Fährnachen. Haro winkte ihm zum Abschied zu, und er machte sich eilends auf den Weg zu dem Haus, das dem Tuchhändler Tilo Pauli gehörte. Es war ein stattliches Gebäude, bis zum ersten Stock aus Stein errichtet, darauf zwei weitere Stockwerke aus schön geformtem Fachwerk. Eine Tordurchfahrt führte in einen Hof, in dem zwei Fuhrwerke standen, die eben mit Fässern voll Tuche beladen wurden. Frederics Schwester Lauryn, Tilos Weib, stand mit einer Tafel in der Hand daneben und notierte darauf Fassnummern und Bestimmungsorte. Er wusste, dass sie die Organisation der Verkäufe überwachte, Rechnungen stellte und Zahlungen verfolgte. Das Unternehmen blühte dank ihrer Energie und Beharrlichkeit. Tilo kannte sich zwar ausgezeichnet mit den Qualitäten der Wolle und der Tuche aus, wäre aber in der Abwicklung seiner Geschäfte weit nachlässiger gewesen.

»Ich grüße dich, Lauryn. Hast du ein wenig Zeit für mich?«

»Frieder? Na, was verschafft mir denn die Ehre? Brauchst du Geld?«

»Aber Lauryn. Ich kann ganz gut für mich selbst sorgen.«

»Ach ja. Und deshalb wohnst du in einer schäbigen Kate und versteckst dich hinter deinen Raben? Ich bin dir wohl nicht wichtig genug. Du hast mich seit deiner Ankunft erst ein einziges Mal aufgesucht. Also wirst du einen triftigen Grund haben.«

»Das weißt du doch. Du willst Henning nicht mit deinem Gast reden lassen, wenn ich nicht dabei bin.«

»Der Junge ist ein Fürwitz, frech und unhöflich.«

»Das allerdings nimmt mich wunder. Er ist gut erzogen

und lässt es an Respekt und Achtung nie mangeln. Es sei denn, man reizt ihn.«

»Gut erzogen …«

»Lauryn, du bist herrschsüchtig und oft hart in deinen Äußerungen. Könnte es sein, dass du ihn verärgert hast?«

»Ich habe es nie an Höflichkeit mangeln lassen, Frieder.«

»Deine Höflichkeit kann ätzend sein. Aber gleich wie. Wir müssen mit deinem Gast sprechen. Darum führe mich zu ihm.«

»Das also ist dein Anliegen. Kein freundlicher Besuch deiner Schwester.«

»Lauryn, ich halte mich mit Absicht auf der anderen Rheinseite auf. Ich habe dir doch damals schon erzählt, dass mich ein Feuerteufel jagt. Ich will nicht, dass andere in Gefahr geraten.«

»Aber bei Frau Alyss hast du diese Bedenken nicht.«

»Mein Gott, sie kümmert sich um meinen Sohn. Und manchmal muss ich einfach nach Emery schauen.«

»Hast du wenigstens inzwischen herausgefunden, wer dieser Brandstifter ist?«

»Ich habe einen Verdacht, aber der bringt mich nicht viel weiter.«

»Sag es mir.«

Frederic ging einmal um die beladene Fuhre herum und überlegte. Lauryn war eine kluge Frau, und sie fand oft gute und ungewöhnliche Lösungen für Probleme. Er entschied, dass er mit ihr darüber sprechen sollte, gleichwohl es ihm nicht leichtfiel.

»Es muss etwas mit Agincourt zu tun haben. Vermutlich mit den Männern, die in einer brennenden Hütte umgekommen sind. Es waren unsere französischen Gefangenen, und dass jemand diese Hütte angezündet hatte, war schon eine Schweinerei. Nur vier oder fünf der Gefangenen konnten der Flammenhölle entkommen.«

»Hast du etwas mit diesen Gefangenen zu tun gehabt?«

»Ja, schon. Ein paar von ihnen habe ich auf dem Schlachtfeld aufgesammelt. Das ist nichts Ungewöhnliches, nach der Schlacht macht man eben Gefangene. Aber in die Hütte habe ich sie nicht gepfercht.«

»Dennoch, Frieder, jemand gibt dir wohl die Schuld an ihrem Tod. Einer, der entkam?«

»Ich habe mich nie um ihre Namen gekümmert. Ich sollte es wohl tun. Es hat viele Schreiber gegeben, die alles notiert haben. Überwiegend Mönche waren das. Mhm, wie komme ich an deren Aufzeichnungen?«

»Indem du einen Geistlichen fragst. Vermutlich sind die Dokumente in den Klöstern abgeschrieben und an alle wichtigen Männer verteilt worden.«

»Vater Lodewig!«

»Ja, der Abt von Groß Sankt Martin wird zumindest wissen, wo man diese Abschriften finden kann.«

»Du bist wie immer eine gute Ratgeberin, Lauryn.«

»Sogar für solch seltene Gäste wie dich. Und nun hol dir deinen jungen Fürwitz und befrag den Meister Lukas. Er liegt in der Kammer neben dem Kontor. Und Henning schnüffelt vermutlich im Bücherzimmer herum.«

Lauryn vertiefte sich wieder in ihre Aufzeichnungen auf der Tafel, und Frederic wandte sich dem Eingang zum Haus zu. Als Junge hatte er Tilos Elternhaus einige Male betreten, und so fiel es ihm leicht, seinen Gesellen zu finden, der tatsächlich seine Nase in ein Buch gesteckt hatte.

»Aufregende Lektüre?«

»Großartige. Es handelt von den Rittern der Tafelrunde und ihren Aventuren.«

»Ja, das muss dir gefallen. Aber jetzt haben wir es mit einer anderen Art von Rittern zu tun. Komm, Henning, wir besuchen den Weinhändler Lukas, der auf dem Weg zur Genesung ist. Hast du dir deine Fragen zurechtgelegt?«

»Ich hatte ja viel Zeit dafür«, knurrte Henning.

»Zeit, in der du meiner Schwester vorwitzige Antworten gabst?«

»Sie ist ein herrisches Weib. Und von Weibern lasse ich mir nichts befehlen.«

»Ist das so? Nun ja, das wächst sich raus. Du wirst es künftig aber bitte nicht an angemessener Höflichkeit fehlen lassen.«

»Wenn sie desgleichen tut – sicher.«

»Selbst wenn sie es nicht tut, mein junger Freund. Denn tust du es nicht, wirst du erstmals von mir die Gerte zu schmecken bekommen. Also benimm dich.«

Hennings hochroter Kopf neigte sich, und Frederic hatte den Eindruck, dass sein Geselle mächtig an seinen Widerworten zu kauen hatte. Aber keines davon rutschte von seinen Lippen. Mit zwei Schritt Abstand ging er hinter Frederic her. Als sie die Kammer erreichten, trat Frederic mit einer Verbeugung an das Bett des Kranken und betrachtete ihn kurz. Sein Kopf war verbunden, sein Kiefer schillerte in grünblauen Farben, sein rechter Arm war ebenfalls verbunden und geschient, und offenbar hatte man auch seine Rippen bandagiert.

»Ich grüße Euch, Meister Lukas. Ich bin Frederic Bowman, der Bruder Eurer Gastgeberin. Dies ist mein Gehilfe Henning. Wir freuen uns, dass Ihr auf dem Weg zur Genesung seid, und haben ein paar Fragen an Euch, die uns helfen sollen, den Räuber zu finden, der Euch überfallen hat.«

»Wenn ich mit Euch sprechen soll, dann müsst Ihr mir helfen, mich aufzurichten.«

»Aber natürlich. Henning, zwei dicke Polster.«

Frederic packte den mageren Mann um die Schultern und zog sanft seinen Oberkörper hoch. Meister Lukas stöhnte und ließ sich gegen die Polster sinken.

»Es ist so lästig, hilflos zu sein«, murmelte er.

»Es wird mit jedem Tag besser.«

»Nun ja, es gibt solche Tage und andere. Was wollt Ihr denn wissen?«

»Henning?«

Sein Gehilfe trat vor und verbeugte sich höflich.

»Meister Lukas, meinen Gruß. Als man Euch angriff, sind die Fuhrleute fortgelaufen. Könnt Ihr Euch erinnern, ob sie etwas zu den Räubern gesagt haben?«

»Es ging alles furchtbar schnell, und es entstand ein mächtiger Tumult. Aber lasst mich überlegen.«

Meister Lukas schloss die Augen und schien sich in die Vergangenheit zu versetzen. Dann schlug er die Augen wieder auf und sagte: »Ihr habt recht, sie riefen etwas, das sich so anhörte wie: Da kommt der schwarze Ritter! Nichts wie weg!«

»Demnach haben sie den Räuber als den schwarzen Ritter erkannt. Ihr seid diesem Mann begegnet. Ist Euch irgendwas an ihm aufgefallen?«

»Junger Mann, ich war in einen verzweifelten Kampf verwickelt …« Wieder schwieg Meister Lukas, dann sagte er leise: »Schwarz war er schon. Über seiner Rüstung trug er ein schwarzes Hemd, auch sein Helm war schwarz und sein Schild ebenfalls. Das schien übermalt gewesen zu sein, denn als die Sonne darauf schien, meinte ich die Konturen von Lilien darauf zu erkennen. Vor allem aber war sein Ross schwarz wie der Teufel. Ich hatte gegen einen seiner Mannen gekämpft und war zu Boden gefallen. Da kam dieses Teufelstier auf mich zu und trat mit seinen Hufen nach mir. Den ersten Tritten konnte ich ausweichen, indem ich mich unter den Beinen wegrollte. Aber dann stieß ich gegen das Rad eines Wagens, und der erste Huf traf mich in die Rippen. Danach prasselten die Tritte nur so auf mich ein, und ich verlor das Bewusstsein.«

»Eine böse Sache.«

»Ja, das war es wohl.«

»Hat der schwarze Ritter irgendwas gesagt oder geschrien?«

»Selbst wenn er es getan hätte, ich könnte mich nicht daran erinnern. Ich hatte eine solche Angst und dann furchtbare Schmerzen. Herrgott im Himmel, wer richtet sein Ross nur dazu ab, wehrlose Männer niederzutrampeln?«

»Möglicherweise der Ritter Bernolph von Dalberg. Ist Euch der Name geläufig?«

»Nein, der sagt mir gar nichts.«

Meister Lukas lehnte sich ächzend in seine Kissen zurück.

»Komm, Henning, wir machen es dem Mann wieder etwas gemütlicher. Wir haben ihn sehr angestrengt.«

Als Meister Lukas wieder flach in seinen Kissen lag, zog Frederic seine Decken grade und steckte sie um ihn fest.

»Sie haben Kinder«, bemerkte Lukas leise.

»Ja, einen kleinen Sohn.«

»Merkt man.«

Damit schloss er die Augen und schien in einen leichten Schlummer zu versinken. Frederic nahm Hennings Arm und zog ihn aus der Kammer.

»Mehr wird er nicht sagen können. Er ist gleich in einen Kampf verwickelt worden, und du weißt selbst, dass dann wenig Zeit für Beobachtungen bleibt. Immerhin, das mit dem Schild ist ihm aufgefallen. Wie sieht denn das Wappen derer von Dalberg aus?«

»Drei rote Lilien auf grünem Grund.«

»Nun, das passt doch.«

»Ja, aber ich muss wissen, wo der Unterschlupf von diesem verdammten Raubritter ist. Ich muss los, Meister Frederic.«

»Nein, du kommst mit nach Hause, mein Junge. Wir haben einiges zu bereden.«

»Ich will aber …«

»Henning, spar dir die Widerworte. Du kannst nicht alleine losziehen und ein Raubritternest ausheben. Fasse dich in Geduld. Du brauchst Unterstützung und noch weit mehr Hinweise. In wenigen Tagen sind wir auf der Burg von Lunerke. Du erinnerst dich – Bilke und Haro heiraten. Ich denke, der runde Ritter Adolf hat sicher auch von dem Vorfall gehört, und wie ich ihn einschätze, hat er sich seine eigene Meinung dazu gebildet. Du magst ihn vielleicht für einen alten Kauz halten, aber ich glaube, er hält gerne seine Ohren offen.«

Henning zuckte resigniert mit den Schultern.

»Wie Ihr wünscht, Meister.«

»Sehr schön. Und nun verabschiede dich höflich von Frau Lauryn.«

Auch das tat Henning mit ernster Miene und unterwürfigen Worten. Lauryn hörte zu, und um ihre Mundwinkel zuckte es einmal.

Als Henning voraus durch das Tor ging, flüsterte sie Frederic zu: »Kopf gewaschen?«

»Gründlich. Waren ordentlich Flausen drin.«

»Besuch mich bald wieder und bring mir meinen Neffen mit.«

»Irgendwann.«

Damit wandte er sich auch dem Ausgang zu.

»Henning, ich muss noch einmal zu Groß Sankt Martin. Möchtest du mitkommen oder schon die Fähre nehmen?«

»Ich komme mit, wenn es gestattet ist.«

»Dann los!«

Vater Lodewig rieb sich erfreut die Hände.

»Was für eine nette Abwechslung an einem langweiligen Nachmittag. Diese Abrechnungen treiben mich allmählich in den Wahnsinn. Nie stimmen sie, und immer geht es zu unseren Ungunsten aus. Es sieht beinahe aus, als ob wir fürderhin an Wein sparen müssten.«

»Wie entsetzlich, ehrwürdiger Vater. Gut, dass bald wieder eine Fastenzeit kommt.«

»Erinnere mich nicht daran. Fisch und Fisch und immer wieder Fisch!«

»In Sahnesoße, in Butter gedünstet, in Kräutermarinade gebraten, in knusprigen Brotteig gehüllt …«

»Hör auf, hör auf!«

Frederic lachte und setzte sich auf die Bank am Fenster. Dem schweigsamen Henning gab er einen Wink, neben ihm Platz zu nehmen.

»Wie geht es Jung-Emery?«

»Er hat sich gut bei Frau Alyss eingelebt.«

»Ja, ein munteres Kerlchen, und zusammen mit diesem Teufelsbraten Gauwin ein wahrer Schrecken. Wusstest du, dass die beiden sich neulich im Weinkeller versteckt und dort höchst bedrohliche Laute produziert haben? Zwei Kunden haben sie zu Tode erschreckt, weil sie durch Trichter geheult und geknurrt haben. Die Männer mussten den Eindruck gehabt haben, dass die Höllenhunde los waren.«

»Davon habe ich noch nichts erfahren. Aber es wird Folgen haben, das verspreche ich Euch.«

»Soweit ich es gehört habe, haben sie bereits ihre Bußgebete gesprochen, Frederic.«

Das erstickte Gurgeln neben sich überhörte Frederic und biss sich selbst auf die Lippen. Er war schon sehr einfallsreich, sein kleiner Sohn. Und als er Vater Lodewig ansah, lag auch in dessen Augen ein vergnügtes Funkeln.

»Also gut, lassen wir diesen Teil der Belustigung. Ich habe eine Frage an Euch, ehrwürdiger Vater.«

»Nur zu, Meister der Raben.«

»Ihr wisst, ich war Bogenschütze in der Schlacht von Agincourt. Und ich war Zeuge vieler Gräueltaten. Eine davon war besonders hinterhältig.« Er schilderte noch einmal den Brand der Hütte und fragte dann: »Die Mönche auf dem Schlachtfeld haben vieles dokumentiert, vor allem die Namen der Gefangenen. Ist es möglich, Abschriften von diesen Aufzeichnungen zu erhalten? Sie müssen in den Archiven der Klöster liegen.«

»Mhm. Darüber muss ich nachdenken. Hast du einen solchen Mönch beobachtet, der die Namen notiert hat?«

»Es waren derer mehrere.«

»Sicher, aber welche Art von Kutten trugen sie? Die braune der Benediktiner, die schwarze der Franziskaner oder die weiße der Dominikaner?«

»Weiß waren sie gewiss nicht.«

»Hätte mich auch gewundert. Braun oder schwarz?«

So ungern er es auch tat, aber Frederic sah sich gezwungen, noch einmal an diesen furchtbaren Tag der Schlacht zu denken. Seine Hände verkrampften sich in seinem Schoß, als er wieder das Prasseln der Flammen, den entsetzlichen Gestank, die Schmerzen, den Hunger und den Durst verspürte. Die Bilder waren noch immer da, genau wie sie in seinen Albträumen auftauchten. Und doch …

»Schwarze Kutten mit Kapuzen und weißem Zingulum.«

»Franziskaner. Hast du gehört, in welcher Sprache sie

sich verständigten? Englisch? Deutsch? Spanisch? Französisch?«

»Nein, ich habe sie nicht sprechen hören.«

»Selbst als die Hütte brannte nicht? Keine Schreckensausrufe, keine Stoßgebete …«

»Wartet. Doch, da war etwas. Es schrie einer: *Mon Dieu, ils sont enfermés!*«

»Französische Franziskaner demnach. Ich werde bei unseren Brüdern von Sankt Minoriten nachfragen, welche Mönche aus Klöstern in Frankreich als Chronisten bei Agincourt tätig waren. Dann kommen wir sicher weiter.«

»Das wäre äußerst hilfreich, ja. Ich danke Euch vielmals, ehrwürdiger Vater.«

»Nun, wir werden sehen. Bring das nächste Mal einen weniger maulfaulen Begleiter mit. Vielleicht deinen fürwitzigen Sohn.«

»Wie ich es mache, es ist verkehrt«, murmelte Henning, als sie aus dem Kloster traten.

»Tja, das Leben ist schon hart.« Und dann schlug Frederic seinem Gehilfen aufmunternd auf den Rücken. »Gehen wir in die Taverne dort und bestellen uns ein Bier und ein Stück Fleisch vom Grillspieß!«

»Und dazu darf ich den Mund aufmachen?«

»Zum Essen? Ja.« Frederic grinste Henning an. »Und ich hoffe, du hast gerade eben etwas von dem Meister der Befragung gelernt?«

»Sollte ich?«

»Solltest Du. Wäre dir je der Gedanke gekommen, nach der Herkunft der Chronisten zu fragen, um herauszufinden, in welchen Klöstern sich die Abschriften der Gefangenenlisten befinden?«

Henning schwieg eine Weile, dann nickte er.

»Ein Meister der Befragung, in der Tat.«

»Schön. Und nun erzähl mir von der herrschsüchtigen Lauryn. Weißt du, als ich jung war, habe ich unter ihrem Mundwerk auch ziemlich gelitten.«

Der Tag klang versöhnlich aus, und als sie mit der letzten Fähre übersetzten, vergoldete die untergehende Sonne ihre Fahrt.

10. Kapitel

»Die Molly? Tot? Erwürgt im Schwitzhaus? Was redest du da, Tochter?«

Reemt starrte Myntha fassungslos an.

»Ich wollte es Euch nicht sagen, solange Ihr fiebernd im Bett lagt.«

»Ich habe nicht gefiebert.«

»Doch, das habt Ihr«, sagte Agnes sanft und legte Reemt die Hand auf die Stirn. Der wischte sie unwirsch weg.

»Unsinn. Ein leichter Husten, das war alles, was ich hatte. Aber ihr habt mich ja in der Kammer eingesperrt. Und nun ist die Molly tot.«

»Ihr hättet es auch nicht verhindern können, wenn Ihr gesund gewesen wärt, Vater.«

»Die Molly …«

Trauer schien den Fährmeister zu überwältigen. Er stützte seine Ellenbogen auf dem Tisch auf und barg sein Gesicht in den Händen. Lore goss etwas heißen Würzwein in einen Becher und stellte ihn neben seine Arme.

»Trinkt einen Schluck«, riet sie ihm leise. »Es lindert den Schmerz.«

Er nippte daran, doch seine Miene blieb tieftraurig.

»Hat man sie schon verscharrt?«, flüsterte er.

»Ich weiß es nicht. Es ist schon eine Woche her …«

»Wo ist sie?«, fuhr Reemt auf. »Findet heraus, wo sie ist. Und wenn dieser verdammte Pfarrer sie neben der Friedhofsmauer verscharrt hat, dann wird er sie mit eigenen Händen wieder ausbuddeln und für ein christliches Begräbnis sorgen. Sucht sie!«

Myntha hatte ein kleines schlechtes Gewissen. Sie hatte sich über den Schöffen aufgeregt und dabei das Opfer völlig vergessen.

»Lore, frag Gevatterin Ellen, ob sie etwas weiß, Agnes, du gehst ins Hospiz und fragst dort nach, ich werde die Badestube aufsuchen.«

Die drei Frauen stoben mit wehenden Gewändern in drei Richtungen von dannen.

Myntha schnaufte ein wenig, als sie durch die Tür des Badehauses trat. Eine der Badermägde fing sie ab und fragte nach ihrem Begehr.

»Ich muss Meister Juppes sprechen. Es ist dringend.«

»Er walkt eben den Bäckermeister, Jungfer.«

»Das wird auch ein Knecht übernehmen können. Oder ich helfe ihm walken.«

»Ich lauf ja schon, ich lauf ja schon!«

Kurz darauf kam der Bader selbst zu ihr und schüttelte unwillig den Kopf.

»Was ist so wichtig, dass Ihr meine Arbeit unterbrechen müsst, Jungfer Myntha?« Und mit Besorgnis: »Ist diesem Tropf von Schöffen ein neuer Blödsinn eingefallen?«

»Das bestimmt auch. Aber ich habe meinem Vater nun endlich von Mollys Tod berichtet, und er sorgt sich um ihr Begräbnis. Sagt, ist sie schon unter der Erde?«

»Nein, nein, natürlich nicht. Es hat sich noch keiner gefunden, der für das Begräbnis zahlt.«

»Oh, klar. Und wo befindet sich ihr Leichnam?«

»Die Mägde hier haben sie gerichtet und in das Bett in ihrer Kammer gelegt. Aber ehrlich, Jungfer, ich wünschte, man würde sie dort wegholen. Es fängt schon an zu riechen. Und das ist nicht gut fürs Geschäft.«

»Wo hat sie ihre Kammer?«

»Hier im Anbau für die Knechte und Mägde.«

»Ich werde mich darum kümmern, Meister Juppes. Danke Euch.«

Mit ihrem Wissen kehrte Myntha zum Fährhaus zurück und hörte, dass auch Agnes und Lore gleichlautende Nachrichten hatten.

»Gevatterin Ellen hat sich sehr ungehalten geäußert. Dutzende von Männern haben zu Lebzeiten der Molly schöngetan. Aber jetzt will keiner dafür sorgen, dass sie anständig unter die Erde kommt. Auch der ehrwürdige Herr Pfarrer kümmert sich keinen Deut drum. Und das, obwohl er auch mit ihr getändelt hat.«

»Hat er?«

Lore nickte, und Reemt schnaubte empört.

»Ich kümmere mich. Tochter, ruf den Schreinemaker zu mir.«

»Nein, Vater. Nein. Das wäre zu viel des Guten. Die Molly war eine Badermagd und keine Patrizierin.«

»Sie kommt in einen Sarg.«

»Nein. Das ist nicht ihrem Stand gemäß«, widersprach Myntha, und auch Lore pflichtete ihr bei.

»Wenn ich den Sarg zahle, dann kriegt sie einen.«

»Nein, Vater.«

»Myntha, wir haben das Gold dafür. Warte nur, ich weiß nun, wo im Rhein es verborgen ist. Ich muss nur noch …«

»Vater!«

»Es ist doch nur …«

»Die Molly war ein liebes Weib, und Ihr habt oft Trost bei ihr gefunden. Aber sie ist und bleibt eine Badermagd. Hättet Ihr sie geheiratet, sähe das alles ganz anders aus.«

»Geheiratet? Molly? Mädchen, sie war eine Badermagd.«

»Eben. Und darum wird sie auch als eine solche bestattet. In ihren besten Kleidern und einem eigenen reinen Leichentuch. So. Und nun sucht Pfarrer Julius auf und bittet ihn, morgen die Totenmesse für sie zu lesen. Und wir richten ihr anschließend hier im Fährhaus den Leichenschmaus aus.«

Reemt grummelte noch ein wenig, machte sich aber dann auf den Weg zum Pfarrhaus.

Eigentlich hatten sie lediglich ein Fass Bier und ein Fass Apfelwein aufmachen wollen und Speckbrote anbieten, aber auf die ganz eigene Art, wie es in ihrer Gemeinde üblich war, hatte sich herumgesprochen, dass die Molly zu Grabe getragen würde. Und so stand plötzlich eine große Aalpastete vor der Tür, und ein Schinken fand sich ein, ein Fässchen Wein erschien, daneben ein Topf Honig, Butterwecken – die mochte Molly einst besonders gerne –, ein Rad Käse und auch ein Korb geräucherter Forellen tauchten wie von Zauberhand auf.

»Wir wollen uns über die Gaben nicht beklagen«, meinte Lore und brachte alles in den Gastraum, um sie dort auf einem Tisch aufzustellen. »Sie hat die Männer immer freundlich behandelt, die zu ihr kamen. Nicht alle leichten Mädchen nehmen sich die Zeit, sich die Sorgen ihrer Freier anzuhören. Aber sie war wohl auch verschwiegen, und so vertrauten sie ihr. Wie Euer Vater und Eure Brüder.«

»Ja«, sagte Myntha. »Und manch Jungen hat sie geholfen, zum Mann zu werden. Warum nur hat einer von ihnen so viel Wut auf sie gehabt, dass er sie umbringen musste?«

»Vielleicht findet der Schöffe es ja heraus.«

»Na, aber nur vielleicht. Wenn die Beerdigung vorüber ist, werde ich mich mal ein bisschen genauer umhören.«

Myntha stellte eine Kerze in einen hölzernen Ständer neben die Pastete. Es war alles für das äußerst üppige Mahl gerichtet, und sie ging in ihre Kammer, um sich für die Messe umzuziehen. Nicht oft legte sie die stattlichen Kleider an, aus blauem Samt war das Gewand gearbeitet, dessen Schleppärmel mit golddurchwirkter Borte besetzt waren. Ihr Unterkleid, dessen fein gefältelter Rand aus dem tiefen Ausschnitt hervorleuchtete, war zierlich mit Perlen bestickt und von makellosem Weiß. Ein geflochtenes Chapel aus blauen Bändern hielt ihre langen silberblonden Locken zurück.

»Du siehst deiner Mutter so ähnlich, Kind«, sagte Reemt mit leiser Rührung in der Stimme.

»Und Ihr seid drei stattliche Männer«, gab Myntha zurück, denn auch ihr Vater und ihre Brüder hatten ihren Sonntagsstaat angelegt. Sie hängte sich bei Reemt ein und ließ sich von ihm zur Kirche führen.

Es war kaum ein Platz zu finden, so zahlreich waren die Gläubigen gekommen. Man drängte sich um die Bahre, auf der zwischen frischen Blumen und Zweigen die Molly lag. Wachskerzen und Weihrauch hatten mögliche Gerüche vertrieben, und als Myntha zu der Toten trat, fiel ihr auf, dass ihre Züge jung und sanft wirkten.

»Du wärst eine gute Mutter gewesen, Molly. Dass du dich um meinen Vater gekümmert hast und um meine Brüder, dafür danke ich dir. Möge Gott dich in seine Arme aufnehmen und dir das ewige Leben schenken. Leb wohl, Molly.«

Die Fürbitte betete sie mit tiefer Andacht, und mit gesenktem Haupt geleitete sie mit vielen anderen die Badermagd zu ihrer letzten Ruhestätte. Nur ein halbes Dutzend griesgrämiger Weiber stand an der Seite und tuschelte sich Gehässigkeiten zu.

Niemand beachtete sie.

Es waren ebenfalls eine Menge Gäste, die sich in das Fährhaus drängten, vor allem Männer fanden sich ein, aber auch die Wäscherinnen um Gevatterin Ellen und die drei Badermägde von Meister Juppes.

»Tut mir leid, Lore, aber du wirst uns helfen müssen, das Essen zu verteilen. Wenn wir die Meute unbeaufsichtigt lassen, wird es über kurz oder lang zu Prügeleien kommen.«

»Ich muss hier die Brote schneiden.«

»Das kann Enna übernehmen. Komm schon, selbst Gevatterin Ellen hilft mit.«

»Ich muss Speck schneiden.«

»Lore, auch den Speck kann Enna schneiden.«

»Die schneidet zu dick.«

»Und wenn schon, wir haben genug davon hier.«

»Ich will nicht.«

»Leider musst du aber. Auf, das Tablett mit den Pasteten mitnehmen. Die verteilst du an die Gäste, jedem nur eine, verstanden?«

»Nein.«

»Lore, ein letztes Mal. Ich habe keine zehn Arme.«

»Ich mach's. Aber beschwert Euch nachher nicht.«

Lore schleppte das schwere Tablett mit einer Miene zum Gastraum, als ginge es zum Galgen.

Myntha gab Enna noch einige Anweisungen und wuchtete dann die beiden ersten Körbe mit Speckbroten nach nebenan. Es ging laut zu, doch das war mehr der Anzahl der Besucher geschuldet als wortgewaltigen Auseinandersetzungen. Haro, Witold und ihr Vater herrschten über die Fässer, und Agnes hütete mit Ellen den Tisch mit den Gerichten. Alle Bänke waren besetzt, Dutzende Männer aßen aber auch im Stehen. Niemandem schien es an etwas zu mangeln. Pfarrer Julius hatte einen Platz neben dem Hauptmann der Wache und dem Schöffen Thyn gefunden und unterhielt sich prächtig. Und obwohl es ein trauriger Anlass war, der sie zusammengeführt hatte, konnte Myntha beobachten, wie die Wäscherinnen schon begannen, mit einigen Männern zu schäkern. Dann entdeckte sie in einer ruhigen Ecke den Rabenmeister und

Henning und bahnte sich mit zwei Schüsseln voll geräucherten Forellen und anderen Leckerbissen ihren Weg zu ihnen.

»Rrrabenmeister, wie schön, dass auch Ihr der Molly ihre letzte Ehre erweist. Und auch du, Henning. Schaut, ich habe Euch ein paar Happen zur Stärkung mitgebracht.«

»Sehen wir schon so ausgemergelt aus, Jungfer Unhold? Oder birgt diese Atzung ein übles Gift, das uns zu sabbernden Kreaturen werden lässt?«

»Dazu braucht es kein Gift, wenn Ihr mich fragt.«

»Eine böse Zunge hat diese Unholdin. Lasst sehen. Aalpastete, geräucherter Fisch, Schinkenscheiben und Ellens bestes Brot.«

»Es hat reiche Spenden gegeben. Die liebe Verblichene hatte viele gute Freunde.«

»Sie war geschickt mit dem Barbiermesser«, murmelte Frederic, und Myntha lachte leise.

»Ja, das auch.«

Henning wurde tiefrot.

»Wir müssen diesen Schöffen ein wenig im Auge behalten, Rabenmeister. Er ist recht übereifrig, und bisher hat er mehr Schaden angerichtet als Aufklärung betrieben.«

»Ich habe mich ein wenig umgehört, Jungfer. Es sind an jenem Abend noch andere Männer im Bad gewesen als die, von denen er sich sein Scherflein geholt hat. Dieser Aalfischer zum Beispiel, von dem ganz gewiss diese köstliche Pastete stammt, dann noch ein Bote von Buchheim und ein Apotheker von Deutz.«

»Alrik sitzt drüben beim Schöffen, aber die beiden

anderen sind offenbar nicht gekommen. Habt Ihr diese Männer im Verdacht, die Molly erwürgt zu haben?«

»Nein, natürlich nicht. Warum sollten sie?«

»Warum sollte überhaupt jemand, frage ich Euch.«

»Und doch tat es jemand«, sagte Henning. »Es gibt Menschen, die töten nur um des Tötens willen.«

»Wie bitter du bist, Henning.«

»Aber er hat recht, Jungfer Unschuld.«

Myntha seufzte.

»Ja, es gibt Irre, die so etwas tun. Als ob ich das nicht wüsste.«

Doch bevor sie weiter über die möglichen Motive der Tat mutmaßen konnten, durchbrach ein Schrei die Unterhaltungen. Es folgten ein Klirren und Fluchen und ein weiterer Schmerzensschrei.

»Oh nein!«, entfuhr es Myntha. »Nicht! Haro! Witold!«

Vor dem Tisch mit den Gerichten lag ein Mann auf den Knien und wiegte sich hin und her. Lore stand vor ihm, schlug mit ihrer Holzpantine auf seinen Kopf ein und zeterte, was der Schnabel hergab. Alle waren einen Schritt zurückgetreten, doch als Haro auf sie zuging, flogen ihm ihre Fäuste entgegen. Ihre Augen sprühten Funken, das Tuch über ihrem Kopf hatte sich gelöst, ihre Haare wogten wild um ihre Schultern. Haro versuchte, ihre Hände einzufangen, und erhielt einen derart derben Tritt gegen das Schienbein, dass er auf dem anderen Bein hüpfend Abstand suchte.

»Lore, hör auf!«, brüllte Myntha, aber die kleine Furie fuhr fort, alle und jeden mit ihrer Holzpantine zu traktieren. Dabei schrie sie wie am Spieß. Witold gelang es wenigstens, den angeschlagenen Mann aus ihrer Reichweite zu ziehen, aber schon hatte sie sich das nächste Opfer erkoren. Diesmal war es Pfarrer Julius, der so einen Schlag auf den Ellenbogen bekam, dass er aufheulte wie ein Hund bei Vollmond.

»Erschlagt einer dieses wild gewordene Weib!«, röhrte der Schöffe Thyn, und die Pantine, mit zielgenauer Wut geworfen, traf ihn an der Schläfe. Er fiel wie eine Eiche.

Frederic hatte sich vorgekämpft, und mit Glück oder Zufall bekam er Lore zu fassen und presste ihr die Arme an den Köper. Sie zappelte wie ein Netz voll Heringe, und dann biss sie zu.

Frederics Arme mussten hart wie Granit sein. Er zuckte nur einmal kurz, dann warf er seine Beute auf den Boden und setzte sich auf ihren Rücken.

»Schluss jetzt, sonst sehe ich mich gezwungen, dir die Kehle durchzuschneiden.«

»Jeh wech, du Böllaasch! Loss misch, du Drecksfisel! Du Sauhungk, du fieser!«

Myntha reichte Frederic einen Butterwecken, den er der krakeelenden Lore ohne Umstände in den Mund stopfte. Das Geheul klang gedämpfter. Aber sie zappelte noch immer und hätte es fast geschafft, sich zu befreien.

»Bindet sie hiermit«, sagte Henning und reichte dem Rabenmeister ein derbes Seil.

»Es wird mir wohl nichts anderes übrig bleiben. Was für eine Krawallbotz!«

Mit einem gewissen Geschick band Frederic die Hände, dann die strampelnden Füße der Köchin zusammen. Dann erst erhob er sich endgültig von ihrem Körper.

»Was hat denn diesen Tobsuchtsanfall ausgelöst?«, fragte er in die Runde.

»Der Torsten hat ihr auf den Hintern geklatscht«, sagte der Mann, der neben seinem wimmernden Freund am Boden saß und ihm einen Becher Wein reichte.

»Und dann?«

»Dann hat sie ihm in die Eier getreten. Mit diesen verdammten Holzpantinen. Und mit den Krallen ist sie ihm ins Gesicht gefahren.«

»Ist sie vom Wahnsinn umfangen?«, fragte Henning leise. Myntha schüttelte den Kopf.

»Nein. Aber Lore kann es nicht leiden, von einem Mann berührt zu werden.«

»Aber es war doch nur ein Klapps. Die Wäschermädchen lachen über so etwas.«

»Lore nicht. Die klappst zurück. Henning, sie ist einst bös behandelt worden. Das steckt ihr noch immer in den Knochen. Sie wollte nicht in den Gastraum. Ich dumme Nuss hätte auf sie hören sollen.«

Inzwischen hatte sich der Aufruhr wieder etwas gelegt, zumal Agnes mit Frederics Hilfe Lore in die Küche geschleift hatte. Auch der Schöffe kam wieder auf die Beine, hielt sich aber den schmerzenden Kopf.

»Werft die Dirne in den Kerker«, tönte er, doch Reemt legte ihm den Arm um die Schultern und führte ihn zum Weinfass.

»Die Pantine hat Euch nicht mit Absicht getroffen«, sagte er begütigend. »Das Mädchen ist ein wenig ängstlich Männern gegenüber.«

»Ängstlich? Sie schien mir von Höllengeistern besessen.«

»Aber nein«, mischte sich auch Pfarrer Julius ein, der noch immer seinen Ellenbogen rieb. »Ich für meinen Teil höre noch immer Engel singen.«

Myntha versteckte ihr heimliches Grinsen hinter der Hand vor dem Mund. Und neigte dankbar ihren Kopf, als sie den Blick des Geistlichen erhaschte.

»Wir wollen unserer Molly gedenken«, sagte sie mit lauter Stimme. »Unserer Molly, die viel zu jung aus dem Leben schied. Die für unser aller Sauberkeit sorgte, den Männern den Bart barbierte, den Frauen die Haare wusch, die sich Leid und Kummer anhörte und jedem auf seine notwendige Art Trost und Zuspruch spendete. Erhebt Eure Becher und trinkt auf Molly, die Badermagd.«

Von dieser Rede inspiriert, erhob auch Reemt seine Stimme und brachte einen farbenfrohen Trinkspruch aus. Andere folgten, und als Myntha Frederic in der Küchentür stehen sah, nutzte sie die Gelegenheit, aus dem Gastraum zu schlüpfen.

»Hat sie sich beruhigt?«

»Sie sitzt am Kamin und weint. Temperament hat sie noch immer, die Kratzbürste.«

»Ja, und schlimme Erinnerungen. Ich kümmere mich um sie.«

»Agnes und Enna tun das schon, achtet Ihr lieber auf das Geschehen bei den Gästen. Diese Art von Trinksprüchen können auch leicht jede Grenze überschreiten.«

»Nur gut, dass ich inzwischen auch wieder meine Holzpantinen trage. Dann kann ich den Prügeleien ja Einhalt gebieten.«

Frederic schnaubte.

»Das sähe Euch ähnlich.« Und dann sagte er mit ungewohnter Sanftheit: »Heute in der Kirche, in Eurem blauen Gewand, saht Ihr gar nicht so unhold aus.«

»Rrrabenmeister, Ihr werdet Euch doch nicht etwa einer Schmeichelei schuldig machen?«

»Nur einer ganz unwesentlichen, Jungfer. Und nun kommt!«

Er nahm sie am Ellenbogen und führte sie zurück zu den Gästen. Das Geräusch des Leichenschmauses war wieder in ein angeregtes Gesumme übergegangen. Man aß und trank, und einige lauschten Reemts furchterregender Geschichte von Trollen, die in der Heide ihr Unwesen trieben. Da er sich von Bier und Wein ferngehalten hatte, schilderte er das Geschehen mit Spannung und ohne Hinweise auf irgendwelche Rheintöchter, die Gold in den Fluten hüteten. Nur ein Drache fauchte einmal durch sein Wortgewebe.

Myntha wollte sich schon fast entspannen und naschte einen honigtriefenden Wecken, als eine neuerliche Unterbrechung die Aufmerksamkeit aller auf sich lenkte.

Ein Mann trat ein.

Ein prachtvoll gewandeter Mann. Silber glitzerte an seinem weinroten Jäckchen, seidig schimmerten seine grünen Beinlinge. Eine mit glitzernden Steinchen bestickte Kappe bedeckte starre braune Locken, die von der Hand eines Haarkünstlers meisterhaft geformt waren. Sauber barbiert sein Kinn, doch floh es gegen seinen Hals, wo ein knorriger Kehlkopf heftig auf und ab ruckte. Vor allem aber erstaunten seine hervorquellenden Augen, die ihm die Anmutung eines gesunden Karpfens gaben.

»Werter Herr, was ist Euer Anliegen?«, fragte Witold ihn mit einer höflichen Verbeugung.

Wild blickte der Herr um sich.

»Marsilius von der Aducht ist mein Name. Ich suche eine Jungfer. Man sagte mir, dass hier eine Jungfer wohnt.«

Die Wäschermädchen kicherten und drängten sich an ihn. Gevatterin Ellen scheuchte sie fort.

»Eine Jungfer sucht Ihr? Was wollt Ihr von einer Jungfer, Herr?«, fragte sie einigermaßen barsch.

»Ich ... ich erhielt die Auskunft, dass sie zu freien sei.«

Myntha schob sich hinter zwei Männer, die mit vollem Mund Brote kauten. Wer um Himmels willen hatte diesem Fischgesicht gesagt, dass sie noch mannbar war?

Gevatterin Ellen bemerkte Mynthas Rückzug und reagierte besonnen.

»Es ist eine schlechte Zeit, um Eure Bewerbung vorzubringen. Wir haben heute eine gute Freundin begraben, und die Jungfer befindet sich in tiefer Trauer.«

»Äh ... ja?«

»Ja, werter Herr, und ich glaube, es ist besser, wenn Ihr an einem anderen Tag wiederkehrt. Darf ich Euch den Weg nach draußen zeigen?«

»Äh ... ja.«

Gevatterin Ellen drängte den Mann mit ihrer ganzen Molligkeit zur Tür hinaus.

»Heilige Mutter Gottes, was hat den denn hergetrieben?«, sagte Myntha leise. Und der Rabenmeister antwortete ihr: »Ich fürchte, mein Freund Cedric hat es sich zur Aufgabe gemacht, einen passenderen Bewerber für Euch zu finden als den halb blinden Müller.«

»Dann richtet ihm aus, Rrrabenmeister, dass er solche Fische nicht in sein Netz gehen lassen soll.«

»Der war nur Beifang, fürchte ich.«

»Ja, ich auch.«

11. Kapitel

Die Reste des Leichenschmauses waren fortgeräumt, die Gaststube geputzt, die Becher und Schüsseln abgewaschen, der Alltag war ins Fährhaus wieder eingekehrt. Doch schon stand das nächste große Ereignis an, und Myntha rollte ihr neues Festgewand in seine lederne Hülle, damit sie es hinter den Sattel legen konnte. Weit war der Weg nach Longerich nicht, wenn sie es schafften, gleich nach der Sext aufzubrechen, würden sie noch vor der Non auf der Burg eintreffen. Myntha freute sich darauf, ihre Freundin Bilke wiederzusehen, auch wenn die Braut wohl viele Verpflichtungen den Gästen gegenüber hatte. Aber sie war sich sicher, dass sich hier und da eine heimliche Nische finden lassen würde, in der sie sich zu einem traulichen Gespräch einfinden konnten. Abends würde es den ersten gemeinsamen Schmaus geben, doch das wirklich große Fest würde am folgenden Tag nach der Brautmesse beginnen. Ritter Adolf war ein guter Vater und würde seiner Tochter eine prächtige Feier ausrichten. Die Mitgift war nicht fürstlich, das wusste Myntha bereits, aber Haro war es zufrieden, und das alleine zählte. Und mochte der Ritter vielleicht immer noch heimlich damit hadern, dass Bilke nur einen Fährmeister zum Mann bekam, so lag ihm doch am Glück seiner Tochter mehr als an Rang und Würden. Das Leben als Nonne hätte seine lebensfrohe Tochter bald grämlich werden lassen, so viel hatte ihm sein Weib schließlich zu erklären gewusst.

Und so schlecht war die Partie nicht – immerhin hatte Haro ein schönes großes Fährhaus bauen lassen, das von seiner Bequemlichkeit die zugige Burg weit übertraf.

Nur eines machte Myntha noch etwas Sorge. Es hatte sie viele Mühen gekostet, ihren schüchternen Bären von einem Bruder dazu zu bringen, Bilke seine Zuneigung zu erklären. Geradezu martialischer Anstrengungen hatte es bedurft, ihn zu einem Heiratsantrag zu bestärken, und auch das Gespräch mit dem Brautvater hatte er nur mit tatkräftiger Unterstützung hinter sich gebracht.

Nun musste er noch einmal Ja sagen. Sie hoffte, er verschluckte nicht vorher seine Zunge.

Ja, und dann kam die Hochzeitsnacht …

Hier konnte sie nun nichts mehr für ihn tun, aber sie war sich einigermaßen sicher, dass Bilke ihrem frisch Angetrauten über die Schwelle half.

»Hast du dein neues Wams eingepackt, Haro?«, rief sie in die Richtung der Kammer ihrer Brüder.

»Ich sorge dafür. Haro ist so zappelig, dass er die Bettdecke einpacken würde«, rief ihr Bruder Witold zurück. Von Haro war nur ein erbärmliches Stöhnen zu hören.

»Es werden Hunderte von Leuten da sein«, sagte er. »Mir ist gar nicht gut.«

»Haro, zu Mollys Leichenschmaus waren auch fast hundert Leute hier. Da hat es dich nicht gestört.«

»Da musste ich ja auch nichts sagen.«

»Wir stehen dir bei, keine Angst.«

Es würde schwierig werden, aber Myntha war dafür gewappnet, ihrem Bruder mit einem kräftigen Schubs zum Jawort zu verhelfen.

Und dann waren sie bereit, eine kleine Kavalkade, die den Bräutigam nach Longerich geleitete. Es war ein schöner Tag, auch wenn der Wind noch ein wenig kühl durch das Rheintal strich. Aber die Bäume trugen schon ihr junges Blattwerk, die Saat hatte die winterbraunen Felder grün gefärbt, und lustig zwinkerten die gelben Blüten des Huflattichs am Wiesenrain. Bald ragte die Burg vor ihnen auf, und Girlanden aus jungen Birkenzweigen und bunten Bändern schmückten die Toreinfahrt. Eifrige Knechte, sichtlich neu eingekleidet, nahmen ihnen die Pferde ab, ein betuliches Weib führte sie zu ihren Gemächern, und mit einem Jubelruf begrüßte Bilke die Familie ihres Bräutigams. Der zeigte unerwartet ebenfalls ausgelassene Freude, hob die Jungfer hoch und drehte sich mit ihr im Kreis. Erst als sie aufgehört hatte zu quieken, setzte er sie ab und schob sie seiner Schwester zu.

»Heb sie gut auf bis morgen, Myntha.«

»Aber natürlich. Was für ein hübsches Gewand, Bilke!«

Die strich den safrangelben Stoff glatt und sagte: »Du wirst erst staunen, wenn du die Robe siehst, die ich morgen tragen werde. Ach Myntha, es hat sich alles so zum Guten gekehrt. Komm mit, wir haben meine Kammer ganz für uns. Meine Schwestern sind in den Turm verbannt worden.«

In der Kammer riss Bilke die Fensterläden auf und winkte Myntha zu sich.

»Schau, wir haben Zelte aufgebaut. Das große dort ist für das Gastmahl morgen. Und wir haben tagelang Girlanden geflochten und Wimpel aufgezogen. Und die Kapelle ist ganz und gar mit Blumen geschmückt.«

»Und dort kommen der Rabenmeister und Henning angeritten.«

»Welch prächtige Feder wippt von dem Barett des Jungen. Hat ihn das Laster der Eitelkeit in seinen Klauen?«

»Man könnte es ihm nachsehen, wenn das so wäre, denn er ist wirklich ein hübscher Jüngling.«

»Wohingegen sein Meister finster wirkt. Aber… hat er dort in dem Käfig einen Vogel dabei?«

»Ein würdiges Geschenk, oder nicht? Er hat einige Sperber und Wanderfalken abgerichtet. Dein Vater und dein kleiner Bruder werden sich freuen.«

»Wollen wir nach unten gehen und ihn begrüßen?«

»Ich laufe den beiden oft genug über den Weg. Und du solltest nur Augen für Haro haben.«

»Ab morgen, Myntha, ab morgen.«

»Du kannst froh sein, dass meine Brüder überhaupt kommen durften. Sie werden nämlich von dem Schöffen von Porz verdächtigt, Mörder zu sein.«

Bilke schlug sich die Hände an die Brust.

»Heilige Magdalena, das ist doch sicher nicht wahr?«

»Nein, natürlich nicht. Dieser Schöffe ist nur ein geldgieriger Molch, der alle und jeden in den Kerker zu werfen droht. Aber er lässt sich immer wieder erweichen, wenn jemand für den Verdächtigen bürgt. Und ihm eine Gebühr entrichtet. Als er erfuhr, dass wir nach Longerich reiten würden, hat er wieder sein Spielchen getrieben, und mein

Vater musste für Witold und Haro bürgen, dass sie nicht die Flucht ergreifen.«

»Was für ein Unsinn! Wen sollten sie denn ermordet haben?«

Myntha setzte sich auf die Bank in der Fensternische und berichtete ausführlich über den Mord im Badehaus, die Beerdigung und auch die seltsame Bewerbung, die der fischäugige Marsilius von der Aducht vorgebracht hatte.

»Ein Fischäugiger oder ein Einäugiger, was für eine Auswahl! Myntha, heute und morgen ist eine große Anzahl stattlicher Recken hier. Schau, ob dir einer mit zwei guten Augen gefällt, und ich werde meinen Vater bitten, ihn dir vorzustellen.«

»Lass es lieber, Bilke. Ich will nicht auch noch in den Ruf geraten, Jagd auf ledige Männer zu machen.«

»Ach, ich möchte dir so gerne helfen, so wie du mir auch geholfen hast.«

»Tja, schade, dass Balthazar noch ein kleiner Junge ist, sonst könnte ich ihn ehelichen.«

»Er ist sehr reif für sein Alter…«

Und mit Gekicher und albernen Scherzen verbrachten die beiden Freundinnen ihre Zeit, bis die Burgherrin sie mahnte, sich wieder unter die Gäste zu mischen.

Henning strich der hochträchtigen Stute noch ein paar Mal kräftig über den runden Bauch. Gerne hatte er sie nicht geritten. Sein Gefühl sagte ihm, dass die Geburt bald bevorstand. Aber Meister Frederic hatte nicht so viele Bedenken, und so waren sie sehr langsam nach Longerich geritten. Auch weil in dem Weidenkäfig ein höchst ungehaltener Sperber saß, dem das Geschaukel gar nicht gefiel.

Wohl aber gefiel dem Burgherrn das Geschenk.

»Meister Frederic, das ist eine großzügige Gabe, die ich sehr zu würdigen weiß. Schon die beiden anderen Vögel bereiten mir und meinem Sohn große Freude, und sogar mein Weib traut sich inzwischen, sie auf der Hand zu tragen. Sie sind hervorragend abgerichtet, und die Jagd mit ihnen bereitet uns große Freude.«

»Es sind gelehrige Vögel, wenn man sie gut behandelt.«

»Und Meister Frederic hat eine gute Hand für sie. Unsere Raben sind höchst wachsam und haben uns schon einige ungebetene Besucher ferngehalten.« Henning grinste. »Und außerdem plappern sie fröhlich vor sich hin.«

»Raben mögen als Jagdvögel nicht geeignet sein, aber sie sind auf ihre eigene Art ebenfalls sehr gelehrig.«

»Ihr habt Eure Vögel alleine gelassen?«

»Ein Freund von mir hütet sie. Master Cedric und ich sind seit Jugendtagen befreundet und haben auch eine lange Zeit in England gemeinsam verbracht.«

»Ebenfalls ein Bowman?«

»Einst, ja. Doch sein Geschäft ist der Tuchhandel, und er hat sich in Köln mit dem Mann meiner Schwester Lauryn zusammengetan.«

»Ja, der Handel scheint mehr und mehr die Welt zu regieren«, sagte Ritter Adolf mit einem kleinen Seufzen. »Ich tue mich noch immer schwer damit, aber nun gut, mein neuer Sohn ist ein Fährmeister, und Bilke ist zufrieden damit.«

»Es wird eine Zeit kommen, in der auch die Herren

des Adels neue Wege gehen werden. Und, werter Herr, ist es nicht besser, sein Geld mit einem ehrlichen Gewerbe zu verdienen, anstatt als Raubritter Reisende zu überfallen?«

»Da sagt Ihr was.«

Frederic ging neben dem Ritter zu den Vogelkäfigen über den Hof und blieb an dem ersten stehen. Er war sauber, der Wassernapf gefüllt, die schön bestickten Lederhandschuhe hingen daneben am Haken. Eine abgedeckte Schale enthielt vermutlich das Futter. Die Vögel sahen gesund und kräftig aus.

»Es treibt ein Raubritter in Eurer Gegend sein Unwesen«, sagte Henning, der ihnen bisher schweigend gefolgt war.

»Ja, leider. Es hat schon Überfälle gegeben.«

»Von einem haben wir gehört – ein Überlebender wurde in die Obhut meiner Schwester gegeben. Und seinen Worten entnahmen wir, dass der Anführer ein schwarzes Pferd ritt, das sich darauf kaprizierte, am Boden liegende Männer zu zertrampeln.«

Ritter Adolf öffnete den leer stehenden Käfig, und Frederic setzte den Sperber auf die Stange. Wie ein Pfeil kam ein kleiner Junge angeschossen.

»Meister Frederic! Henning! Seid Ihr mit dem schwarzen Ross gekommen?«

»Mit Meuric und der weißen Stute, ja, Balthazar.«

»Darf ich zu ihnen? Wo habt Ihr sie eingestellt?«

»Junge, dein Benehmen! Du bist jetzt ein Page und weißt, was sich gehört.«

»Aber die beiden sind meine Freunde!«

»Ein guter Grund, es ihnen nicht an Respekt fehlen zu lassen.«

Betreten machte der Junge eine tiefe Verbeugung und murmelte höfliche Begrüßungsworte, die sich recht einstudiert anhörten. Frederic und Henning honorierten indes die tapfere Bemühung und entboten dem Kleinen ihren Gruß.

»Und nun, Balthazar, wirst du eine weitere Pflicht auf dich nehmen, solange du zu Gast auf dieser Burg bist. Sieh, dieser Sperber ist auf der Reise durchgeschüttelt worden. Seine Laune ist übel, und einige Happen Fleisch werden ihm sicher sein neues Heim gefällig machen.«

»Ich kümmere mich sofort um ihn, Meister Frederic.« Und mit einem verschmitzten Lächeln fügte er hinzu: »Aber dann darf ich zu Euren Rössern, ja?«

»Natürlich. Herr Adolf, ich bin sicher, wir können den Vogel in der Obhut des jungen Pagen lassen. Wir haben noch einige Fragen an Euch.«

»Die nicht für Kinderohren bestimmt sind.«

»So ist es.«

»Dann kommt, wir gehen zum Räucherhaus hinüber.«

Es duftete nach würzigem Holzrauch und fettem Schinken aus dem runden Steinofen, doch sie waren hier zunächst ungestört.

»Raubritter«, sagte Frederic.

»Ja, Raubritter. Ein Anführer und zwei Gehilfen, vielleicht ehemalige Edelknappen. Dazu noch ein Trüppchen Gesetzloser. Brutale Kerle, die auch Frauen gegenüber keine Gnade kennen. Die Mägde trauen sich nur noch in Begleitung zum Markt.«

»Wo hat diese Räuberbande ihr Quartier?«

»Ich weiß es nicht genau. Die Gerüchte sagen, dass sie sich in der Wasserburg derer von Arrfe eingenistet haben. Dort lebt nur noch ein Kastellan, und ich fürchte, der Mann ist zu alt und zu schwach, sich dieser ungebetenen Gäste zu erwehren.«

»Wie weit ist diese Burg von hier entfernt?«, fragte Henning.

»Nicht …«

»Das musst du nicht wissen, Henning. Wir haben darüber gesprochen, dass du nicht alleine gegen einen Raubritter ziehst. Also mäßige dich.«

»Nein, Jung-Henning, das solltest du wirklich nicht. Es ist Mordgesindel, was im Chorbusch sein Unwesen treibt. Ich habe mich schon an den Amtmann von Zons gewandt, aber es scheint schwierig zu sein, diese Bande dingfest zu machen. Möglicherweise erhält der Amtmann auch seinen Teil der Beute.«

»Ihr klingt bitter.«

»Ich bin verbittert, Meister Frederic. Ich bin als Ritter geboren, als Ritter erzogen und lebe nach den Regeln der Ritterschaft. Es ekelt mich zu hören, dass einer meines Standes sich ungestraft solcher Verbrechen schuldig machen kann.«

»Hat irgendwer mal einen Namen genannt?«

»Nein. Und wenn, dann wird wohl auch keiner dieser Mordbuben seinen wahren Namen verwenden.«

»Wir haben einen Verdacht«, ließ sich Henning wieder vernehmen.

»Tatsächlich?«

»Das schwarze Ross, das Männer niedertritt, die am Boden liegen – es gibt einen Ritter, der das seinem Tier beigebracht hat.«

»Sprich!«

»Bernolph von Dalberg, der meinen Herrn bei einem Turnier auf diese Weise ermordet hat.«

»Kein Zufall?«

»Nein, ich war Zeuge. Und ich wurde anschließend diesem Ritter als Knappe zugesprochen. Ich habe dieses Höllentier betreuen müssen.«

»Das heißt aber auch, dass du ihn erkennen würdest, wenn du ihn siehst?«, fragte der Ritter.

»Natürlich.«

»Und Dalberg würde auch seinen flüchtigen Knappen erkennen, Herr Adolf.«

»Auch wahr. Nein, du darfst noch nicht einmal in die Nähe seines Schlupfwinkels kommen.«

»Aber wie kann ich jemals den Mord an meinem Herrn rächen?«

»Es gibt andere Möglichkeiten. Ein Ritter ohne Lehen, und das scheint dieser Mann zu sein, kann sich zwar durch Raub ernähren. Aber du bist ihm auch schon auf einem Turnier begegnet. Und das ist eine Möglichkeit, an Preisgelder zu gelangen. Ich bin mir sicher, dass er bei dem Turnier bei Düsseldorf antreten wird. Und vielleicht ergibt sich dort eine Gelegenheit, ihn anzuklagen. Fasse dich in Geduld bis Pfingsten, junger Mann. Bis dahin werden wir uns etwas überlegt haben.«

»Ja, wie Ihr wünscht, edler Herr.«

»Henning, du bist nicht alleine«, sagte Frederic sanft.

»Ich weiß nicht …«

»Du willst losziehen und den Drachen erlegen. Ich verstehe dich ja, aber, Henning, der Drache ist grausam. Vermutlich grausamer, als du dir ausmalen kannst.«

»Ich habe ihm dienen müssen.«

»Aber du warst ein Nichts in seinen Augen. Wenn du gegen ihn ins Feld ziehst, wird er dich als Gegner erkennen. Und er ist wütend auf dich, denn du hast ihn schon zweimal gedemütigt.«

Die Haushälterin erschien im Hof und wedelte aufgeregt mit den Händen.

»Herr, Herr! Der Bischof ist eben eingetroffen.«

»Und der verlangt nach gebührender Begrüßung. Meister Frederic, ich lasse von mir hören, wenn ich etwas mehr in Erfahrung gebracht habe.«

Der Ritter eilte davon, und auch Frederic und Henning mischten sich wieder unter die Gäste. Dass sein Gehilfe dabei recht wortkarg blieb, überraschte den Rabenmeister nicht. Er hoffte nur, dass Henning nicht irgendwelche Eigenmächtigkeiten ausbrütete.

Das abendliche Mahl war üppig und von lauter Geselligkeit, doch sowohl Myntha als auch Bilke zogen sich früh in die Kemenate zurück. Der morgige Festtag würde früh beginnen und auch sehr anstrengend werden. Und so zogen sich die beiden jungen Frauen nach dem Nachtgebet die Decken über die Ohren, um das Lärmen der munteren Tischgesellschaft im Rittersaal auszublenden. Myntha drehte sich noch zweimal von einer Seite auf die andere, um dem Mondlicht auszuweichen, das durch die Ritzen der Läden schien. Bilke neben ihr murrte nur schlaftrunken. Dann war auch sie in einen tiefen Schlummer gesunken.

Das Krächzen weckte Myntha. Das Krächzen eines Raben, der sie beim Namen rief. Müde rieb sie sich die Augen und fand den schwarzen Vogel am offenen Fenster sitzen.

»Robb?«

»Rrrobb, Rrrobb!«

»Was machst du denn hier?«

»Frrreund! Komm, komm, komm!«

Er flatterte durch den Raum und setzte sich auf den Türrahmen.

Verdutzt setzte sich Myntha auf, ließ die bloßen Füße auf den Boden gleiten und erhob sich vom Bett.

»Komm, komm!«, lockte der Rabe, und gehorsam öffnete sie die Tür. Es war dunkel im Gang, die Fackeln an den Wänden schon lange erloschen. Doch es schien ihr, als habe der Vogel einen Hauch von Mondlicht eingefangen, sein Gefieder schimmerte hell, als er vor ihr zur Stiege glitt. Sie folgte ihm, ohne zu stolpern, und als sie durch das Tor trat, befand sie sich in einer Welt aus Widerschein und Schatten. Es war unendlich schön, wie der Vollmond das Land in sein Licht tauchte. Die Wände der Burg schienen aus hehrem Erz, die Bäume aus getriebenem Silber, das Gras lag wie zartgrauer Samt zu ihren Füßen. Blütenduft erfüllte den Äther, und von irgendwoher ertönten Harfenklänge. Sie wanderte verzückt durch die Nacht, hatte den Raben schon lange aus den Augen verloren.

Und plötzlich fühlte sie grobe Hände ihren Leib umfassen, und ein nach Bier und Käse stinkender Atem näherte sich ihrem Gesicht.

»Schau an, ein williges Mägdelein«, sagte eine raue Stimme, und gierige Lippen pressten sich auf die ihren.

»Lass mich los!«, keuchte sie und versuchte, den Mann mit den Händen fortzudrücken.

»Aber nein doch. Du wirst uns Freude bereiten«, röhrte ein zweiter, und ein drittes Paar Hände schob sich unter ihr Hemd.

Myntha schrie.

Und dann schrie auch der erste Mann.

Sie zwinkerte. Wurde wach und sah mit Entsetzen, dass sie zwischen den Zelten stand, in denen die Gäste ihr Nachtquartier hatten.

Doch die Hände, die sie begrapscht hatten, waren verschwunden, und ein Mann lag keuchend zu ihren Füßen. Ein zweiter knickte eben in die Knie, und einem dritten wurde mit inniger Wucht ein Ellenbogen in den Magen gerammt.

»Henning?«, flüsterte Myntha entsetzt. »Rabenmeister?«

»Zu Diensten, edle Jungfer.«

»Das ist keine Jungfer, das ist eine Dirne im Hemd«, wagte einer der Männer zu widersprechen. Meister Frederic zog ihn an den Haaren hoch und sah ihm tief in die Augen.

»Du hast hier weder eine Dirne noch eine Jungfer gesehen. Haben wir uns da verstanden?«

»Das Weibsstück …«

Die Faust knallte auf die Nase des Mannes, die sofort zu bluten begann.

»Ich fragte, ob wir uns verstanden haben? Oder muss ich dir noch Arme und Beine brechen?«

»Hab verftanden«, nuschelte der Mann.

Der Rabenmeister ließ ihn los. Henning packte sein Opfer ebenfalls an den Haaren. Aber da sich der Kerl bitterlich erbrach, verzichtete er auf eine Bestätigung. Der dritte Mann hatte sich leise davongerobbt.

»Und nun, Jungfer Unhold, werde ich Euch zurück in Eure Kammer tragen.«

»Ich kann gehen«, sagte Myntha, noch immer vor Entsetzen zitternd.

»Ah, Unholdin, Ihr seid wach?«

»Jetzt ja. Mein Gott, was habe ich angerichtet?«

»Ein bisschen Unfug, wie es so Eure Art ist. Der Vollmond hat Euch aus dem Bett gelockt.«

Sie schüttelte den Kopf.

»Nein, ein Rabe war es. Robb, glaubte ich. Und… die Welt war so schön in ihrem Silberglanz…«, flüsterte sie verträumt. Lehnte sich an seine Schulter und schloss mit verzückter Miene die Augen.

Frederic lächelte. Dann hob er die schlummernde Unholdin auf seine Arme und trug sie zurück in ihr Bett.

12. Kapitel

Ich habe einen verrückten Traum gehabt, Bilke«, sagte Myntha, als sie im Frühlicht des Tages aus dem Bett krochen.

»Oh, ich habe auch geträumt. Oh, ich war eine Braut, Myntha. Eine glückliche Braut, die an der Seite eines starken Mannes ihr Jawort gab. Und… mhm…«

Angesichts der freudigen Laute, die ihre Freundin von sich gab, versagte es sich Myntha, von Raben und Männern zu berichten, die ihren seltsamen Traum bevölkert hatten. Stattdessen widmete sie sich Bilkes zerzausten Haaren und bürstete sie, bis sie in glänzenden Wellen über ihren Rücken fielen. Und dann trat die Burgherrin ein, um ihrer Tochter das Festgewand zu bringen. Gemeinsam kleideten sie Bilke in das feine seidene Unterkleid und den schimmernden Brokat des Obergewands. Blau wie der Himmel war er, Ärmel und Ausschnitt eingefasst mit weißer Seide. Eine Magd brachte den Kranz aus weißen Veilchen, Anemonen und Vergissmeinnicht, den sie ihr gemeinsam auf das Haupt setzten.

»Ich fürchte, Haro wird den Mund nicht wieder zukriegen, wenn er dich sieht«, sagte Myntha gerührt.

»Er muss nur ein Wörtchen sagen, der Ärmste.«

»Hoffentlich fällt ihm trotz allem das richtige ein.«

»Witold steht neben ihm, er wird es ihm vorsagen. Und wenn er es nicht tut – ich stehe ganz in der Nähe.«

»Hört auf, über den guten Mann zu lästern«, sagte die Burgherrin ernst. »Er ist verlässlich und ehrenhaft und wird das Richtige sagen und tun.«

»Ja, Mama.«

»So, und nun Ihr, Myntha. Hier ist Euer Gewand. Wir haben es ausgeschüttelt und gebürstet.«

Rosenrote Seide mit dunkelrotem Samtbesatz und kleinen Perlchen kleidete Myntha ebenfalls wohl, und auch sie erhielt einen Kranz aus rosa Mandelblüten.

Als die Glocke der Kapelle zu läuten begann, nahmen sie ihre Schleppen in die Hand und schritten vorsichtig die Stiegen hinunter. Ritter Adolf erwartete sie und geleitete seine Tochter durch das Spalier der Gäste zum Eingangstor der kleinen Kirche. Dort erwarteten sie der Bräutigam und seine Begleiter. Reemt und Witold standen bei ihm und, ganz in Schwarz, hinter ihnen der Rabenmeister. Bilkes Schwestern hatten auf der anderen Seite der Tür Aufstellung genommen, und zu ihnen gesellte sich auf Bilkes Wunsch auch Myntha.

Es war eine kurze Zeremonie, und wenn auch Haro ganz offensichtlich aufgeregt war, so machte ihm seine störrische Zunge im entscheidenden Augenblick keine Schwierigkeiten. Er sprach das Ehegelöbnis klar und deutlich und blickte dabei seiner schönen Braut fest in die Augen. Dann reichte Page Balthazar ihnen auf einem Kissen die Ringe.

Die Messe folgte, und als Myntha anschließend hinter dem Brautpaar ins Freie trat, begegnete ihr der böse Blick eines Ritters mit einer roten geschwollenen Nase. Zwei andere fingen bei ihrem Anblick an zu tuscheln, und ihr verrückter Traum fiel ihr wieder ein.

Oder war das gar kein Traum gewesen?

Der Rabenmeister befand sich jetzt weit von ihr entfernt, und Henning hatte sie noch gar nicht gesehen. Und wenn es kein Traum gewesen war, dann hätten diese Männer sie heute Nacht in ihrem dünnen Hemd zwischen den Zelten wandeln sehen.

Schamesröte wallte auf und ergoss sich in ihr Gesicht. Sie ließ die Haare nach vorne fallen und senkte den Kopf.

Heiliger Sankt Antonius.

Am liebsten wäre sie wieder zurück in die Burg geschlüpft, hätte sich in das Bett verkrochen und sich die Decke über den Kopf gezogen. Aber das war leider unmöglich. Die Festgesellschaft schritt zum Aufbruch, und bei dem Ritt nach Köln hatte sie an der Seite der Familie zu bleiben. Während sie auf die Pferde warteten, trat ihr Bruder Witold zu ihr. Und prompt sprach der sie leise an.

»Du siehst bekümmert aus. Es ist doch alles gut gelaufen.«

Myntha riss sich zusammen.

»Ja, alles war sehr schön. Und Haro sehr mutig.«

Witold lachte verstohlen.

»Wir haben ihm einen aufmunternden Trank gemischt.«

»Ihr habt ihn betrunken gemacht? Seid ihr verrückt geworden?«

»Beruhige dich. Es war ein Gemisch aus – wie wir ihm sagten – Zauberkräutern, Honig und Wein.«

»Zauberkräuter. Welche Zaubersche hat euch die denn gegeben?«

»Die Burgherrin versteht sich auf diese Dinge.«

Myntha nickte beruhigt. Ja, Bilkes Mutter war eine sehr sinnreiche Frau. Und da sich die angeschlagenen Ritter an einem anderen Platz versammelt hatten, kehrte ihre Gelassenheit wieder zurück. Sie sah die strahlende Bilke neben dem lächelnden Haro stehen. Beide Brüder hatten zu diesem Anlass ihre Bärte kunstvoll stutzen lassen und machten einen sehr vornehmen Eindruck. Ihr Vater schien sich zu vergnügen, allerdings hoffte sie, dass er mit seinen Geschichten erst nach dem Mahl begann. Und dann tauchte der düstere Rabenmeister auf.

»Rrrabenmeister!«

»Jungfer Unhold.«

»Wo ist Euer treuer Gehilfe? Ich habe ihn noch gar nicht gesehen.«

»Er kümmert sich um unsere Pferde, wie es seine Aufgabe ist«, sagte Meister Frederic streng.

»Oh, natürlich.«

Könnte Henning seinem Stand gemäß auftreten, hätte er als Knappe sicher Platz unter den Gästen gefunden, dachte Myntha mit leisem Bedauern.

Die Sonne hatte den Zenit eben überschritten, als Haro verkündete, dass er nun aufbrechen und seine Braut heimführen würde. Gejohle antwortete ihm, und die Gesellschaft bereitete sich darauf vor, das eben verheiratete Paar in sein neues Heim zu geleiten.

Während der ganzen Vorbereitungen trat Bilke dann an Mynthas Seite.

»Ich wünsche dir alles Glück und stete Freude«, sagte Myntha und umarmte ihre Freundin.

»Es war wundervoll, nicht wahr? Und jetzt werde ich endlich mein neues Heim kennenlernen.«

Sie saßen auf die wartenden Pferde auf und machten sich bereit, dem Burgherrn und seinem Weib, dem Bischof und dem Fährmeister zu folgen. Haro gesellte sich zu seiner Braut.

»Es ist alles vorbereitet für das Festmahl«, sagte Myntha zu beiden. »Und Lore wartet bereits mit deiner neuen Köchin dort.«

»Sie hat schon jemanden gefunden? Hervorragend.«

Sie ritten durch das Tor, und auf dem breiten Weg lockerte sich die Gruppe ein wenig auf. »Und jetzt, Myntha, habe ich auch etwas für dich. Komm, ich werde dir Hartmut von Schlenderhan vorstellen. Ich glaube, der wird dir gefallen.«

»Bilke, ich will nicht …«

»Doch, du willst.« Und schon hatte Bilke ihr Pferd gezügelt und Mynthas Hand gefasst. »Er reitet dort hinten in der Gruppe der Ritter mit.«

»Nicht, Bilke, nicht! Das ist gegen jeden Anstand.«

»Ich bin die Braut, ich darf so etwas heute.«

»Dann nimm wenigstens deinen Mann dazu.«

Bilke sah sie mit einem strahlenden Lächeln an.

»Meinen Mann. Ja. Ja, ja, ja. Da vorne.«

Sie hob die Hand und winkte Haro zu sich. Der zügelte ebenfalls sein Pferd und wartete, bis die beiden Frauen neben ihm angekommen waren.

»Gibt es Probleme?«, fragte er und sah Myntha angespannt an. Es war Bilke, die ihm antwortete: »Nein, gar nicht. Es ist nur so, dass ich Eurer Schwester einen Ritter vorstellen möchte. Begleitet uns doch bitte zu Hartmut von Schlenderhan.«

»Einen Ritter für Myntha? Ihr Weiber seid Kupplerinnen.«

»Natürlich. Das ist unsere Bestimmung. Wie sollten sonst Mann und Frau zueinanderfinden?«

Myntha sah Haro an, dass er recht zügig einige Erkenntnisse verarbeitete. Darunter ganz sicher ihre eigene Rolle in seiner schüchternen Werbung um Bilke.

»Tja, so ist das wohl«, sagte er und drehte sich um. »Welcher der Herren ist das Opfer?«

»Der dort im schwarz-blauen Wappenrock.«

»Nun denn.« Haro drückte Mynthas Arm. »Wenn sich dir die Zunge verdreht, Schwesterlein, dann werden mein Weib und ich dir zu Hilfe kommen.«

»Mmpf«, sagte Myntha und ließ sich zu den Rittern geleiten. Und dann geschah, was sie befürchtet hatte. Haro sprach den Mann mit der geschwollenen Nase an. Sie spürte dessen fassungslosen Blick auf sich ruhen und überlegte, ob sie von ihrem Pferd steigen und weglaufen oder einfach nur anfangen sollte, wie irre zu kreischen. Ihr Ruf war so oder so nicht mehr zu retten. Aber dann verharrte sie doch, aber sie blieb stumm. Und jeder Versuch von Haro, ihr auch nur ein Wort oder einen Blick zu entlocken, schlug fehl. Zum Glück kamen die Knappen und Knechte immer näher und drängten zum Weiterreiten, und die widrige Begegnung fand ein Ende.

»Myntha, was ist in dich gefahren?«, fragte Haro sie,

als sie wieder voranritten. »Hast du deine Zunge verschluckt? Du bist doch sonst nie um ein freundliches Wort verlegen.«

»Das erkläre ich dir später. Bilke, Haro, dieser Ritter ist ein übler Kerl.«

»Wir reiten weiter zusammen, dann kannst du uns erzählen, wie du zu dieser seltsamen Meinung kommst.«

Aber es dauerte eine Weile, bis Myntha schließlich den Mut fand, ihr Verhalten zu erklären. Sie hatten schon den Weiden Paecherhof hinter sich gelassen, als sie zu ihrem Bruder sagte: »Es war Vollmond.«

»Gott, ja. Wohin bist du gewandelt? Oh, ich fürchte, ich weiß schon, was passiert ist.«

»Ja, das Erscheinen einer Dirne im Hemd weckt bei trunkenen Männern Gelüste. Ich habe davon fast nichts mitbekommen, ich wurde erst wach, als Meister Frederic und Henning den drei Männern … Anstand beibrachten. Dabei brach sich dieser Schlenderhan die Nase.«

»Frederic hat harte Fäuste.«

»Ich … ich bin ihm sehr dankbar für sein Eingreifen. Aber der Schaden war schon angerichtet. Die Ritter werden es nicht vergessen, dass ich mich im Hemd zwischen den Zelten herumgetrieben habe. Keiner von ihnen wird glauben, dass nur der Mond mich schlafend aus meinem Bett gelockt hat.«

»Das tut mir leid«, sagte Bilke bestürzt. »Ich habe nicht gemerkt, dass du aufgestanden bist. Ich bin so blöd – ich hätte daran denken müssen, die Tür zu verriegeln.«

»Die hätte ich auch dann aufbekommen. Im Schlaf bin ich sehr findig. Aber es ist nicht deine Schuld, Bilke. Ich selbst hätte auch Vorkehrungen treffen müssen. Aber das Fest und die Hochzeitsvorbereitungen haben mich vergessen lassen, dass es eine Vollmondnacht sein würde.«

»Du hättest es mir sagen müssen, bevor wir uns an die Ritter gewandt haben, Myntha«, sagte Haro ungehalten.

Ziemlich kleinlaut antwortete Myntha: »Ja, hätte ich. Und am besten wäre ich sowieso in der Kemenate geblieben.«

»Für deinen Ruf wäre das besser gewesen. Aber was soll's, was geschehen ist, ist geschehen, und einen Ritter zu heiraten, der sich an jeder gefälligen Maid vergreift, solltest du wirklich vermeiden.«

»Mir bleiben ja noch die Fischäugigen und die Einäugigen.«

»Es wird sich auch noch einer mit zwei hübschen Augen finden lassen, Myntha«, sagte Bilke und gab ihrem Pferd das Zeichen, ein Stück vorauszutraben.

Sie erreichten das neue Fährhaus, als die Glocken zur Vesper läuteten. Auch hier schmückten Girlanden aus frischem Grün und bunten Bändern die Eingangstür, und eine Gruppe Fährleute entbot dem Brautpaar ihre Glückwünsche. Hand in Hand betraten Haro und Bilke ihr neues Heim. Myntha folgte ihnen mit Witold und dem Burgherrn, aber sie verschwand sofort in der Küche, wo auch Lore und die neue Köchin sich aufhielten. Zu ihrer Verblüffung fand sie auch den Schöffen Thyn auf einem Schemel am Kamin sitzen. Myntha nickte ihm höchst kühl zu und wandte sich an Lore, die sofort fragte: »Alles gut gelaufen?«

»Die Burgherrin war so klug, Haro einen Kräftigungstrank zu mischen.«

»Und der bestand aus Wein und Molchaugen?«

»Pfefferminze überwiegend, Melisse und Weinraute. Wird gar nicht schlecht geschmeckt haben.«

»Dann hoffen wir, dass er auch seine anderen Kräfte gestärkt hat, da er jetzt im Ehebett seinen Mann stehen muss.«

»Ich vertraue da mehr auf die Braut als auf Tränke. Und das Rezept für dieses Zaubermittel hat ihre Mutter Bilke sicher mitgegeben.«

»Ihr habt eine Hexe besucht?«, tönte der Schöffe dazwischen.

»Wir haben die Herren von Burg Longerich besucht, Herr Thyn. Und den Stärkungstank hat die edle Frau Eleonore von Lunerke hergestellt. Die Burgherrin – und Brautmutter – ist eine sehr kluge und verständige Dame. Also mäßigt Euch in Euren Unterstellungen.«

»Ihr habt von einem Zaubermittel gesprochen.«

»Habt Ihr nicht zugehört? Sie hat Wein mit ein paar Küchenkräutern gewürzt. Ein Glas von diesem Würzwein hat meinem Bruder die Anspannung genommen. Seid Ihr verheiratet, Herr Thyn?«

»Nein.«

»Schade, so könnt Ihr nicht nachfühlen, wie sich ein Bräutigam fühlt, wenn er zum Gelübde schreiten soll, das ihn an sein Weib bindet. Was hat Euch überhaupt hergetrieben? Sind Euch drüben die Verbrecher ausgegangen?«

»Ihr seid ein vorlautes Weib. Ich bin Euch keine Rechenschaft über mein Tun schuldig.«

»Biete dem ehrenwerten Herrn Schöffen doch einen Pokal des guten Roten an, Lore. Auf was immer er hier wartet, das wird ihm die Zeit verkürzen.«

Lore nickte, nahm das größte Trinkgefäß vom Bord und füllte es bis zum Rand mit dem schweren Rotwein. Schöffe Thyn zierte sich noch einen kurzen Augenblick, dann nippte er an dem Wein und fand ihn ganz offensichtlich trinkbar. Myntha beachtete ihn nicht weiter, sondern berichtete Lore und der neuen Köchin von dem Fest und der Hochzeit. Als der Pokal leer war, füllte Lore ihn umgehend aus der Kanne nach und stellte dem Schöffen auch etwas Brot und von dem salzigen Schinken hin. Noch einmal versuchte Thyn, die Frauen nach den beiden Fährmeistern Haro und Witold auszufragen, aber seine Worte wurden schon unklar, und die Antworten schien er nicht mehr zu begreifen. Nach dem dritten Pokal sank sein Kopf auf den Tisch, und ein sonores Schnarchen war der einzige Laut, der noch von ihm zu vernehmen war.

»Gut gemacht«, sagte Myntha.

»Sollen wir ihn nach draußen bringen?«

»Nein, er kann hier sitzen bleiben. Aber wir sollten mal nachsehen, was sich in der Gaststube tut. Das Festmahl dürfte allmählich beendet sein. Dem Gejohle nach ist das Brautpaar schon in die Schlafkammer gezogen.«

Und richtig. Die Tür zur Kammer war geschlossen, doch eine angetrunkene Gruppe Männer stand auf der Stiege und feuerte den Bräutigam mit allerlei derben Sprüchen an. Sogar Witold erteilte seinem Bruder einige Ratschläge, bei denen die Gäste in brüllendes Gelächter ausbrachen.

»Armer Haro«, flüsterte Myntha.

»Und Eure Freundin muss es auch ertragen.«

»Ich hoffe, der Burgherr und mein Vater machen dem bald ein Ende.«

Doch das dauerte noch eine Weile, und Myntha und Lore verkrochen sich wieder in die Küche zu dem schnarchenden Schöffen und der verstörten neuen Köchin, die sich ganz klein gemacht und in eine Ecke gesetzt hatte.

»Du wirst dich dran gewöhnen müssen, dass es hier laut zugeht«, sagte Lore zu ihr. »Auch der Fährbetrieb wird eine Menge Gäste in die Stube bringen, und wenn der Wein und das Bier reichlich geflossen sind, werden sie laut und manchmal auch derb. Dann bleib in der Küche, wenn du Angst hast, aber sieh zu, dass ihr einige kräftige Schankknechte habt.«

»Ich … ich weiß nicht …«

Myntha sah die Angst in den Augen des Mädchens und meinte begütigend: »Nicht jeden Tag wird es so wild sein. Und auch nur selten so wüst wie heute. Bei uns sind die meisten Tage ruhig. Die Gäste wollen essen und ihr Bier trinken, sich unterhalten und auch mal ein Würfelspiel betreiben. Oder sie hören gebannt den Geschichten zu, die mein Vater erzählt. Und ich bin mir ganz sicher, dass er oft zu Euch kommt, um hier sein Garn zu spinnen.«

Lore schnaubte: »Sischer dat. Hier hat er neue Zuhörer, denen er die Ohren heiß klaafe kann.«

Das Gejohle veränderte sich und verstummte dann.

»Es ist so weit«, verkündete Myntha. »Die Begehung beginnt.«

Sie öffneten wieder die Tür und warteten mit den andern zusammen darauf, dass der Bischof herauskam. Und das tat er dann auch und verkündete mit lauter Stimme: »Die Ehe ist vollzogen!«

Beifall ertönte, Glückwünsche wurden gerufen, wilde Scherze gejohlt und Trinksprüche ausgebracht. Aber dann schafften es der Burgherr und Reemt, die Gäste wieder in die Gaststube zu drängen und anzudeuten, dass das Fest nun ein Ende haben würde. Einfach war es nicht, aber so nach und nach brachen die Geladenen dann doch auf, und Ruhe kehrte in das Fährhaus ein. Schöffe Thyn hatte das Gelärm verschlafen, jetzt aber regte er sich wieder. Myntha rief ihren Vater zu Hilfe, und Reemt schaffte es mit freundlicher Beharrlichkeit, den schwankenden Mann zur Fähre zu führen und dem Fährknecht anzuvertrauen.

Inzwischen waren auch Haro und Bilke wieder nach unten gekommen. Haro hatte ein seltsam glückliches Leuchten in seinen Augen, und seine Frau schmiegte sich liebevoll an seine Seite.

Die Ehe schien ihre freundlichen Seiten zu haben, dachte Myntha. Ob sie mit dem Rickel ähnlich glücklich würde? Oder ob diese Beziehung nur zurückhaltend bliebe?

Nun, man würde sehen …

13. Kapitel

Die Unholdin hatte wieder die Wachmannschaft in Aufruhr versetzt und trat eben mit Robb auf der Schulter zur Tür der Kate. Frederic überließ die trächtige Stute seinem Gehilfen, der ohnehin die besseren Hände hatte, wenn es darum ging, die werdende Mutter zu untersuchen.

»Was treibt Euch her, Jungfer Tunichtgut?«

»Rrrabenmeister, ich grüße Euch. Und mich treibt die Bitte nach Unterstützung her.«

»Woher wollt Ihr wissen, dass ich sie Euch gewähre?«

»Weil in diesem Korb altbackenes Brot und in diesem Topf ein Apfel-Birnen-Honig sind.«

»Mit Süßigkeiten meint Ihr, mich willig zu machen?«

»Natürlich nicht, bevor Ihr sie probiert habt. Eine Pfanne finde ich bei Euch?«

»Wenn ich Euch in die Kate ließe.«

»Ich könnte auch wieder gehen. Habt noch einen schönen Tag, Rrrabenmeister.«

»Jungfer Unhold, bleibt mir hold, ich bitte Euch. Die Pfanne sei Euer!«

»Na, geht doch.«

Dieses listige Grinsen brachte Frederic fast dazu, laut zu lachen. Aber er unterdrückte diese Regung tapfer und zeigte sein grimmiges Gesicht, als die Jungfer an ihm vorbeistrebte und sich am Feuerplatz zu schaffen machte. Er ließ sie werkeln und ging zum Stall, um Henning zu holen.

»Lass die Pferde einen Augenblick sich selbst überlassen, Junge. Die Unholdin hat etwas mitgebracht, das sie uns zum Essen richtet.«

»Warum das?«

»Vermutlich, weil von dem Festmahl noch Reste übrig sind, die sie nicht in den Rhein schütten will.«

»Reste, igitt.«

»Kann sein. Trotzdem werden wir so tun, als ob wir sie vertilgen. Die Raben werden uns unsere Reste abnehmen.«

»Ja, sie sind Aasfresser.«

Es roch nach Zimt und heißem Honig. In brauner Butter brutzelten in der Pfanne goldene Brotscheiben in Eierteig.

»Gutes Weißbrot ist übrig geblieben, Meister Frederic, und wir fanden es zu schade, es einfach vor die Hühner zu streuen.« Sie hob geschickt eine knusprige Scheibe auf ein Brettchen und löffelte etwas von dem Fruchtgemisch aus dem Topf darauf. »Probiert es. Wenn es Euch nicht schmeckt, wird Robb sich freuen.«

Auch für Henning legte sie eine Schnitte auf und legte dann weitere vorbereitete Brote in die Pfanne.

»Und nicht, dass Ihr glaubt, ich könne kochen – die Brote hat Lore vorbereitet.«

Als sie sich wieder umdrehte, sah sie nur noch zwei leere Brettchen auf dem Tisch. Und die beiden Männer schienen eben den letzten Bissen hinunterzuschlucken.

»So ganz furchtbar ekelig sind die Reste nicht, was?«

»Kann man nicht sagen«, knurrte der Rabenmeister, und Henning leckte sich über die Lippen und sagte einfach nur: »Lecker!«

Sie reichte ihnen die nächste Portion und füllte die Pfanne erneut.

»Nehmt Euch auch eine, Jungfer Unhold. Das wird Eure Zunge süßer machen.«

Die dritte Runde saß sie dann mit am Tisch und trank den Most zu ihrem Brot, den Henning ihr eingeschenkt hatte.

»Nun gut, Jungfer, was für eine Unterstützung wolltet Ihr Euch mit diesem Essen erschleichen?«

»Eine Untersuchung im Badehaus. Ich will nicht, dass meinen Brüdern unterstellt wird, sie hätten die arme Molly umgebracht. Und auch Ihr solltet dafür sorgen, dass Henning von jedem Verdacht frei ist.«

»Und dazu wollt Ihr ins Badehaus?«

»Ich will wissen, wer an jenem Tag dort war. Und ich will wissen, ob jemand Streit mit Molly hatte. Oder ob sie etwas wusste, was dem Mörder gefährlich sein konnte.«

»Und dem Schöffen traut Ihr nicht zu, diese Dinge zu erfragen?«

»Dem Thyn? Diesem geldgierigen Raffales?«

»Ihr habt keine gute Meinung von der Obrigkeit.«

»Genau wie Ihr«, erwiderte die Jungfer trocken, und Frederic nickte.

»Besuchen wir den Juppes und seine Badergehilfen. Henning, du hast etwas über das Befragen von Menschen gelernt. Komm mit.«

»Gerne, Meister. Jungfer, ist es Euch genehm?«

»Natürlich, Henning.«

Meister Juppes war schlecht gelaunt und nicht besonders bereitwillig, sich schon wieder über den Tod seiner Badermagd auszulassen.

»Aber Meister Juppes, Ihr wisst, dass Ihr vor einem Richter werdet aussagen müssen. Und wenn dabei auch nur ein Hauch von Verdacht entsteht, dass Ihr das arme Weib erwürgt habt, dann drohen Euch Kerkerhaft und Tod. Also helft uns besser, den wahren Schuldigen zu finden.«

»Ich hab damit nichts zu tun. Schert Euch raus!«

»Meister Juppes«, mischte Myntha sich nun mit sanfter Stimme ein, »wir wollen Euch nur helfen. Was ist heute geschehen, dass Ihr so missmutig sein müsst? Hat es Ärger gegeben? Ein unzufriedener Badegast?«

»Dieser Apeteker, dieser Pellendresser. Der kommt mir nicht noch einmal in die Badestube.«

»Was hat er getan?«, fragte Frederic.

»Der wollte barbiert werden. Ich hab der Hilla gesagt, sie soll das übernehmen. Die Hilla ist ein lustiges Weib, und mir schien der Mann ein wenig abgehärmt. Doch kaum hatte sie das Messer angesetzt, fing der Kerl an zu schreien, sie wolle ihm an die Kehle.«

»Und, wollte sie?«

»So ein Unsinn. Sie wollte nur seinen Bart schaben. Aber er schlug wie wild um sich, stand auf und stürzte davon. Den Baderlohn blieb er uns schuldig. Und die anderen Gäste hat er verstört.«

»Unser Apotheker hat sich so seltsam benommen? Das wundert mich aber. Mir erschien er immer wie ein friedfert…«

»Sonst ja, er kommt alle Monat mal her, um sich barbieren zu lassen und ein Bad zu nehmen. Macht Geschäfte am Hafen, hab ich gehört. Wird wohl seine Arzneien dort von den Gewürzhändlern kaufen.«

»Und, hat er sich schon früher so verrückt aufgeführt?«

»Kann ich nicht sagen. Der war immer ganz zurückhaltend, hat seinen Most getrunken und ordentlich bezahlt. Nur diesmal hat er sich närrisch benommen. Weiß nicht, warum. Vielleicht war ihm das Blut zu heiß geworden.«

»Solche Verrückten sind nicht gut für das Geschäft. Wir kennen das auch, Meister Juppes«, sagte Myntha. »Auch bei uns finden sich manchmal Leute ein, die krause Dinge tun oder sagen. Einer hat mal steif und fest behauptet, dass die Erde eine Kugel sei und dass man, wenn man nur weit genug über die Meere fahre, neues Land entdecken würde.«

»Ja, manche spinnen sich seltsame Dinge zurecht. Wobei Euer Vater, Jungfer Myntha, auch nicht schlecht darin ist.«

»Er erspinnt sich Geschichten ohne Wahrheit. Märchen, wenn Ihr so wollt. Und sie sind schön und bunt und unterhalten die Menschen. Er besteht nicht darauf, dass sie Wirklichkeit wären.«

»Ja, da habt Ihr natürlich recht. Nun aber – was wollt Ihr von mir wissen?«

»Am Tag, an dem die Molly starb, wen hat sie da bedient? Und scheut Euch nicht, uns auch zu sagen, wenn sie einem Mann beilag. Wir wissen, dass sie das manchmal tat.«

Der arme Juppes wurde rot, aber er fasste sich.

»Es war viel los an diesem Tag, und ich hatte sie nicht immer im Blick. Sie wusch der Gattin des Ratsherrn die Haare – ein sehr aufwendiges Geschäft, das bis um die Mittagszeit dauerte. Danach half sie in der Badestube, brachte Wein und Pasteten zu den Bottichen, tändelte lustig, wie es ihre Art war.«

»Wer war zu der Zeit alles anwesend?«

»Ach, fragt mich das nicht. Viele Stammgäste. Der Hauptmann war da, daran erinnere ich mich noch. Mit ihm hat die Molly sich länger unterhalten. Ich glaube, er hat ihr von seiner Tochter erzählt. Der Herr Pfarrer kam am späteren Nachmittag zum Baden, und auch mit ihm hat sie eine Weile geredet, aber ich weiß nicht, worüber. Andere kamen und gingen. Vielleicht wissen meine Leute mehr darüber. Ich werde sie anweisen, Euch Auskunft zu geben.«

»Das ist nett von Euch, Meister Juppes.«

»Dass Eure beiden Brüder abends kamen, wisst Ihr ja.«

»Ja, aber sie haben wenig auf die anderen geachtet.«

»Und dieser junge Kerl war ebenfalls hier und hätte sich zu gerne mit der Molly vergnügt, nicht wahr?«

Nun war es an Henning, rot und verlegen auf seine Stiefelspitzen zu schauen.

Myntha lenkte von ihm ab, indem sie sagte: »Der Aalfischer Alrik war wohl auch hier?«

»Uh, ja, stimmt. Er brachte einen ordentlichen Gestank mit herein. Und die Molly hat ihn deswegen kräftig ausgezankt. Aber was soll man machen, Fischer riechen nun mal so.«

»Hat sie ihn möglicherweise so sehr beschimpft, dass er wütend auf sie wurde?«

Meiser Juppes schüttelte den Kopf.

»Er brüllte herum und fluchte, aber ich kann mir nicht vorstellen, dass er dann noch mal abends zurückkam, um sie zu erwürgen. Er ging, nachdem er alle aus der Schwitzkammer vertrieben hatte.«

»Wir werden ihn uns noch mal vornehmen«, sagte Meister Frederic. »Fällt Euch sonst noch jemand ein, der an diesem Tag Ärger gemacht hat?«

Der Bader schwieg eine Weile nachdenklich und schüttelte dann den Kopf.

»Ich kann mich an nichts weiter erinnern. Aber fragt meine Leute, ich bin nicht überall gleichzeitig gewesen.«

»Das machen wir. Es sollte sich die Jungfer mit den Mägden unterhalten, Henning und ich nehmen uns die Knechte vor.«

»Ich schicke sie zu euch. Jungfer Myntha, wenn Ihr mir in mein Kontor folgen wollt.«

»Bei mir war es ein mühseliges Geschäft, genaue Angaben zu bekommen«, seufzte Myntha, als sie das Badehaus verließen. »Die Mägde waren geschwätzig und kamen nur schwer zur Sache, und ihr Gedächtnis scheint der Aufenthalt in der Schwitzkammer ausgedörrt zu haben.«

»Glaubt nur nicht, dass die Knechte hilfreicher waren. Entweder nahmen sie sich so wichtig, dass sie sich nur mit ihren Eroberungen brüsten konnten, oder sie waren so blöd, dass sie sich nur an die Kannen Wasser erinnerten, die sie schleppen mussten. Aber wir haben ein paar Namen.«

»Ja, einige habe ich auch. Aber ob diese Leute wirklich an dem Tag dort gewesen waren, möchte ich nicht beschwören. Rrrrabenmeister, wollt Ihr und Henning nicht noch auf ein Bier ins Fährhaus kommen? Lore hat ein Wildschweinragout zubereitet. Das böse Tier hat Bauer Egberts Kohlfeld umgegraben und ist dabei in einen Spieß geraten.«

»Das arme Tier«, bemerkte Henning trocken.

»In Lores Küche ist es in eine bessere Welt getreten. Sie sprach von Thymian und Pfefferkörnern, Piment und Salbei.«

Und genau dieser würzige Duft empfing sie, als sie ins Fährhaus traten.

»Setzt Euch in die Küche, dort haben wir mehr Ruhe«, schlug Myntha vor.

Lore murrte zwar kurz, füllte dann aber die Schalen reich mit dem Ragout, und Enna legte das Brot dazu. Myntha zapfte den Wein, und erst als sie ihr Mahl beendet hatten, begann Meister Frederic zu reden.

»Die meisten Badegäste sind lange vor dem Vesperläuten gegangen, und zu diesem Zeitpunkt hat die Molly noch gelebt.«

»Ja, das haben die Mägde auch behauptet. Sie war sogar noch länger im Badehaus, hat Handtücher fortgeräumt, sich um die Seifen und die Ölflaschen gekümmert und sich mit der Frau des Flickschneiders unterhalten. Die ist gegangen, als das Angelusläuten begann. Und die Mägde sind dann auch fort zum Essen. Die Molly hat sie nicht begleitet, weil sie sich selbst noch die Haare waschen wollte. Und das in der Schwitzkammer, weil die noch schön warm war.«

»In der Badestube waren auch nach dem Vesperläuten noch einige Männer. Eure Brüder zum Beispiel. Der Hauptmann ist kurz vor dem Läuten aufgebrochen, der Gewandschneider ebenfalls und auch der Apotheker.«

»Ja, aber Haro und Witold waren hier, noch bevor die Glocke erneut läutete«, erklärte Lore. »Das weiß ich, weil Haro das Läuten mit dem Bratspieß am Suppenkessel nachgemacht hat. Ich musste ihn zurechtweisen.«

»Was du sicher auf deine unnachahmliche Art getan hast, Lore. Worauf er sich gefügig seinen Aufgaben gewidmet hat.«

»Hat er. Eure Brüder sind wohlerzogen.«

Myntha schnaubte leise.

»Immerhin, sie waren hier und nicht im Badehaus, und Molly lebte noch. Wer blieb länger?«, fragte sie.

»Es scheinen alle spätestens kurz nach dem Angelus gegangen zu sein. Auch die Knechte. Aber es war nicht unüblich, dass Molly die Letzte war. Sie räumte immer noch auf und schloss dann ab. Und manchmal …«

»Ja, ich weiß, Henning. Manchmal hat sie sich noch mit einem Mann getroffen und ihn mit in ihr Zimmer genommen.«

»Und ob das so war, daran kann sich leider niemand erinnern.«

»Angeblich hatten alle Gäste das Badehaus verlassen, als die Knechte und Mägde gingen.«

»Was nicht heißt, dass nicht einer noch zurückgekommen sein kann.«

»Jemand, der wusste, dass Molly sich noch spät in den Räumen aufhielt und sie auch noch nicht abgeschlossen hatte.«

»Ein Fremder? Ein Landstreicher?«

»Kaum, Meister Frederic. Sicher einer, der Mollys Gewohnheiten kannte. Und vielleicht sogar einer, der zuvor schon mit ihr das Lager geteilt hatte.«

»Und damit ist die Gruppe wieder groß und unübersichtlich.«

»Nicht ganz, Henning. Molly hatte Freundinnen, und denen wird sie anvertraut haben, welchen Männern sie ihre Gunst geschenkt hat. Ich werde mal Gevatterin Ellen fragen, was sie dazu zu sagen hat.«

»Und Männer brüsten sich mit ihren Leistungen im Bett«, knurrte der Rabenmeister. »Ich werde mich auch da mal umhören.«

»Und ich werde mich jetzt um die Stute kümmern. Ich glaube, ihre Zeit ist bald gekommen«, sagte Henning.

»Wenn es so weit ist und du Hilfe brauchst, dann lass Gevatterin Ellen rufen.«

»Oder unsere vornehme Agnes«, warf Lore ein. »Die hat neulich erzählt, dass sie schon mehrere Fohlen zur Welt gebracht hat.«

»Agnes?«

»Muss einen großen Stall haben. Da, von wo sie herkommt.«

Die graue Pilgerin offenbarte immer mehr Geheimnisse, dachte Myntha.

14. Kapitel

Er hat ihr das Fährhaus als Morgengabe übergeben. Sie steht in den Schreinsakten als Eigentümerin«, erzählte Myntha der Gevatterin Ellen, die eifrig Brotteig knetete.

»Das scheint mir eine großzügige Geste zu sein.«

»Ja, das ist es auch. Und die Burgherrin hat Bilke einen Teil ihres Familienschmucks als Mitgift übergeben. Bilke ist ziemlich ungehalten darüber. Sie sagt, dieses kostbare Geschmeide wird sie kaum in der Gaststube tragen können.«

»Aber vielleicht wird sie einmal eine Tochter haben, die in ein hohes Haus zu heiraten wünscht. Es kann nicht schaden, solche Gaben gut zu verwahren.«

»So etwas Ähnliches habe ich ihr auch gesagt. Ich denke, ich konnte sie davon abbringen, den Schmuck zurückzugeben.«

»Wie weit ist denn Eure Vermählung vorangekommen, Jungfer?«

»Fragt nicht. Alles ist ein Durcheinander. Der Rickel hat mir einen Antrag gemacht, traute sich aber nicht, das öffentlich kundzugeben, bis er nicht mit meinem Vater gesprochen hat.«

»Das ist doch vernünftig.«

»Ja, natürlich. Doch ich konnte ihm zu dem Zeitpunkt doch nicht sagen, dass der Fährmeister in Buchheim im Kerker saß.«

»Nein, das konntet Ihr natürlich nicht. Wie ärgerlich. Aber er ist doch nun schon lange wieder zu Hause.«

»Tja, aber die Frau Swinte war dann bei mir, mitsamt ihrem käsgesichtigen Notarius, und hat die Jungfernprobe verlangt, weil sie gehört hat, dass ich nachts durch die Gassen wandele.«

»Heilige Magdalena, was für ein abscheuliches Weib.«

»Das ist sie, und darum habe ich sie aus dem Haus geworfen. Seither habe ich nichts mehr von den beiden gehört. Vermutlich haben sie Abstand von dem Wunsch nach einer Vermählung genommen. Ich werde wohl als alte, vertrocknete Jungfer sterben. Oder ich brenne mit einem Gaukler durch und führe das ehrlose Leben einer Fahrenden.«

»Das werdet Ihr tunlichst unterlassen.«

»Ich könnte auch die freundlichen Angebote des Herrn Pfarrer annehmen und seine Konkubine werden.«

»Myntha! Myntha? Macht er solche Angebote?«

»Nicht mit Worten, aber mit Taten. Aber was soll's, er ist eben auch nur ein Mann. Und damit, liebe Gevatterin Ellen, komme ich zu meinem eigentlichen Anliegen.«

»Aha, Euch steht der Sinn nach Heimlichkeiten?«

»Genau. Ellen, die Molly war kein Kind von Traurigkeit.«

»Nein, war sie nicht. Aber eine richtige Hure war sie auch nicht.«

»Nein, zumeist hatte sie Mitleid mit den Männern, und den jungen hat sie wohl oft den Weg gewiesen.«

Ellen lachte nachsichtig.

»Das haben Euch Eure Brüder verraten?«

»Nicht mit Worten, doch gelegentlich kamen sie mit einem so stolzen Grinsen vom Baden zurück, dass ich mir schon dachte, dass es nicht nur vom Barbieren kam. Und auch Henning wird anmutig rot, wenn ihr Name fällt.«

»Ja, das war ihre Art.«

»Und einer hat es ihr gedankt, indem er sie erwürgte. Ellen, wer waren die Männer, mit denen sie das Lager geteilt hat? Sie hat sich doch sicher einer Freundin anvertraut. Ihr wisst, wer das war. Ich würde gerne mit ihr reden.«

»Das lasst Ihr schön bleiben. Ihr seid eine ehrbare Jungfer und dürftet von diesen Dingen eigentlich gar nichts wissen.«

»Aber…«

»Ich übernehme das für Euch. Ich weiß, wen ich fragen muss und wie ich fragen muss. Gebt mir ein paar Tage, und dann bringe ich Euch Namen. Aber um der Liebe Gottes, behaltet die für Euch!«

»Aber selbstverständlich. Kennt Ihr eigentlich den Apotheker von Deutz?«

»Nein, kenne ich nicht. Ich hole meine Arzneien und Drugwaren von unserem Kräuterhändler auf dem Markt. Warum fragt Ihr?«

»Weil der Apotheker von Deutz hin und wieder die Badestube hier aufsucht und gestern einen ziemlichen Krawall gemacht hat. Er hat um sich geschlagen, als die Hilla ihn barbieren wollte.«

»Wie schrecklich! Ist ihr was passiert?«

»Nein, er ist dann plötzlich fortgelaufen, aber es hat zu Unruhe geführt. Na ja, so einen Kerl wird die Molly nicht zu sich genommen haben.«

»Man weiß nie. Ich frag meine Mädchen, ob sie den Mann kennen. Einige haben Verwandte in Deutz.«

»Ich bin Euch sehr dankbar, Gevatterin Ellen. Und wenn Ihr bei Gelegenheit bei Lore in der Küche vorbeischaut, wird sie Euch gewiss von den Wildschweinwürsten ein paar abgeben.«

»Ah, hat der Egbert es erwischt? Er war äußerst erbost über das wilde Tier.«

»Und so hat der Zorn Gottes es auf seinen Hof wandern lassen und dort niedergestreckt.«

»Der Zorn Gottes, aha.«

»Wie mit einem scharfen Speer.«

»Wie es so seine Art ist.«

»Gelobt sei der Herr.«

»Amen.«

In Mynthas Büchern, die von den Pachtherren aus dem Kloster stets mit Argwohn geprüft wurden, würde das Wildschwein keine Spuren hinterlassen. Wie sollte man den friedfertigen Mönchen auch den Zorn Gottes erklären, nicht wahr?

Die Küche im Fährhaus war verwaist, doch aus dem Stall hörte man wieder die unwirschen, überaus schrillen Schreie des Maultiers. Um sich zu wappnen, steckte Myntha rasch ein paar Möhren in ihre Schürzentasche und näherte sich neugierig dem Getöse. Sie entdeckte Lore, die eben versuchte, dem bockigen Tier einen Sattel aufzulegen. Ein Erfolg des Vorhabens zeichnete sich nicht ab.

»Lore, warum quälst du das Tier immer so? Warum versuchst du es nicht mal mit Güte?«

»Dat es nit jütisch ze mir. Dat beißt!«

»Ich glaube, manchmal beißt du einfach zuerst. Warum bist du so grantig mit dem armen Vieh? Mit dem Messveech hast du dich so gut verstanden.«

»Dat es nit dat Messveech.« Und mit einem Mal schluchzte Lore auf. »Ich hasse dieses gottverdammte Maultier!«

Das wiederum stand jetzt lammfromm in seinem Stall und schlenkerte seine langen Ohren.

»Wolltest du mit dem Düwwelsbalch ausreiten?« Mit dieser Frage versuchte Myntha, die Köchin von ihrem Leid abzulenken.

»Nee, wollte ich nicht. Es sollte nur mal den Sattel tragen. Der ist vom Messveech. Der müsste ihm passen.«

Und diesmal drückte Lore den Sattel fest an ihre Brust und schluchzte nochmals auf.

»Das war sicher ein guter Einfall. Komm, gib mir den Sattel, ich versuche mein Glück. Körbe hat das Tier ja schon auf dem Rücken getragen. Und der Sattel dürfte weit bequemer sein.«

Myntha trat näher an das Maultier heran und sah sich den Hals an. Die bösen Schrunden, die das Seil hinterlassen hatte, mit dem die Butterfrau es durch die Straßen gezerrt hatte, waren gut verheilt, die Striemen, die ihre Gerte auf den Flanken hinterlassen hatte, waren nicht mehr zu sehen. Das hässliche, struppige Fell war dicht und sah gesund aus. Auch wenn Lore das Maultier angeblich hasste, so sorgte sie doch gut dafür.

Diese stand jetzt an die Bretterwand des Stalls gelehnt und hielt sich die Schürze vor das Gesicht gedrückt. Myntha betrachtete den Sattel, der vor ihr im Stroh auf dem Boden lag.

»Also dann, ein neuer Versuch«, flüsterte sie und zog eine der Möhren aus der Tasche. Das Maultier schielte erfreut auf ihre Hand. »Die hättest du wohl gerne?«

Ein leises Wiehern war die Antwort.

»Na gut. Aber dann musst du auch stillhalten.«

Das Düwwelsbalch mampfte. Und Myntha wuchtete ihm den Sattel auf den Rücken.

»Gut so. Bekommst noch eine. Aber verpetz mich nicht.«

Schweigend mampfte das Maultier die zweite Möhre.

Myntha zog die Gurte fest. Die dritte Möhre folgte, und Myntha tippte Lore auf die Schulter.

»Möchtest du ausreiten?«

»Niemals nicht!«

»Ach komm, probier es.«

Verdutzt starrte die Köchin das friedlich dastehende Tier an.

»Habt Ihr das verhext?«

»Möhren sind das Hexenwerk. Los, steig auf.«

»Das wirft mich ab.«

»Lore!«

»Das hasst mich.«

»Na, dann mal sehen, ob es mich auch hasst.«

Myntha raffte ihre Röcke und stieg auf. Sie ergriff die Zügel und drückte ihre Fersen leicht in die Flanken. Das

Maultier ging gehorsam aus dem Stall und drehte im Hof eine Runde.

Und so traf sie der Herr Marsilius an.

»Edle Jungfer!«, sagte er und verbeugte sich tief. »Ich hoffe, Ihr habt heute ein wenig Zeit für mein Anliegen.«

Die Fischaugen ruhten lüstern auf ihren entblößten Beinen, und Myntha bemühte sich, ihre Röcke schicklich zu ordnen. Das gefiel jedoch dem Düwwelsbalch nicht, und es fing an zu bocken. Niemand macht auf einem störrischen, buckelnden Tier einen würdigen Eindruck, und Myntha bemühte sich, aus dem Sattel zu kommen. Was dem Maultier auch nicht recht war. Es galoppierte los, und wäre der Herr Marsilius nicht hurtig beiseitegesprungen, hätte es ihn überrannt. Es raste eine Runde durch den Hof, hielt dann urplötzlich an und stieß einen wilden Schrei aus. Myntha blieb über dem Hals des Tieres hängen und keuchte vor Entsetzen. Daher wollte ihr Anbeter seinen Heldenmut beweisen und griff ihr in die Zügel.

Das Tier musste wahrlich aus der Hölle stammen, denn es wackelte einmal mit dem Kopf, befreite sich aus dem Griff, drehte sich um und schlug dem Helden den Hinterhuf in den Magen. Myntha rutschte dabei aus dem Sattel und landete im Staub. Lore, die aus dem Stall getreten war und sich das Schauspiel angesehen hatte, stürzte auf das Düwwelsbalch zu, packte die Zügel und zerrte es unter wilden Verwünschungen in den Stall zurück.

Der Herr Marsilius war mit bleichem Gesicht an der Hauswand niedergerutscht und würgte. Lore stand Myntha beim Aufstehen bei und half ihr, den Staub aus dem Gewand zu klopfen.

»Heilige Maria«, flüsterte Myntha. »Warum muss mir das immer passieren?«

»Seid doch froh darum. Den Antrag von dem Fischgesicht da wollt Ihr doch gar nicht hören.«

»Ich wollte mich aber auch nicht blamieren und vor ihm auf dem Boden liegen.«

»Nicht jeder hält sich so lange auf einem bockenden Maultier wie Ihr. So, Liebschen, und jetzt gehen wir in die Küche. Um diesen Mann soll sich die Agnes kümmern. Die weiß, was zu tun ist.«

Myntha schenkte dem Marsilius keinen Blick mehr, als sie an ihm vorbei zur Küchentür ging.

15. Kapitel

Henning schnitt Gerten von einem Strauch am Rheinufer, als der Reiter sich ihm näherte. Ein Funken der Angst durchzuckte ihn, und er fasste das Messer fester, mit dem er gearbeitet hatte. Doch dann setzte sein Verstand wieder ein, und er sah genauer hin. Natürlich war es nicht der Ritter Bernolph, der hier so einfach auf ihn zuritt. Und je näher der Reiter kam, desto sicherer war Henning sich, dass es sich um den Stallmeister des Herrn von Lunerke handelte. Holk war nicht zu verkennen. Er war ein großer, muskulöser Kerl mit breiten Schultern und mächtigen Schenkeln. Aber während seines Aufenthalts auf der Burg hatte Henning sein Geschick mit den Pferden bewundern gelernt. Der starke Mann konnte sanft und feinfühlig sein.

»Ich grüße Euch, Meister Holk«, sagte er, als das Pferd neben ihm hielt.

»Schau an, der kleine Henning.« Holk stieg aus dem Sattel und hielt Henning grinsend die Hand hin. »Gibt es jemanden, der die Gerten verdient hat?«

»Ich hoffe doch nicht. Sie sollen zu Pfeilen werden, die mein Meister mich zu fertigen beauftragt hat.«

»Und das kannst du? Eine feine Arbeit, will ich meinen. Aber die Federn rupfst du nicht den Sperbern aus, oder?«

»Niemals. Wir haben Gänse- und Entenfedern, manchmal welche, die die Raben verlieren. Aber diese Dinge sind doch sicher nicht der Grund, warum Ihr die Burg verlassen habt, nicht wahr?«

»Das nicht, aber den Rabenmeister muss ich sprechen. Mein Herr sagte mir, dass ich ihn hier finde.«

»Er ist in unserer Kate.«

»Dann führ mich zu ihm. Und beschütz mich vor Eurer Wachmannschaft. Mein Herr machte einige seltsame Äußerungen dazu.«

»Ihr werdet sie gleich kennenlernen. Bleibt ruhig, dann kann Euch nichts geschehen.«

»Nun gut. Gehen wir!«

Henning geleitete Holk, der sein Pferd am Zügel hielt, den schmalen Pfad zur Kate hin. Und kaum hatten sie den ersten Baum erreicht, stürzten sich die Raben mit wüstem Gekrächz auf den unbekannten Ankömmling. Vor Schreck ließ Holk die Zügel fahren und hob die Hände, um seinen Kopf zu schützen.

»Robb, Freund! Freund!«, rief Henning, und das Geflatter kam zu einem Ende. Robb, der Anführer, setzte sich auf Hennings Schulter und starrte Holk an.

»Freund, Robb.«

»Frrreund«, krächzte der Rabe und hüpfte dem großen Mann auf die Schulter.

»Haltet ruhig, Meister Holk. Ganz ruhig.«

Und schon geschah es. Robb sagte noch einmal »Frreund« und kniff dann Holk ins Ohr. Dann flatterte er auf und setzte sich zu seinen Kameraden auf den Baum.

»Du liebe Zeit, was war das denn für eine Begrüßung?

Ein sprechender Vogel, der einen Mann durch ein Schnabelzwicken zum Freund macht?«

»So ist das hier üblich, Meister Holk. Aber wäre ich nicht dabei gewesen, hätten die Vögel Euch schon verscheucht. Jetzt aber haben sie sich gemerkt, dass Ihr willkommen seid, und das nächste Mal ruft einfach ›Robb‹ und ›Freund‹, dann könnt Ihr passieren.«

»Ich bin beeindruckt. Ah, und ich verstehe, warum man Euren Meister auch Rabenmeister nennt. Er hat sie ausgebildet, nehme ich an?«

»Ja, sie sind sehr gelehrig, und er hat eine Hand für Vögel.«

»Darum bin ich hier.«

»Dann bringt Euer Anliegen meinem Meister vor. Hier sind wir.«

Frederic hatte sie ankommen hören und trat aus dem Stall. »Ah, Holk von Lunerke. Was führt dich zu uns?«

»Eine Botschaft meines Herrn. Der neue Sperber verhält sich ungewöhnlich, sagt er. Er frisst nicht und rupft sich Federn aus. Ob Ihr einen Rat wüsstet.«

»Ich müsste den Vogel sehen. Doch tritt erst einmal ein. Du hast einen langen Ritt hinter dir, und ein Becher mit heißem Most sollte dich aufwärmen.«

Henning nahm Holk das Pferd ab und führte es zur Weide, dann gesellte er sich zu den Männern in der Kate. Holk hatte nicht nur einen Becher vor sich stehen, sondern löffelte auch eifrig den Bohneneintopf, der seit dem Morgen im Kessel köchelte.

»Der Brei ist verdammt gut«, grunzte er und schaufelte sich noch einen Löffel in den Mund.

»Das liegt an dem Wildschwein, das sich da hineinverirrt hat.«

»Ah ja, das soll es geben.«

»Meister, könnte es sein, dass der Sperber sich in seinem Käfig nicht wohlfühlt?«, fragte Henning.

Frederic nickte.

»Das ist möglich. Obwohl die Käfige in der Burg recht geräumig sind. Ich habe nur heute keine Zeit, dich zu begleiten.«

»Das ist schade. Vielleicht morgen?«

»Meister, ich könnte mich um den Sperber kümmern. Die Gerten sind geschnitten und müssen jetzt sowieso erst trocknen.«

»Ein Ausritt ist dir lieber als Pfeile herstellen, ich verstehe schon. Na gut, dann nimm dir Meuric und begleite Holk nach Lohmar. Aber bring mir den Hengst gesund zurück!«

Meuric war erfreut darüber, von der Weide wegzukommen, und tänzelte einen Moment vergnügt über den Pfad. Doch Henning wusste, wie er ihn beruhigen konnte, und bald ritten die beiden Männer Seite an Seite zur Fähre. Holk erzählte von den Pferden, die er zu beaufsichtigen hatte, und Henning, der während seiner Zeit als Pferdeknecht ebenfalls einiges erlebt hatte, steuerte ein paar kleine Geschichten bei. In freundlichem Geplauder erreichten sie die Burg, und Henning machte sich auf die Suche nach den Jagdvögeln des Burgherrn. Er fand Ritter Adolf bei den Käfigen und wurde erfreut begrüßt.

»Wo ist denn der kranke Vogel, werter Herr?«

»Hier, sieh ihn dir an. Ganz zerzaust ist sein Gefieder, und Federn liegen auf dem Boden.«

Henning holte sich den Vogel auf den Handschuh und musterte ihn aufmerksam.

»Ungeziefer hat er nicht. Er wird sehr reinlich gehalten. Lasst Ihr ihn regelmäßig fliegen?«

»Jeden Tag, aber er scheint keine Lust daran zu haben.«

»Was füttert Ihr ihm?«

»Fleischreste aus der Küche. Gutes Fleisch, frisch. Manchmal Fisch, den schien er zu mögen. Aber jetzt nicht mehr. Wir haben es sogar schon mit Milchbrei versucht, aber den lehnt er auch ab. Nur Wasser trinkt er noch.«

»Und die anderen Vögel?«

»Du siehst ja, wir haben die Käfige von ihm weggeräumt, damit er sich erst mal eingewöhnt.«

»Werter Herr, das mag vielleicht nicht ganz glücklich sein. Er war es bei uns gewohnt, mit den anderen Vögeln zusammen zu sein. Sie sind gesellige Tiere, und es könnte sein, dass er sich einsam fühlt.«

»Ah, daran habe ich nie gedacht. Nun, das wäre leicht zu beheben.«

»Ja, und versucht, den Sperber mit hart gekochtem Eigelb zu füttern. Damit haben wir mal einen zerrupften Vogel geheilt. Vielleicht mag er das ja.«

»Wird sofort ausprobiert, Jung-Henning. Und du folgst mir jetzt in die Küche. Da sind meine beiden Töchter damit beschäftigt, süße Pasteten zu backen.«

»Balthazar ist nicht mehr bei Euch?«

»Er tut seinen Dienst als Page bei seinem neuen Herrn.«

»Schade, ich mag Euren kleinen Sohn.«

»Wir vermissen ihn auch, aber du weißt ja selber, dass eine Ausbildung zum Pagen wichtig ist. Und er ist in guten Händen.«

Die süßen Pasteten und die fröhlichen Mädchen lenkten Henning eine Weile von seinem eigentlichen Vorhaben ab. Er hatte sich nicht nur erboten, sich um den kranken Vogel zu kümmern, sondern sein eigentliches Ziel war es, von der Burg aus nach Chorweiler zu reiten, um herauszufinden, ob dort tatsächlich der Ritter Bernolph sein Quartier hatte. Ein wenig drückte ihn sein Gewissen, weil er dem Rabenmeister dieses Vorhaben verschwiegen hatte. Aber es war doch nur ein kurzer Umweg durch den Wald, oder nicht?

Der Burgherr kam zurück in die Küche und berichtete, dass der Sperber seinen Schnabel in den Napf mit dem Eigelb getaucht hatte, nachdem sein Käfig nahe an die beiden anderen Vögel gerückt worden war.

»Das ist erfreulich zu hören. Es könnte dem Sperber auch gefallen, mit seinen Kameraden zu fliegen. Versucht es einmal. Bei uns hat er es immer gerne getan.«

»Ich bin dir Dank schuldig, Jung-Henning. Was kann ich für dich tun? Außer dich mit den Pasteten zu füttern?«

»Habt Ihr noch etwas über die Räuber hier im Wald gehört?«

»Lieber junger Freund, ich weiß ja, wie sehr du auf Rache brennst. Doch ich fürchte, ich kann deine Absicht nicht billigen. Es ist gefährlich, sich mit dieser Bande anzulegen.«

»Das will ich doch gar nicht. Ich möchte nur die Bestätigung, dass es sich bei dem Anführer wirklich um Ritter Bernolph handelt.«

»Und wie willst du das herausfinden?«

»Es wird doch Leute geben, die in den Dörfern um die Burg von Arrfe leben. Sie will ich befragen.«

»Die werden den Mund halten, Henning. Entweder gehören sie zu seiner Bande, oder sie sind eingeschüchtert worden. Wenn du ihnen Fragen stellst, werden sie es dem Ritter weitertragen. Es ist gefährlich, glaub mir.«

»Wenigstens heimlich beobachten kann ich aber die Burg. Wenn ich den schwarzen Hengst sehe, werde ich Gewissheit haben.«

»Du bist unbelehrbar, Junge. Aber ich kann dich nicht hindern.« Ritter Adolf gab einen langen Seufzer von sich. »Pass gut auf dich auf, Henning. Und wenn du in Schwierigkeiten kommst, sieh zu, dass du so schnell wie möglich hierherkommen kannst. Oder versuche, mir eine Botschaft überbringen zu lassen. Und wenn du nicht in zwei Tagen wieder hier bist, muss ich annehmen, dass man dich entdeckt hat.«

»Ihr seid sehr gütig, werter Herr. Ich verspreche Euch achtzugeben.«

»Nun, dann reite mit Gottes Segen, mein Junge.«

Es war kein weiter und kein gefährlicher Weg, fand Henning, und Meuric trabte gutmütig durch den Frühlingswald. Die Buchen hatten hellgrüne Blätter bekommen, und am Boden spross überall Gras. Zwischen den hohen Stämmen entdeckte er drei Kinder, die Blumen pflückten. Er hatte den Eindruck, als wollten sie diese gleich körbeweise nach Hause tragen, so eifrig waren sie bei der Sache. Einen Moment fragte er sich, ob er die zwei Mädchen und den deutlich kleineren Jungen um Auskunft bitten sollte, aber dann unterließ er es doch. Sie hatten wahrscheinlich das teuflische schwarze Ross noch nicht gesehen.

Der Pfad aber führte ihn zu einer kleinen Ansiedlung von strohgedeckten Katen. Hühner liefen auf den lehmigen Böden herum und suchten nach Körnern. Ein alter Hund lag an einer Haustür und ließ ein warnendes Knurren hören, als er abstieg und Meuric an einen Pfosten band. Eine magere Frau trug einen Bund Reiser zu ihrer Behausung, und sie sprach er höflich an. Doch außer einem angsterfüllten Blick erhielt er keine Reaktion. Also wanderte er weiter zwischen den Hütten entlang. Zwei Schweine kreuzten seinen Weg, und ein weiterer Hund bellte ihn warnend an. Eine alte, gebeugte Vettel starrte ihn aus ihrer Tür an, schloss sie aber mit einem Knall, als er Anstalten machte, auf sie zuzugehen.

Der Ritter von Lunerke hatte wohl recht gehabt, die Dörfler waren verschreckt und vermutlich eingeschüchtert.

Aber dann sah er den Mann an der Pferdetränke und wandte sich an ihn.

»Gott zum Gruße, guter Mann.«

»Grmpf.«

Henning nahm den Grunzer als Gruß und verneigte sich knapp.

»Ich suche nach einer Auskunft, wenn's beliebt.«

»Beliebt nicht.«

Ein Silberstück tanzte auf Hennings Fingerspitzen, und

das war wohl der richtige Ansporn. Der Mann griff danach, betrachtete es und steckte es in seinen Beutel.

»Was?«

»Hast du hier schon mal einen Mann auf einem kohlschwarzen feurigen Ross gesehen?«

»Von uns hat keiner Rösser.«

»Von euch nicht, aber vielleicht besitzen einige Herren ein solches?«

»Gibt hier keine Herren.«

»Nicht im Dorf, das will ich glauben. Aber die von der Burg vielleicht?«

»Mit denen haben wir nichts zu tun«, war die mürrische Antwort.

Henning griff noch einmal in seinen Beutel, aber der Mann schüttelte den Kopf.

»Lasst die Münze stecken, junger Herr. Mehr habe ich Euch nicht zu sagen.«

»Aber ...«

Der Mann schulterte sein Joch und ging wortlos davon.

Henning blieb am Brunnen stehen und fühlte sich dumm. Ein kleiner Ziegenbock näherte sich ihm und stieß ihn mit seinen Hörnern an. Das löste seine Starre, und missgelaunt trottete er zu Meuric, der aufgebracht hin- und hertänzelte.

»Schon gut, mein Lieber, wir verschwinden von hier. Es ist gar zu ungastlich, dieses Dorf. Auf nach Arffe!«

Der Weg führte ihn zunächst durch braune Felder, dann wieder in einen dichten Wald. Hier allerdings suchten keine Kinder nach Pilzen, dafür pfiff der Wind widerlich kalt durch die kahlen Äste. Ganz sicher war Henning sich nicht, ob der schmale Pfad ihn zu der Burg führte, in der angeblich der Raubritter Obdach gefunden hatte. Er brachte Meuric zu einem langsamen Schritt und richtete sich ein wenig im Sattel auf, um weiter spähen zu können. Und da seine ganze Aufmerksamkeit auf das Geschehen vor ihm lag, bemerkte er nicht die beiden Männer, die sich ihm von hinten näherten.

Meuric entdeckte sie vor ihm und wieherte leise.

Henning drehte sich um und entkam so gerade noch eben dem Schlag mit dem Streitkolben. Er verfluchte sich selbst, dass er unbewaffnet war, und versuchte, Meuric gegen die Männer einzusetzen. Der Hengst gehorchte seinem Befehl und wehrte die Männer aufsteigend mit den Vorderhufen ab. Doch der eine brachte sich aus dem Gefahrenbereich und stach nach Henning. Er traf seinen Oberschenkel mit der Spitze seiner Waffe, und Henning stürzte aus dem Sattel. Meuric kämpfte wild und gewalttätig, wieherte laut und schrill und schaffte es, einen der Männer niederzustrecken.

Und der Hengst floh.

Henning lag im Laub und hielt sich sein Bein. Blut quoll aus der Wunde und rann zwischen seinen Fingern in den Boden. Der Sturz hatte ihn benommen gemacht, doch allmählich drang der Schmerz in sein Bewusstsein. Eben wollte er sich aufrappeln, als ihn ein hinterhältiger Schlag auf den Kopf traf.

Es wurde dunkel für ihn.

16. Kapitel

»Mico! Nein! Miico!«

Myntha rannte hinter dem dreibeinigen Kater her, der sich trotz seiner Behinderung wie ein Blitz bewegte. Die Maus in seinem Maul zappelte noch, und er war eben dabei gewesen, sie in Reemts Schuhe zu legen. Die standen vor der Küchentür – jetzt war dieses vermaledeite Tier in die Küche gelaufen, wo die Maus schon gar nichts zu suchen hatte.

»Raus hier, raus!«, schimpfte sie, und Lore fegte mit dem Reisigbesen hinter ihm her. Damit erschreckte sie den Kater dermaßen, dass er ein Versteck suchte. Er fand eines, sprang und landete im Kessel mit dem lauwarmen Morgenbrei.

»Nein!«, stöhnten Lore und Myntha gemeinsam.

»Verdampter Wibbelstätz!«, fauchte Lore empört. Dann sah sie die noch immer sprachlose Myntha an und giftete: »Steht se un sät nix! Holl den eruss, den Heizefez!«

»Ja, ja, sofort.«

Der Kater saß ebenso verdattert im Brei, wie Myntha sich fühlte. Doch beherzt griff sie nun zu und fischte ihn heraus. Die Maus jedoch hatte er aus den Zähnen verloren, sie schwamm in der klebrigen Brühe um ihr Leben.

Wortlos holte Lore sie heraus und warf sie aus der Tür.

»Ist ihr Glückstag«, knurrte sie.

»Offensichtlich«, sagte Myntha zu Mico und schleppte ihn zum Brunnen. Noch immer am Schlafittchen, tunkte sie ihn in den Eimer voll Wasser, ohne sich um sein Geschrei zu kümmern. Aber nur mit Mühe entkam sie seinen scharfen Krallen, und als sie ihn tropfnass auf den Boden setzte, schoss er davon, um dem Düwwelsbalch im Stall sein Leid zu klagen.

»Wolltest du den Kater ersäufen?«, fragte Witold, der dem Geschehen mit einem Grinsen zugesehen hatte.

»Ihm musste der Pelz gewaschen werden. Er hat ein Bad im Breikessel genommen.«

»Und unser Schöffe hat ein Bad im Rhein genommen.«

»Hast du ihn hineinbefördert?«

»Aber nicht doch. Er hat versucht, den Alrik in den Kerker zu schicken.«

»Und hat die Fäuste des Fischers unterschätzt?«

»Die Argumente von Thyn haben den Alrik nicht überzeugt.«

»Hat jemand dem bedauernswerten Schöffen beigestanden?«

»Ich habe ihn aus dem Wasser gezogen. Was dem Alrik auch nicht passte. Also ist der in einer seiner Reusen gelandet.« Witolds Grinsen wurde breiter: »Sie war noch voller sich windender Aale.«

»Tja, was dem einen sein Brei, ist dem andern sein Fisch.«

Beide schwiegen versonnen, doch dann fragte Witold: »Wolltest du nicht heute zum anderen Fährhaus, deine Freundin Bilke besuchen?«

»Ja, wollte ich, aber zuvor muss ich noch zu unserem Pfarrer. Ich habe ein paar Waldmeisterpflänzchen für sie, die er mir segnen soll.«

»Das ist gut. Haro wird sich über den Wein freuen, den das Kraut würzt.«

»Quatsch, sie soll sie im Garten anpflanzen. Im nächsten Jahr ist noch genug Zeit, sie zu versaufen.«

Mit einem Korb voll feuchtem Moos und einigen der feinblättrigen Pflanzen machte Myntha sich zum Pfarrhaus auf. Herr Julius war in seinem eigenen Garten und zupfte Unkraut zwischen den eben aufgeschossenen Bohnen.

»Es ist gottesfürchtig, im Garten zu werkeln«, sagte er und richtete sich mit einem leisen Ächzen auf.

»Da habt Ihr gewiss recht, hochwerter Herr.«

»Und Ihr bringt mir ein paar neue Zöglinge für meine Beete?«

»Hätte ich gewusst, dass Euch der Garten Freude bereitet, hätte ich auch ein paar für Euch eingepackt. Aber dieses Körbchen ist für das neue Fährhaus meines Bruders und seiner Frau. Bilke ist schon lange meine Freundin, und ich denke, sie wird sich über die Pflanze freuen. Vor allem, wenn Ihr sie gesegnet habt.«

»Das will ich gerne für Euch tun, liebliche Jungfer«, sagte der Pfarrer. »Auch wenn meine Hände ein wenig voller Erde sind.«

»Adam wurde aus Lehm geschaffen – es wird den Segen nicht mindern, wenn er durch Lehm und Erde geht.«

Myntha hob das Körbchen mit beiden Händen und reichte es so dem Pfarrer. Der schlug ein Kreuz darüber und sprach lächelnd ein paar passende Segensworte.

»Dank Euch, wohledler Herr«, sagte Myntha und wollte den Garten verlassen. Doch der Pfarrer schloss sich ihr an, und als sie durch die Tür ging, bemerkte sie, wie sich der füllige Leib des Geistlichen an ihren Rücken drückte.

»Ihr seid ein hübsches Weib, holde Jungfer. Gebt acht, wenn Ihr alleine durch die Gassen wandelt. Es hat wieder einen Mord gegeben.«

Obwohl ihr die ambraduftende Nähe des Mannes unangenehm war, blieb Myntha dennoch stehen.

»Der Himmel hilf! Was ist geschehen?«

»In Buchheim fand man eine junge Badermagd erschlagen auf. Und man vermutet, dass sie das Opfer jenes Mörders ist, der auch die Molly umgebracht hat.«

»Das ist entsetzlich. Ja, ich werde vorsichtig sein, Herr Julius. Aber nun muss ich zur Fähre. Dort bin ich in den starken Händen meines Bruders in Sicherheit. Und ebenso wird mir im Fährhaus kein Tort angetan. Habt nochmals Dank für den Segen. Dennoch, ich muss mich sputen, die Fähre wartet nicht auf mich.«

Mit diesen Worten entschlüpfte Myntha dem Pfarrer und eilte zur Anlegestelle. Sie kam gerade noch recht und sprang auf die Planken. Mit einigem Geschick drängelte sie sich durch Fracht und Passagiere zu ihrem Bruder und schnaufte leicht.

»Witold, hast du auch schon von dem Mord in Buchheim gehört?«

»Ein Bierbrauer brachte vorhin die Nachricht. Wer erzählte dir davon?«

»Pfarrer Julius. Eine Badermagd, richtig?«

»Mit durchgeschnittener Kehle hinter der Badestube

gefunden. Schrecklich, sicher. Aber dafür sind wir erst mal den ärgerlichen Schöffen los. Thyn ist nämlich sofort aufgebrochen, um Verdächtige in den Kerker zu werfen.«

»Und seine Gebühren für die Bürgschaften zu erheben. Er ist ein geschäftstüchtiger Mann, der Herr von Bramberg.«

Im Fährhaus wurde Myntha freudig empfangen und ihre kleine Gabe mit liebevoller Achtung den neuen Beeten hinzugefügt. Eine gute Stunde gönnte sich Myntha dem fröhlichen Geschwätz der jungen Frau. Bilke war ganz offensichtlich glücklich im neuen Ehestand und quoll über von heiterem Geplauder, sodass Myntha es unterließ, ihr von dem weiteren Mord zu berichten. Sie nippte an dem warmen Apfelmost, der mit Honig, Zimt und Nelken gewürzt war, und gab nur hin und wieder kleine verständnisvolle Laute von sich.

Es war gut, dass Haro und sein Weib glücklich waren. Aber dann schützte sie doch weitere, wichtige Arbeiten vor und lief zur Fähre. Wie üblich verhüllte sie ihr Gesicht und blieb schweigsam am Ruder stehen, während der Nachen sacht über das Wasser glitt. Das kiesige Ufer war zu einem breiten Streifen geworden, und Möwen schienen zwischen den Steinen Leckerbissen zu finden. Ein Hund zerrte an einem Stück Treibholz und knurrte dabei, als sei es eine sich wehrende Beute. Ein majestätisches Schwanenpaar glitt an ihnen vorbei. Als sie ans Ufer kamen, begrüßte sie eine quakende Entenschar. Myntha streute die Krumen des Kuchens, den Bilke ihr mitgegeben hatte, ins Wasser und sah, während die Fracht entladen wurde, dem eifrigen Gedränge zu, das sie damit verursachte.

Im Haus erwarteten sie weitere Arbeiten. Sie sammelte die schmutzige Wäsche ein, um sie später an Gevatterin Ellen weiterzugeben, fegte die beiden Gastkammern, sammelte einen einzelnen Schuh auf und fragte sich, ob der Besitzer auch sein Bein verloren hatte. Ein paar abgerissene Nesteln warf sie weg, ebenso eine halb gegessene Pastete. Als sie mit diesen Aufgaben fertig war, lauschte sie, ob Gevatterin Ellen inzwischen gekommen war. Da aber unten alles ruhig war, setzte sie sich ans Spinnrad in ihrer Kammer und ließ es surren. Die eintönige Arbeit und das feine Geräusch versetzten sie in eine friedliche Stimmung. Und als ihr Blick auf die goldene Madonna fiel, überkam sie das Bedürfnis, Maria von ihren geheimsten Sorgen zu berichten.

»Bilke ist glücklich, Maria, und das scheint eine Folge des Ehestands zu sein. Ich bin mir sicher, schon bald wird sie ein Kindlein in sich wachsen spüren. Ach Maria, wie gerne hätte auch ich ein Kind. Oder zwei oder drei. Oder vier oder fünf. Mehr nicht. Ach, wäre das schön. Ich könnte sie herzen und ihnen hübsche Kleider anziehen. Ich würde mit ihnen zur Kirche gehen und ihnen die Geschichten aus der Bibel erzählen. Nicht die scheußlichen von Kriegen und Folter. Und Vater würde ihnen die Geschichten vom Rheingold erzählen und auch die von den Elfen und den Trollen in der Heide. Und wir würden zu Bauer Egberts Teich gehen und darin planschen. Und wenn sie alt genug wären, würde ich sie zu Frau Alyss schicken, damit sie lernen, wie man ein Hauswesen führt. Oder ich schicke sie zu Bilke. Sie wird ihre Kinder auch gut erziehen. Vielleicht würde ich auch ein paar von ihren Rabauken bei mir aufnehmen. Maria, es wäre wirklich sehr schön, wenn Jehanne sich für Witold entscheiden würde. Den Stoffel bekomme ich schon dazu, dass er die passenden Worte über die Lippen bekommt, wenn es so weit ist.«

Myntha drillte einen neuen Faden an das Ende an der Spindel und ließ das Rad gleichmäßig weiterlaufen. Sie achtete auf solche Unterbrechungen schon gar nicht mehr, das Spinnen war ihr von Kindheit an in Fleisch und Blut übergegangen.

Maria stand auf dem Tischchen am Fenster, und die späte Sonne umgab ihre goldene Figur wie mit einer schimmernden Aura.

»Ich träume, Maria. Ich weiß es. Ich habe so viele Wünsche. Einige würde sicher ein Ehemann erfüllen, aber keiner will mich. Oder ich müsste einen Schussel wie den Rickel nehmen und mich auf ewig mit seiner herrschsüchtigen Schwester herumstreiten. Oder so einen Trottel wie den fischäugigen Marsilius, der nicht klüger ist als ein Fass gesalzener Heringe. Oder so einen rüpelhaften Recken, der hinter meinem Rücken jedem Weib an die Kleider geht. Warum bekommen alle Mädchen einen Mann, und nur ich bleibe eine Jungfer, die immer älter und hässlicher wird? Ich hätte so gerne einen Mann, der mir ein Freund ist, der mich achtet und der mir und unseren Kindern Schutz bietet.« Sie seufzte leicht. »Maria, einen richtigen Kerl hätte ich gerne. Einen wie den Rabenmeister. Doch der … nun, der hat kein Interesse an mir. Ich bin für ihn eine unholde Jungfer und ihm meist nur lästig.«

Bevor sie diesen Weg weiterspinnen konnte, wurde sie von dem Geschwätz abgelenkt, das unten im Flur erklang.

Gevatterin Ellen war gekommen, und es galt, ihr die Wäsche zu übergeben. Eilig lief Myntha nach unten.

»Wie hübsch Ihr heute wieder ausseht, Jungfer Myntha. So ausgeruht und helläugig. Habt Ihr etwas Schönes erlebt?«

»Ich habe vorhin meine Freundin Bilke besucht.«

»Eine junge Ehefrau sollte Glück verbreiten.«

»Ja, das tut sie. Hier sind die Körbe mit Wäsche für Euch. Ich helfe Euch, sie zu den Wäscherinnen zu tragen.«

»Das ist lieb von Euch. Bettwäsche, Leibwäsche und in diesem Korb kostbare Gewänder. Ich werde darauf achten, dass sie mit Umsicht behandelt werden.«

Myntha packte den einen Korb, Ellen den anderen, und gemeinsam gingen sie zum Rhein hinunter, um zu Ellens Haus zu gelangen.

»Unser aufdringlicher Schöffe ist nach Buchheim abgereist, habt Ihr davon schon gehört?«

»Oh ja. Ein weiterer Mord.«

»Entsetzlich, nicht wahr?«

»Ja, man traut sich ja gar nicht mehr, ins Badehaus zu gehen.«

»Aber dass es sicherer ist, im Rhein zu baden, glaube ich auch nicht. Ich hoffe nur, der Schöffe findet den Mörder. Vermutlich ist es der, der auch die Molly auf dem Gewissen hat.«

»Glaubt er aber nicht. Wie ich hörte, hat er wieder wahllos Verdächtige in den Kerker geworfen. Unter anderem auch die Haushälterin des Pfarrers.«

»Nun, der Pfarrer wird gut für die Bürgschaft zahlen, wenn er nicht auf ihre Kochkünste verzichten will.«

Ellen und Myntha kicherten verstohlen.

»Ich habe übrigens auch meine Mädchen nach dem Apotheker von Deutz gefragt. Meister Ole ist ein ganz armer Kerl. Er hat zwölf Kinder durchzufüttern, und in der Fastenzeit ist ihm die Frau gestorben. Bei der Geburt des dreizehnten Kindes. Das hat sie auch verloren.«

»Bei dieser Kinderschar wird es ihm schwerfallen, eine neue Frau zu finden.«

»Vielleicht. Ihr sucht doch einen Mann, Jungfer Myntha. Und es ist immer leichter, Kinder aufzuziehen, die eine andere geboren hat. Schwangerschaft und Geburt sind kein Honigschlecken.«

»Nun, zumindest scheint der Mann erfolgreich im Ehebett zu sein …«

»Und mehr als das. Während der vielen Schwangerschaften seiner Frau, so sagte mir eine Wäscherin, hat er sich gerne in den Badehäusern vergnügt.«

»So auch mit der Molly«, flüsterte Myntha.

»Sicher. Aber das macht ihn ja nicht zum Mörder.«

»Kann ich mir eigentlich auch nicht vorstellen.«

»Nein, es heißt, er ist ein sehr liebevoller Vater. Er schlägt seine Kinder nicht und sieht darauf, dass sie etwas Anständiges lernen. Auch sonst hat er einen guten Ruf und gilt als sehr hilfsbereit.«

»Nun ja, ich wollte mich nur vergewissern, dass er kein

Streitbold ist. Neulich, als er mit der Hilla gehadert hat, muss er wohl einen schlechten Tag gehabt haben.«

»Soll es geben. Übrigens hat auch der Rabenmeister heute seinen finsteren Tag. Ich war kurz bei ihm, um ihm sein Brot zu bringen. Er grollte vor sich hin, und schließlich bekam ich aus ihm heraus, dass Henning mit seinem Ross verschwunden ist. Schon zwei Tage hat er sich nicht blicken lassen.«

»Oje, vermutlich ist der Junge zu einem Rachefeldzug aufgebrochen. Ich kann verstehen, dass der Rabenmeister ungehalten ist. Hoffentlich gibt es keinen Ärger.«

»Solche Heißsporne wie dieser Henning sind der Inbegriff des Ärgers, Jungfer. Sie ziehen ihn förmlich an. Es wundert mich, dass es erst jetzt geschieht.«

»Das Jahr, das er sich verpflichtet hat, bei Meister Frederic zu bleiben, ist inzwischen fast abgelaufen. Verflixt, was hat der Tollkopf vor? Verzeiht, Gevatterin Ellen, ich glaube, ich muss zur Kate laufen.«

»Macht nur, Jungfer. Ich weiß ja, wie Ihr Eure Wäsche behandelt haben wollt. In drei Tagen ist sie fertig.«

»Danke. Und gehabt Euch wohl!«

17. Kapitel

Sie hatten ihn in einen Stall geworfen, an Händen und Füßen gefesselt. Sein Kopf schmerzte, und sein Bein pochte wild, als er versuchte, sich zu bewegen. Das Tageslicht sickerte nur spärlich durch ein Sichtfenster in der breiten Tür. Es war wolkenverhangen gewesen, und die Tageszeit schwer zu schätzen.

Henning zürnte mit sich selbst, dass er sich so einfach hatte überrumpeln lassen. Einer der Leute aus dem Dorf musste gleich bei seiner Ankunft zum Lager der Räuber aufgebrochen sein und ihn verraten haben.

Mit Mühe versuchte er sich umzusehen. Ein leerer Stall, doch das Stroh war frisch und die Krippe vor ihm mit Hafer gefüllt. Sattelzeug hing an einem Haken, Decken waren ordentlich an der Wand aufgestapelt. Eine Mistgabel und ein Besen lehnten ebenfalls daran.

Ein Fehler, den die Räuber gemacht hatten, entschied Henning. Ein weiterer war der Knoten in dem Seil, mit dem seine Füße gefesselt waren. Es tat zwar höllisch weh, aber er konnte sich so weit vorbeugen, dass er ihn mit den Zähnen aufziehen konnte. Die Fessel an seinen Armen bereitete ihm weit mehr Mühen. Immerhin konnte er jetzt aufstehen und zur Krippe humpeln. An ihrem Rand bearbeitete er das Seil – nicht um es durchzuschneiden, das ging an dem Holz nicht –, aber um es so weit zu verschieben, dass er an den Knoten herankam. Zähne nutzten ihm hier nichts, doch als er mit den Fingern die Schlinge spürte, gelang es ihm, mit viel Feingefühl den Knoten zu lösen.

Erschöpft ließ er sich wieder ins Stroh fallen und dankte Gott, dass niemand in den Stall gekommen war. Das Pferd, das hier gewöhnlich wohl einstand, mochte auf der Weide sein. Oder sein Reiter hatte das Bedürfnis gehabt auszureiten.

Henning dachte nach, was mit seinem schmerzenden Kopf nicht ganz leicht war. Eine Beule am Hinterkopf war die Quelle dieser Pein. Doch sie hatte nicht geblutet. Schlimmer sah es um seinen Oberschenkel aus. Hier klaffte eine Wunde, aus der noch immer Blut sickerte. Er sah sich nach etwas um, das ihm als Verband dienen konnte. Vielleicht würde er eine der Decken zerreißen können? Doch der dicke Wollstoff widersetzte sich seinen Bemühungen. Weniger schwierig erwies es sich, den Ärmel von seinem Hemd abzureißen. Es gelang ihm, daraus einen festen Verband zu fertigen, aber damit war erst mal seine Kraft aufgebraucht. Halb bewusstlos sank er ins Stroh.

Als er wieder die Augen öffnete, hatten sich die Wolken verzogen, und die Sonne warf nun staubige Strahlen durch die Ritzen der Stallwand. Es mochte um die Vesperzeit sein, schloss Henning. Und vermutlich würde bald jemand kommen, um ihn vor den Ritter zu schleifen. Welches Schicksal ihm dann blühte, darüber mochte er lieber gar nicht nachdenken. Mit der Peitsche war der Kerl schnell bei der Hand.

Ritter Adolf – ihn müsste er irgendwie verständigen. Aber die Aussichten dazu standen schlecht. Vielleicht, dass sich ein mitleidiges Weib fand, das nach Lunerke lief und von seinem Missgeschick berichtete. Henning nestelte an seinem Wams herum. Ja, das kleine Goldstück war noch in der Innentasche, in der er es nun immer aufbewahrte. Auch das könnte eine Hilfe sein. Aber er musste Vorsicht walten lassen. Zu schnell griff die Gier zu, und er war es los, ohne einen Dienst dafür zu erhalten.

Gut, es blieb noch die Flucht. Möglicherweise konnte er jene überwältigen, die ihn holen kamen. Wenn es nicht der Ritter Bernolph selbst war. Wie aber? Fest stehen konnte er, wenn er eine Stütze hätte. Doch kämpfen?

Mühsam rappelte Henning sich auf und humpelte zu der Stelle, wo Besen und Mistgabel standen. Diese war ganz gewiss eine gute Waffe, auch wenn sie schwer war. Aber die Zinken sahen frisch angespitzt und scharf aus. Der Besen hingegen war ein Busch aus staubigem Reisig voller Spinnenweben. Sein Stiel allerdings bestand aus kräftigem Holz. Es war nicht schwierig, das Reisig zu entfernen, und mit dieser Stütze fühlte sich Henning schon weit wohler. Er nahm sie in die linke Hand, mit der rechten ergriff er die Mistgabel. Es war eine Frage der Übung, den richtigen Schwerpunkt zu finden, sodass sie ihm gut in der Hand lag. Aber nach einiger Zeit hatte er eine Möglichkeit gefunden, sie als eine ziemlich gemeine Waffe einzusetzen. Ein leiser Dank an seinen Meister kam Henning in den Sinn. Denn der hatte ihm die fiesen Kampftechniken beigebracht, die zwar eines Ritters unwürdig waren, aber recht wirkungsvoll im Kampf um Leben und Tod sein konnten. Anfangs hatte er sich dagegen gewehrt, sie zu lernen, aber dann hatte der Rabenmeister ihm sehr deutlich gezeigt, wohin ihn seine ritterliche Einstellung brachte, wenn er einem Gegner gegenüberstand, der sich keinen Deut um solche Skrupel scherte.

Auch wenn ihn Schmerzen plagten, legte Henning sich eine List bereit. Er versteckte Besenstiel und Mistgabel unter dem Stroh neben sich, sodass er sie schnell greifen konnte. Und dann wartete er.

Das Licht wanderte weiter, und er begann einzudösen. Doch als Stimmen draußen erklangen, wurde er wieder wach und lauschte aufmerksam.

»Wir sollen den Jungen zum Herrn bringen«, sagte einer. »Wenn es geht, einigermaßen lebend. Er will wissen, was er von den Dörflern wollte.«

»Also nix mit auf die Schnauze hauen.«

»Alle anderen Stellen, ja. Wird ein leichtes Spiel sein, ich habe ihn gut gefesselt.«

»Knüttel oder Peitsche?«

»Die Peitsche überlass dem Herrn. Er hat sein Vergnügen daran.«

»Schon gut. Auch hiermit kann man jemanden plattmachen.«

»Du vor allem. Ich nehme die Kette.«

»Dann los!«

Die Tür öffnete sich, und zwei untersetzte Gestalten traten ein.

Henning bemühte sich, ruhig zu atmen und seine Angst

unter Kontrolle zu bringen. Er mimte den Bewusstlosen, doch unter halb geschlossenen Lidern verfolgte er die Bewegungen der beiden. Jener rechts von ihm war der mit der Kette. Er war der gefährlichere. Hennings Hand krallte sich um die versteckte Mistgabel.

Der Mann von links kam näher und trat ihm kräftig in die Rippen.

»Wach auf, du Mistkerl!«

Henning gab ein langes, schmerzgepeinigtes Keuchen von sich, das nicht gespielt war. Der Knüttel sollte seine Schulter treffen, doch er schaffte es, unter dem Schlag wegzurollen. Die Kette sirrte durch die Luft. Es war so weit. Mit aller Kraft schwang Henning die Mistgabel nach oben und traf den Mann im Bauch. Der stöhnte und brach zusammen. Den anderen Kerl traf er an den Beinen. Ein gotteslästerlicher Fluch entrang sich diesem, und der Knüttel sollte Hennings Kopf treffen. Der Besenstiel wehrte den Schlag ab, und dessen Spitze bohrte sich in die Herzgegend des Mannes. Er röchelte und sackte zusammen. Henning erhob sich mühsam, stützte sich auf den Besenstiel, hielt aber die Mistgabel in der anderen Hand bereit, jeden möglichen weiteren Angreifer damit aufzuspießen. Doch es folgte niemand. Sehr vorsichtig humpelte er zur Tür und sah sich auf dem Hof um. Ein hübscher kleiner Esel stand dort, sicher das Reittier einer jungen Dame. Eine Satteldecke aus rotem Samt mit Troddeln und Fransen bedeckt lag auf seinem Rücken, das Zaumzeug war reich verziert, die struppige Mähne mit Bändern durchflochten. Was für eine Beute mochten die Raubgesellen hier gemacht haben? Welch entsetzliches

Schicksal mochte auf die junge Reiterin warten? Doch für sie konnte er nichts tun. Mit Mühe hinkte er auf das aufgeputzte Tier zu und biss sich auf die Lippen, als er es bestieg. Es mochte ein seltsames Reittier für einen Mann wie ihn sein, aber allemal besser, als sich zu Fuß mit seinem verletzten Bein durch den Wald zu schleppen. Mit ein paar aufmunternden Worten in die langen Ohren des Esels setzten sie sich in Bewegung. Die Mistgabel hielt er noch immer kampfbereit in der Rechten, mit der linken hatte er die Zügel ergriffen und lenkte das Tier aus dem Hof. Der Wächter stand wenige Schritt vor dem Tor und hatte seinen Blick auf den schmalen Pfad vor ihm gelenkt. Von hinten erwartete er keine Bedrohung.

Die drei Zinken trafen ihn im Nacken, und er ging lautlos zu Boden. Im schnellen Trab entfernte Henning sich von der Burg.

Die Sonne versank bereits im Westen, und mutig wählte Henning einen Weg, der der Sonne folgte, in der Hoffnung, den Rhein zu erreichen. Doch zunächst gelangte er an einen Ort, der mit einer trutzigen Mauer umgeben und dessen Tore bereits geschlossen waren. Dennoch waren auf den Feldern noch einige Bauersfrauen damit beschäftigt, irgendwelche Wurzeln aus dem Boden zu ziehen. Als sie ihn sahen, fingen sie laut an zu lachen.

»Hochgeehrte Damen, ich mag einen komischen Eindruck auf Euch machen, aber ich bin in Not. Helft mir, ich bitte Euch.«

Sein höflicher Gruß löste weitere Lachsalven aus, aber ein junges Weib kam schließlich auf ihn zu. Sie sah den Verband an seinem Bein und wurde ernst.

»Ihr seid kein Gaukler oder Landstreicher, stimmt's?«, sagte sie leise.

»Nein, werte Jungfer. Bitte sagt mir, wo ich mich hier befinde.«

»Ihr habt Euch verirrt?«

»Ich fürchte, ja. Ich bin ein Dummkopf, wisst Ihr.«

»Nun ja, da vorne, das sind die Mauern von Worringen. Wohin sollte Euch denn Euer Weg führen, werter Herr?«

Da er nicht wieder Gefahr laufen wollte, die Räuber auf sein Ziel zu lenken, gab er Buchheim an, was das Weib aber nicht kannte. Dennoch half ihm die Auskunft weiter, denn Worringen hatte er zusammen mit seinem Meister im vergangenen Jahr schon einmal aufgesucht. Den Weg zur Burg würde er von hier aus nun finden. Er bedankte sich mit höflichen Worten und gab seinem klimpernden Esel den Befehl zum Weiterlaufen.

Es war schon dunkel, als er an das Burgtor klopfte. Ein gähnender Diener machte ihm das Sichtfenster auf und fragte nach seinem Begehr.

»Henning von Mülheim, Gehilfe des Rabenmeisters. Sagt Eurem Herrn, ich brauche Hilfe.«

»Wartet!«, wurde er kurz beschieden. Doch es dauerte nicht lange, da öffnete sich das Manntor und Ritter Adolf selbst erwartete ihn.

»Himmel, was ist das?«

»Ich weiß, es sieht närrisch aus, aber der Esel war mir eine Hilfe.«

»Wir haben uns schon Sorgen gemacht, Jung-Henning. Sitz ab und folg mir.«

»Wenn mir einer Eurer Mannen helfen könnte. Mein Bein ist verletzt.«

»Ach Gott, Junge. Komm, stütz dich auf mich.«

Henning biss die Zähne zusammen, bis sie in der Küche ankamen. Hier brannte noch immer ein Feuer im Kamin, und der Ritter reichte Henning einen Becher mit heißem Wein. Der aufgeschreckten Küchenmagd gab er den Befehl, augenblicklich seine Gattin zu holen, und sie möge Verbandszeug mitbringen.

»Es ist nicht so schlimm«, beteuerte Henning, doch der Ritter schüttelte nur den Kopf.

»Von vorne, wenn es genehm ist.«

Henning, den die Wärme und der Wein müde gemacht hatten, riss sich zusammen und begann seinen Bericht. Währenddessen war die Burgherrin eingetroffen, gab leise Anweisungen, Wasser heiß zu machen, und weichte den notdürftigen Verband ein.

»Das aufgeputzte Eselchen, so vermutest du, gehört einem Mädchen, das zu einer Gruppe Überfallener gehört?«

»Wer sonst reitet ein solches Tier?«

»Auch ein kleiner Junge, ein geliebter Sohn oder Enkel, der viel Lösegeld bringt. Ich werde Erkundigungen einziehen. Aber dein Fall scheint mir wichtiger. Was ist mit dem Ross deines Meisters geschehen?«

»Heiliger Petrus, Meuric habe ich völlig vergessen. Ein so wertvolles Tier werden die Räuber behalten wollen. Ich muss zurück!«

»Bleib sitzen, du Tollkopf!«, fauchte ihn die Burgherrin an, fuhr mit der Schere durch den Stoff oberhalb der Wunde und zog ihn hinunter.

Henning schrie vor Scherzen auf.

»Mehr heißes Wasser, Mädchen«, befahl sie der Magd. Und dann machte sie sich daran, die Wunde zu reinigen, zu salben und neu zu verbinden.

»Du kannst nicht noch einmal in dieses Räubernest gehen, mein Junge. Wir senden Botschaft an Meister Frederic. Er wird sich um sein Ross kümmern.«

»Nein, werter Herr, nein. Das habe ich verloren. Ich muss es zurückholen!«

»Nicht mit dieser Wunde und unbewaffnet. Du wirst jetzt gleich zu Bett gehen und schlafen. Morgen hast du wahrscheinlich Fieber. Und keine Widerrede, verstanden?«

Henning wollte aufbegehren, aber er fühlte sich so schlapp und elend, dass er sich in eine Kammer bringen ließ. Er schaffte es gerade noch, sich aus seinen Kleidern helfen zu lassen und einige Löffel Suppe zu sich zu nehmen, dann versank er in einen erschöpften Schlaf.

18. Kapitel

»Nein, Jungfer Unhold, ich werde nicht sogleich zur Burg von Lunerke aufbrechen. Henning hat Meuric mitgenommen, und die Stute wird in den nächsten Tagen fohlen.«

Sie standen vor der Kate, und Myntha giftete Frederic an.

»Aber er ist in Gefahr, Rrrabenmeister. Ihr könnt ihn doch nicht seinem Unheil überlassen.«

»Zum einen, Ihr vorwitziges Weib, hat er seinen Weg selbst gewählt, ohne mir seine Absicht kundzugeben, zum anderen habe ich ihn mühsam genug gelehrt, sich zu wehren.«

»Was für ein Blödsinn! Wie soll er sich denn gegen die Willkür dieses nichtswürdigen Ritters wehren? Er besitzt ja noch nicht mal ein Schwert.«

»Besitzt er schon, hat er aber nicht mitgenommen, der Trottel«, knurrte der Rabenmeister.

»Seht Ihr!«

»Was sehe ich? Einen nichtsnutzigen Dummkopf, der in sein eigenes Unglück rennt? Er hat es so gewollt.«

»Sicher nicht. Und Ihr seid ein Unhold, wie er im Buche steht. Sendet doch wenigstens Botschaft an Ritter Adolf, damit er ihm zu Hilfe eilt, wenn Ihr zu feige dazu seid.«

»Der feige Unhold reißt Euch gleich den Kopf ab, Jungfer!«

Die Augen des Rabenmeisters blitzten sie wütend an, doch Myntha blieb standhaft.

»Reißt nur und verscharrt meinen Leichnam in Bauer Egberts Feld. Dann kann Pfarrer Julius demnächst wieder mit Märtyrerknochen prahlen.«

»Das würde Euch gefallen, unholde Jungfer, was? Nichts da. Zur Märtyrerin seid Ihr nicht geeignet. Im Rhein gehört Ihr ersäuft.«

»Aus dem mich meine Brüder auffischen. Das sind sie gewohnt. Und nun lasst diese Narreteien. Wie gedenkt Ihr, Henning zu helfen?«

»Ich sagte doch … gar nicht.«

Die Raben veranstalteten ein Getöse, und Meister Frederic rief sie zurück. Ein bulliger Mann auf einem kräftigen Ross näherte sich und sprang neben der Tränke ab.

»Ah, Jungfer Myntha, darf ich Euch Meister Holk vorstellen? Er ist der Stallmeister in Lunerke.«

Der Besucher vollführte eine einigermaßen anmutige Verbeugung und sagte: »Ich habe Euch schon bei der Hochzeit unseres lieblichen Fräuleins gesehen, holde Jungfer. Ihr seid doch ihre Freundin, nicht wahr?«

Und vermutlich hatte er sie auch im Hemd bei den Zelten gesehen. Myntha wurde rot, aber auch jetzt blieb sie standhaft.

»Seid willkommen, Meister Holk. Ich hoffe, Ihr bringt Botschaft von Henning. Sein Meister sorgt sich unendlich um den jungen Mann.«

Der Rabenmeister grollte leise.

»Eure Nachricht haben wir bekommen, Meister Frederic, und ich bin so schnell wie möglich hergeeilt, um Euch die Neuigkeiten zu berichten. Der Junge kam gestern Abend verletzt auf der Burg an. Meine Herrin hat ihn versorgt, und der Herr hat sich seine Geschichte angehört. Übles ist ihm widerfahren, aber heute Morgen ist er recht munter gewesen und wollte nicht auf seinem Krankenlager bleiben. Wir hatten große Mühe mit ihm, denn er sorgt sich um Euer Ross, das sich noch in den Händen der Räuber befindet.«

»Dieser junge Halunke!«

Meister Holk lachte leise.

»Ein Halunke ist er nicht, aber ein Feuerkopf. Keine Sorge, Ihr werdet Euren Hengst zurückbekommen.«

»Da bin ich mir ganz sicher. Berichtet uns bei einem Becher Bier die Einzelheiten«, sagte der Rabenmeister und machte eine einladende Geste zur Kate hin. »Auch Ihr könnt zuhören, Jungfer. Aber haltet einfach Euer naseweises Mäulchen.«

Myntha fegte an ihm vorbei und setzte sich an den Tisch. Über den Becher Bier rümpfte sie ihre Nase.

»Die feine Jungfer wünscht Honigwein, um ihre Zunge zu glätten?«, säuselte der Rabenmeister, und Holk lachte erneut auf.

»Piesackt sie Euch?«

»Ach, nur so viel wie jedes gesunde Weib. Und nun erzählt von meinem ungeratenen Gehilfen.«

Das tat er, und Myntha hörte mit Grauen zu. Allerdings befand sie, dass sie dem Rabenmeister vielleicht ein klein wenig – aber nur ein winziges bisschen – Unrecht getan hatte. Er hatte schon vor zwei Tagen einen Boten nach Lohmar geschickt, um sich nach Hennings unüberlegten Taten zu erkundigen. Und noch mehr stieg er leider in ihrer Achtung, als er sagte: »Also muss ich jetzt nicht augenblicklich aufbrechen, um ihn von weiteren Untaten abzuhalten?«

»Nein, es scheint, dass mein Herr einen mildernden Einfluss auf ihn hat. Aber lasst ihn noch ein paar Tage in seiner und der Herrin Obhut.«

»Wäre Euch das genehm, Jungfer?«

Die schmeichelnde Stimme des Rabenmeisters erboste Myntha zwar, aber sie zwang sich zu einer ebenso sanften, ein wenig weinerlichen Tonart.

»Gewiss doch, werter Meister. Eure Fürsorge stimmt mich überaus wohlgeneigt.«

»Ich bin beglückt, Euch zufrieden zu sehen.«

»Mhm!«, sagte Holk. »Habt Ihr irgendeinen Zwist miteinander auszutragen?«

Als sie das verräterische Zucken der Mundwinkel des Rabenmeisters sah, brach aus Myntha heraus: »Bevor Ihr kamt, hat er so getan, als ob ihn das Schicksal seines Gehilfen keinen Deut scherte. Ja, er wollte mir sogar den Kopf abreißen.«

»Aber nicht doch, Meister Frederic. Er ist so niedlich.«

Jetzt grinsten sie beide, und Myntha wollte etwas Unverzeihliches knurren, aber dann stieg das Lachen in ihr auf.

»Ihr habt mich gefoppt«, kicherte sie.

»Es war so verführerisch, Unholdin. Und es ehrt Euch, dass Ihr so in Sorge wart um Henning.«

»Also gut, Henning ist auf Burg Lunerke und kommt hoffentlich bald nach Hause«, sagte sie dann.

»Nicht ohne Meuric, vermute ich«, fügte der Rabenmeister hinzu. »Achtet auf ihn, Meister Holk.«

»Auf Euren Gaul, das wird wohl gelingen. Auf Euren Gehilfen – wir werden sehen.«

»Wenn Ihr ihn nicht hindern könnt, dann seht wenigstens zu, dass er mit etwas Besserem bewaffnet ist als mit einer Mistgabel.«

»Versprochen!« Meister Holk trank seinen Becher aus und erhob sich. »Ich kümmere mich jetzt darum.«

Auch Myntha stand auf.

»Meine Aufgabe habe ich auch erledigt. Bis bald, Rrrabenmeister. Und sendet mir Botschaft, sowie Ihr etwas von Henning erfahrt.«

Holk hatte sich auf sein Pferd geschwungen und war den Pfad hinunter verschwunden.

»Und, Jungfer Unhold? Würdet Ihr einem anderen ebenso die Hölle heißmachen, sollte ich einmal zwei Tage nicht auftauchen?«

»Warum? Ihr habt doch gelernt, Euch zu wehren, oder nicht?«

»Gegen Räuber und Langfinger schon, aber nicht gegen die Fallstricke eines Weibes.«

»Hah! In die werdet Ihr nie geraten, so bezaubernd, wie Eure Manieren sind.«

Sie rauschte von dannen, gefolgt von der krächzenden Rabenschar.

Und als sich Robb auf ihre Schulter setzte, sagte sie zu ihm: »Ich habe wirklich das letzte Wort gehabt, was?«

»Fein, fein, fein«, sagte der Rabe.

»Nein, fein war das nicht«, murmelte sie, als er sich erhob und davongeflattert war.

An der Fähre erwartete sie eine Überraschung. Witold führte einen jungen Mann am Arm ans Ufer und winkte ihr zu.

»Liebe Schwester, dieser junge Herr kommt mit Empfehlungen von Master Cedric zu dir. Emilius von Stave, begrüßt meine Schwester Myntha.«

»Euer Lieblichkeit, ich bin entzückt, Euch gleich hier anzutreffen. Gewährt Ihr mir die Gnade, Euch in Euer Heim zu geleiten?«

Wäre der junge Mann nicht eine solche Augenweide gewesen, hätte sich Myntha vielleicht an seinem sanften Säuseln gestört. Doch der Jüngling war feingliedrig und von wohlgeformter Gestalt, seine silberblonden Locken quollen in reicher Masse unter dem dunkelblauen Samtbarett hervor. Sein Antlitz konnte man nur als edel bezeichnen, seine von einem dunklen Strahlenkranz der Wimpern umgebenen Augen leuchteten blau wie der Himmel und ruhten fest auf Mynthas Gesicht.

»Ich freue mich, Euch kennenzulernen, werter Herr. Folgt mir, und gebt acht auf die Pfützen.«

Emilius von Stave tänzelte gewandt und trockenen Fußes neben ihr her und brach dann angesichts des Fährhauses in weitere beglückte Äußerungen aus. Doch als sie im Hof standen, drehte er sich zu ihr um und fasste ihre beiden Hände.

»›Meine Augen wurden so von Liebe voll,

Als ich zuerst die Wonnereiche sah,
Dass es mir heut' und immer mehr thut wohl.
Ein minnigliches Wunder da geschah.‹«*

»Wie bitte?« Myntha sah den jungen Mann ein wenig fassungslos an. »Hat Euch das Master Cedric aufgetragen, mir auszurichten?«

»Aber nein, nicht doch. Nein, diese Zeilen sind ganz Euch von mir alleine gewidmet, schönste Jungfer.«

»Oh, nun. Hübsch. Ich denke, eine Erfrischung wird Euch guttun. Folgt mir in die Gaststube. Um diese Zeit wird sie ganz Euch gehören.«

»Und Euch, meine Liebliche?«

»Später geselle ich mich zu Euch, doch jetzt muss ich mich um das Abendessen kümmern.«

»Herzgeliebtes Mägdelein,
Gott segne dich zu jeder Zeit! …«

»Werter Herr, die Pflicht ruft. Dort hinein, ich bitte Euch«, sagte Myntha und entfloh in die Küche.

»Husch«, sagte sie zu Lore. »Ein neuer Freier hat sich eingefunden und lässt süßen Honigseim von seinen Lippen fließen. Bring ihm sehr süßen Wein in die Gaststube und sieh, dass er es gemütlich hat.«

»Warum immer ich?«

»Weil ich dafür die Knochen hier hacke.«

»Gut, das ist ein gerechter Tausch.«

Als Lore zurückkam, war sie ungewohnt wortkarg.

»Er ist doch mal ein angenehmerer Anblick als der Fischkopf neulich, oder?«, fragte Myntha.

* Reinmar der Alte

»Schon, ja.«

»Wer ist ein Anblick?«, fragte Agnes, die mit einer Kanne Milch eintrat.

»Ein neuer Anbeter, den mir Master Cedric geschickt hat. Er sitzt in der Gaststube. Lore hat ihm Wein gebracht, aber gefallen hat er ihr anscheinend nicht.«

»Dann sollte auch ich einmal ein Auge auf ihn werfen. Eine Schüssel Suppe wird ihm sicher munden.«

Und schon rührte sie mit der Kelle in dem Kessel, in dem eine Erbsensuppe köchelte.

Kurz darauf kam sie mit einem irritierten Gesicht zurück.

»Er liest in einem Brevier. In einer Gaststube. Seltsamer Vogel. Aber hübsch.«

»Warum sollte er nicht in einem Brevier lesen?«, fragte Myntha.

»Weil man sich seinen Gebeten normalerweise nicht in einer Wirtsstube widmet. Aber nun gut, für die Suppe war er dankbar.«

»Ich kümmere mich gleich um ihn, Agnes. Ich versuche mal in Erfahrung zu bringen, was Master Cedric mit ihm zu tun hat.«

»Tu das bald, es sind schon ein paar Fischer auf ihr Bier gekommen. Die rupfen solche hübschen Vögel gerne«, meinte Agnes. »Und Brote sollten wir auch beginnen zu richten.«

Myntha nahm das gerne als Ausrede dafür, sich noch eine Weile darum zu drücken, mit dem jungen Mann zu reden. Die Gaststube war nicht der rechte Raum, um sich seine minniglichen Reime anzuhören. Aber in ihre Stube wollte sie ihn ohne Begleitung auch nicht einladen, und Agnes musste bei der Vorbereitung der Mahlzeiten helfen. Als der erste Korb mit Butter- und Schmalzbroten fertig war, verschwand Agnes damit, um sie den Gästen anzubieten. Sie blieb ungewöhnlich lange Zeit fort, und als sie zurückkam, fauchte Lore sie gleich an: »Die Suppe wird kalt. Bring die Schüsseln rüber!«

»Sogleich. Witold ist da und zapft Bier.«

Damit verschwand sie mit dem vollbeladenen Tablett.

Myntha zerteilte einige geräucherte Fische und schnitt Brote auf.

»Was trödelt Agnes denn heute so?«, raunzte Lore und legte ein paar Würste in brutzelndes Fett.

»Ich bringe die Fische zu den Gästen.«

»Vergiss nicht, Münzen dafür zu nehmen.«

»Wann hätte ich das je getan? Was bist du so grantig, Lore?«

»Ich kann Faulenzerei nicht leiden. Wahrscheinlich lässt die Agnes sich von deinem Anbeter besäuseln.«

»Bist du eifersüchtig, Lore?«

»Auf den Schwadlappe?«

Myntha verbiss sich ein Lachen. Die Köchin war ohnehin nicht gut auf Männer zu sprechen, aber wenn dieser Emilius sie mit einem seiner gedrechselten Verse beglückt hatte, dann war er in ihrer Achtung bis unter den Dielenboden gesunken. Erheitert nahm sie ihren Korb auf.

Die Gaststube war inzwischen recht gut besetzt, und ihren Fischen wurde eifrig zugesprochen. Emilius, so stellte sie fest, hatte seinen Platz gewechselt. Er saß nun an dem Tisch direkt vor der Theke, hinter der Witold die Becher füllte. Doch las er nicht mehr in seinem Gebetbuch, sondern beobachtete aufmerksam jede Bewegung, die ihr Bruder machte. Auch sein Becher war inzwischen mit Bier gefüllt.

»Und, werter Herr, hat Euch die Suppe gemundet?«, sprach Myntha ihn an. Er zuckte zusammen und drehte sich zu ihr um.

»Ein köstlich Gebräu, schöne Jungfer. Doch Ihr seid um vieles köstlicher.

›Gar hold wohl bin ich einer,
Und weiß, warum ich ihr so gut,
Seitdem ich bin ihr Diener,
Höht ihre Schönheit mir den Mut.‹«*

»Dank Euch für diese wohlgesetzten Worte. Darf ich Euch fragen, woher Ihr Master Cedric kennt?«

»Ah, der tugendsame Tuchhändler. Ja, mein Vater stellte ihn mir vor. Er ist mit Tilo Pauli gut bekannt, wisst Ihr.«

»Dessen Geschäftspartner Master Cedric inzwischen ist. Ihr seid auch im Tuchhandel tätig?«

»Ich? Oh nein. Ich widme mich den Künsten.«

Witold rief einem Gast etwas zu, und Emilius' Aufmerksamkeit galt sofort wieder ihrem Bruder.

»Ihr wünscht noch ein Bier, werter Herr? Oder ein anderes Getränk?«

»Was? Nein. Nein, ich bin es zufrieden.«

»Nun gut, ich muss mich um die anderen Gäste kümmern. Ruft nach mir, wenn Ihr noch einen Wunsch habt.«

* Meinloh von Sevelingen

Myntha nahm ihren leeren Korb, aber erst in der Küche erlaubte sie sich ein Kopfschütteln.

»Ein Künstler, sagt er, sei er. Er drechselt fein die Worte, aber ich kann nicht glauben, dass seine Familie darüber glücklich ist. Die Staves sind zwar alte Patrizier, aber ich wüsste nicht, dass sie sich bisher durch Dichtkunst ausgezeichnet hätten.«

»Vielleicht ist es gar kein Brevier, in dem er gelesen hat«, murmelte Agnes. »Es gibt auch weltliche Büchlein mit innigen Versen.«

»Du meinst, er hat diese Sprüche aus diesem Buch gelernt?«

»Schon möglich. Die Minnelieder hat man oft kopiert.«

»En Laberdanes«, schnaubte Lore.

»Um Himmels willen, was hat Master Cedric nur bewogen, diesen Jüngling zu mir zu schicken?«

»Sein hübsches Frätzchen?« Agnes zuckte mit den Schultern. »Kann ja sein, dass er es gut gemeint hat. Gut gemacht hat er es nicht. Hier, Myntha, bring die nächsten Brote nach drüben. Und achte mal darauf, wem der süße Kerl schöne Augen macht.«

»Was meinst du damit?«

»Tu es einfach.«

Myntha nahm also den Korb und betrat wieder den Gastraum. Aber sie blieb einen Augenblick im Eingang stehen und sah sich um. Emilius hatte sich erhoben und lehnte an dem Tresen, hinter dem Witold Bier zapfte. Ihr Bruder war dunkelrot geworden und verschüttete eben einen vollen Becher.

Da stimmte etwas nicht!

Myntha stellte den Korb ab und trat näher. Mit blankem Staunen hörte sie Emilius säuseln:

»›Sei mir willkommen, Augentrost
Und vielgeliebter Mann,
Du Herzenslust und teurer Herr!
Aus schwerer Sorgen Bann
Hat Gott erlöst mich, ihm sei Lob
Und deiner Treue Dank.‹«

Ein sehnsüchtiger Wimpernschlag begleitete diese Worte.

Sie floh.

»Agnes, ich will es nicht glauben! Aber dieser Emilius macht Witold schöne Augen.«

»Tja, aus der Traum vom hübschen Freier.«

Fassungslos ließ sich Myntha auf der Bank neben Enna nieder.

»Es ist eine große Sünde«, sagte die alte Frau. »Aber Kind, es gibt diese Verwirrung des Gefühls. Es wäre ganz recht, wenn Reemt diesen Jüngling des Hauses verwiese, bevor es alle bemerken. Und deinem Bruder wäre es sicher auch recht.«

»Wohl wahr«, flüsterte Myntha. »Wo ist mein Vater?«

»Er wollte noch etwas in der Werkstatt richten.«

»Ich hole ihn.«

»Lass nur, Myntha. Es ist einfacher, wenn ich es ihm ausrichte«, erbot sich Agnes. Und Myntha nickte erleichtert. Dann stützte sie ihre Arme auf die Knie und barg ihr Gesicht in den Händen.

»Lieber Gott, heiliger Herr Jesus und himmlische Maria, warum findet sich nie ein schicklicher Bewerber ein?«

»Wird schon noch, Kind. Wird schon noch.«

Enna tätschelte ihr tröstend den Rücken, aber die tiefe Schwärze in ihrem Herzen wollte dadurch nicht schwinden.

19. Kapitel

Wie geht es deinem Bein, junger Mann?«, fragte Ritter Adolf seinen Gast.

»Recht gut. Die Herrin hat große Heilkunst bewiesen.«

»Ja, sie ist recht geschickt in solchen Dingen. Mich hat sie einst auch einige Male zusammengeflickt. Es wird dich freuen zu hören, dass man deine Spur nicht weiter verfolgt hat.«

»Ach nein? Nun, dann kann ich ja zurückgehen und meines Meisters Ross holen.«

»Dann unterbreite mir deinen Plan für dieses Vorhaben.«

»Ich … äh … schleiche mich nachts in die Ställe …«

»Und wirst niedergeschlagen. Du bist wirklich ein närrischer Kerl. Henning, die Gefolgsleute dieses Ritters mögen Tröpfe sein, aber es sind kräftige Tröpfe. Zum einen schlage ich also vor, dass dich Holk begleitet. Er ist ebenfalls kräftig, aber bei Weitem kein Tropf. Und zum anderen denke ich, dass es sinnvoll ist, wenn du dich bewaffnest. Und zwar mit Waffen, die du gut beherrschst.«

»Ja, danke. Meister Holk wäre sicher hilfreich. Ich meine, wenn er mich begleiten will.«

»Er ist einer guten Rauferei nie abgeneigt. Und nun folge mir in die Waffenkammer. Wir sehen mal, was wir dort für dich finden.«

Eine Fackel warf ihr flackerndes Licht auf eine glänzende Rüstung, blitzende Hellebarden, Streitkolben, Lanzen, Schwerter und Dolche, als sie sich in dem Kellerraum umsahen.

»Eure Rüstung?«, fragte Henning ehrfurchtsvoll.

»Zuzeiten. Heute ist sie mir ein wenig eng geworden, aber einst war ich ein stolzer Ritter. Hier, diese Schramme stammte von einer Lanze, die mich zu Fall brachte, und hier traf mich einst ein böser Schwerthieb. Und die Federn für meinen Helmbusch hat meine Herrin eigenhändig eingefärbt. Dennoch – ich bin froh, dass ich die vergangenen Jahre in Frieden verbringen konnte. Willst du ein Schwert führen?«

»Es steht mir nicht zu, das zu tun.«

»Mich würde es nicht stören, aber man könnte es dir als Hochmut auslegen. Ein Dolch – nimm diesen, er ist aus scharfem Sarazenen-Stahl gefertigt. Vielleicht noch eine Streitaxt?«

»Damit umzugehen fällt mir schwer, aber hier! Werter Herr, hier sind ein paar gute Bögen. Das Bogenschießen hat Meister Frederic mir beigebracht, und ich kann einen Sperling aus der Luft schießen.«

»Das könnte sehr hilfreich sein. Ja, nimm Köcher, Bogen und ausreichend Pfeile mit. Aber probiere die Sehnen zuvor im Hof.«

Vermutlich wollte der Ritter sehen, ob er tatsächlich ein guter Schütze war, aber das zu beweisen, scheute Henning sich nicht.

Die Sehnen waren gut gepflegt, stellte er im Tageslicht fest, nur ein wenig Fett war nötig, um sie wieder ganz geschmeidig zu machen. Er legte einen Pfeil auf und zielte auf das hölzerne Burgtor. In schneller Geschwindigkeit flog ein Pfeil nach dem anderen von der Sehne und bohrte sich in einer Linie in die Planken.

»Fünf auf einen Streich. Du bist tatsächlich ein beachtlicher Schütze.«

Holk war hinzugekommen und zog die Pfeile aus dem Tor.

»Flachs und Lunten, Jung-Henning. Traust du dir zu, Brandpfeile zu verschießen?«

»Wenn Ihr mir dabei zur Hand geht. Eine gute Ablenkung. Einige der Gebäude im Burghof haben Strohdächer.«

»Wir brechen nach Einbruch der Dunkelheit auf, schlage ich vor. Auf dem Hinweg wird uns ein Pferd tragen müssen, auf dem Rückweg, so Gott will, sitzt du auf deinem eigenen Ross.«

Die Nacht war nicht ganz so dunkel, wie sie erhofft hatten. Hier und da hatte die Wolkendecke Lücken, und ein halber Mond breitete sein Licht über das Land. Doch im Wald war es dunkel und still. Nur dann und wann schrie ein Käuzchen oder raschelte ein Nachtjäger durch das trockene Laub. Dann ragte die Burg finster vor ihnen auf. Das Tor war geschlossen, und auf dem Wehrgang konnten sie die Silhouetten einiger Wächter ausmachen. Überaus aufmerksam waren die Männer jedoch nicht. Holk führte das Pferd am Zügel und band es dann an den Stamm eines Baumes.

»Der Burggraben ist nicht sonderlich voll Wasser. Wir

versuchen jetzt eine Stelle zu finden, die wir einigermaßen trocken überwinden können«, wisperte Holk.

Sehr leise schlichen sie den Graben entlang, und tatsächlich fand sich eine nur modrige Stelle, hinter der sich ein niedriges Gebäude erhob. Holk wickelte das Knotenseil von seiner Schulter. Ein dreizinkiger Haken befand sich an seinem Ende.

»Du wirst klettern müssen, Henning. Ich bin zu schwer. Wenn du im Hof bist, machst du mir das Manntor auf. Aber sei leise und vorsichtig.«

»Natürlich.«

Holk ließ das Seil kreisen und warf dann den Haken hoch zur Brüstung.

»Sitzt!«, sagte er und zog kräftig daran. »Ich bleibe hier unten und halte es straff. Zieh das Seil aber hinter dir hinauf, vielleicht brauchen wir es zur Flucht.«

Etwas unwohl war es Henning, das schräg gespannte Seil zu erklimmen. Doch die Knoten halfen ihm, sich festzuhalten. Nach dem ersten, angsterfüllten Blick nach unten vermied er es, unter sich zu schauen, und konzentrierte sich auf den Weg nach oben. Der Wehrgang verlief hier knapp am Dach des Gebäudes vorbei, es war offenbar kein beliebter Bereich der Wachmänner. Ein beherzter Sprung, und Henning landete auf dem Strohdach. Nach zwei kräftigen Rucken löste sich das Seil, und er wickelte es sich geschwind um Hand und Ellenbogen. Der Dreizack löste sich aus der Mauer und schwang in seinen Griff. In diesem Moment war Henning dankbar für das Mondlicht. Denn so konnte er abschätzen, wo ihn sein weiterer Weg hinführen würde. Vor ihm lag der etwa quadratische Hof, rechts das Tor, links das Burggebäude. Das Dach, auf dem er saß, mochte zu einer Scheune gehören, gegenüber waren ziemlich sicher die Stallungen.

Sein erstes Ziel war es, das Manntor für Meister Holk zu öffnen. Niemand schien sich im Hof aufzuhalten, darum hakte er die Zinken in den Firstbaum ein. Langsam und vorsichtig kletterte er hinab und drückte sich dicht an die Wand. Wenn nicht gerade einer der Wachen direkt zu ihm schaute, sollte er so seinen Weg zum Tor schaffen.

»Du wirst deine Hände von mir lassen«, schrillte es plötzlich durch die Dunkelheit. »Lass mich los, du Närrin!«

»Aua. Verdammt, dieses Teufelskind hat mich gebissen!«

Verblüfft blieb Henning stehen und drückte sich in den Schatten einer Nische. Ein Junge, vielleicht zehn oder elf Jahre alt, kämpfte mit zwei Frauen. Er trat um sich, spuckte und biss und geiferte und hatte sich schon losgerissen, als ein Mann auf ihn zugerannt kam und ihn bei den Armen packte. Wie tollwütig trat der Kleine um sich, aber gegen den großen Mann konnte er nichts ausrichten.

Henning verhielt sich vollkommen bewegungslos. Solange die Menschen sich im Hof aufhielten, konnte er es nicht wagen, zum Tor zu gehen. Doch auch die Entscheidung wurde ihm abgenommen. Wiehern und Hufschlag wurden vor der Burg laut, und eine herrische Stimme begehrte Einlass.

Diesmal besannen sich die Wachen auf ihre Aufgabe und herrschten die Ankömmlinge an: »Wer wagt es, bei Nacht unsere Ruhe zu stören?«

»Frau Beatrix und ihr Gefolge. Öffnet, oder wir rennen das Tor ein!«

Da diesem Befehl keine Folge geleistet wurde, erklangen einige Schmerzensschreie, dann knallte etwas gegen das Manntor, und es sprang auf. Über einen schmalen Steg schritt ein weißes Maultier, auf dem eine voluminöse Dame saß.

»Mama!«, schrie der Knabe und versetzte seinem verblüfften Häscher einen derartigen Schlag auf die Nase, dass der ihn losließ. »Mama. Endlich. Sie haben mir mein Eselchen gestohlen und wollten mich einsperren.«

Die Dame glitt aus dem Sattel und eilte ihrem Sohn mit weit ausgebreiteten Armen entgehen. Er warf sich hinein. »Das ist der Schuft, der mich entführt hat«, krakeelte er. Die Matrone setzte ihn auf ihr Maultier und drehte sich um. Ohne Vorwarnung trat sie dem Mann mit voller Wucht zwischen die Beine. Er knickte zusammen, und ihre Faust schickte ihn rücklings zu Boden. Mit gnadenlosen Tritten bearbeitete sie seine Rippen und schmähte ihn mit einem Vokabular, das Henning in Staunen versetzte.

Hinter der Dame hatte sich eine Horde bulliger Männer hereingedrängt, die mit Knütteln und Äxten bewaffnet waren. Als Letztes folgte ihnen Holk, breit grinsend. Die Verwirrung auf dem Hof war so groß, dass Henning es wagte, seinem Gefährten zuzuwinken. Der eilte zu ihm.

»Machen wir es noch schlimmer. Brandpfeile. Los. Ich zünde die Lunte an, du schießt sie auf das Dach. Aber nicht drüben auf die Ställe.«

Sinnigerweise trugen einige der Eindringlinge Laternen

mit sich, und Holk schnappte einem die Lampe weg, um seine Lunte daran zu entzünden. Der erste Pfeil brannte und fand seinen Weg ins Stroh. Zwei weitere folgten, dann erst kam der Warnschrei.

»Feuer! Feuer!«

»Rüber zu den Pferden!«, raunte Holk.

Durch das Durcheinander von gegeneinander kämpfenden Männern huschten Holk und Henning zum Stall. Dabei tanzte Holks Knüttel vergnügt auf einigen Helmen.

»Vorsicht, das Höllenbiest wird ebenfalls hier stehen. Mit dem ist nicht zu scherzen«, warnte Henning, als sie die Stalltür öffneten. Und richtig, hier tobte bereits der schwarze Hengst, aufgebracht durch den Tumult draußen.

»Wo ist deines Meisters Ross?«

»Meuric muss auch irgendwo hier sein. Er ist ein wertvolles Tier und bedarf der Pflege. Aber ich fürchte, wir müssen an dem teuflischen Schwarzen vorbei.«

»Wenn es irgendwie geht, sollten wir ihn auf den Hof lassen. Das wird zur Verwirrung beitragen.«

»Schaffen wir. Ich habe dieses Pferd mal betreut, Meister Holk. Vielleicht kennt es mich noch. Obwohl ich meine Bekanntschaft nicht gerne verlängern möchte.«

»Was hältst du davon, ihm eine Decke über den Kopf zu werfen? Auf diese Weise habe ich mal Pferde aus einem brennenden Stall gerettet.«

»Guter Vorschlag!«

Schon sah Holk sich nach einer Decke um, fand eine bei den Sätteln und reichte sie Henning.

»Über den Kopf damit!«

Zwei Versuche scheiterten, der Hengst bäumte sich auf, und seine Hufe fuhren krachend gegen die Holzwand.

»Beruhigt den Schwarzen!«, bellte draußen jemand. »Das Feuer schreckt ihn.«

Zwei Männer stürzten in den Stall. Holks Knüttel fand sein Ziel, die beiden blieben am Boden liegen.

»Wir müssen sie aus dem Weg schaffen, das Höllenbiest trampelt sie sonst zu Tode«, flüsterte Henning. Holk zerrte die Bewusstlosen zur Seite, und Henning gelang es endlich, dem Hengst die Decke über den Kopf zu werfen. Der schüttelte sich zwar heftig, aber er schaffte es, das Tier am Zaumzeug zu fassen und Richtung Ausgang zu lenken. Mit einem Ruck befreite er dann den Hengst von der Decke. Der sah die lodernden Flammen und stürmte los.

»Ivan, bleib bei mir!«, schrillte die Stimme der voluminösen Dame, die ihr Maultier bereits fast bis zum Manntor gezerrt hatte. Ihr kleiner Sohn aber wollte Vergeltung. Mit starrem Entsetzen sah Henning, wie er einer Magd seinen Dolch in den Bauch stieß.

»Was für ein Widerling«, sagte Holk und zerrte Henning in den Stall. »Dahinten, ist das Meuric?«

»Ja, das ist er. Gebt mir noch eine Decke, Meister Holk. Auch er ist aufgeregt.«

Meuric ließ es aber zu, dass Henning ihn mit sanften Worten beruhigte, und auch die Decke lehnte er nicht ab. Folgsam kam er bis zur Stalltür.

»Wie kommen wir da nur raus?«, fragte Henning.

Nicht nur, dass noch immer die Gefolgsleute der Dame mit den Wachen kämpften, auch eine Eimerkette war gebildet worden, um das in lodernden Flammen stehende Dach zu löschen. Der wild gewordene schwarze Hengst stieg und bockte, und seine Hufe trafen alles, was am Boden lag. Mehrere Männer versuchten verzweifelt, ihn zu bändigen.

»Der einfachste Weg führt gerade zum Tor, mein Junge. Ich denke nicht, dass uns jemand Aufmerksamkeit schenkt. Das Maultier mit seiner Last ist auch schon verschwunden. Geh los, ich decke dir die Flanke.«

Behutsam, ständig auf Meuric einredend, führte Henning das nervöse Tier an der Burgmauer entlang. Das Manntor stand noch immer unbewacht offen. Einmal hörte er, wie Holks Knüttel traf und ein Mann ächzend zu Boden ging.

»Los, raus!«

Henning zerrte am Zaumzeug, und mit einem unwilligen Wiehern folgte Meuric ihm. Dann krachte das Manntor hinter ihnen zu.

Sofort zog Henning die Decke von Meurics Kopf.

»Guter Junge, braver Junge. Das hast du so gut gemacht, Meuric. Komm jetzt, alles ist vorbei. Wir reiten nach Hause.«

»Wir reiten nach Lunerke. Kannst du ohne Sattel …«

»Meister Holk, ich bitte Euch.«

Und schon saß Henning auf Meurics Rücken.

Sie kamen unbehelligt zu der Stelle, an der Holks Pferd angebunden war, auch er stieg auf, und gemeinsam ritten sie Richtung Lohmar. Doch dann schreckte sie weiteres Geschrei auf.

»Ich will aber reiten! Mir haben sie den Esel geklaut!«

»Du gehst zu Fuß. Keine Widerrede!«

»Mama! Die Stiefel drücken.«

»Dann zieh sie aus, verdammt noch mal!«

»Barfuß? Ich soll barfuß laufen?«

»Hör auf, so herumzunörgeln. Was habe ich für einen Jammerlappen als Sohn.«

Henning und Holk ritten langsam näher und erspähten zwischen den Baumstämmen das ungleiche Paar. Die Frau saß auf dem weißen Maultier, das von ihren weiten, reich verzierten Gewändern fast verdeckt war. Neben ihr stampfte der Junge wütend mit den Füßen auf. Wildes Gekreisch begleitete seinen Anfall, und die Mutter holte zu einer gewaltigen Ohrfeige aus.

»Das wird gefährlich«, sagte Holk und glitt aus dem Sattel.

Der Junior war auf seinen Hintern gefallen, sprang jedoch sofort zornsprühend auf und zog seinen Dolch. Er hätte ihn seiner Mutter in den Leib gerammt, wäre Holk nicht zwischen sie gesprungen. Er schlug den Jungen nieder und wand ihm die Waffe aus der Hand.

»Hier, behaltet den Dolch bei Euch«, sagte er zu der Frau. »Und erzieht Euren Sohn besser.«

Damit aber hatte er die Wut der Mutter auf sich gelenkt. Sie begann ihn auf das Übelste zu beschimpfen, aber Holk drehte ihr einfach den Rücken zu und ging weg.

»Machen wir, dass wir hier fortkommen«, meinte er zu Henning und stieg wieder in den Sattel. Sie fielen in einen schnellen Trab, und bald erreichten sie die Burg Lunerke. Sie war besser bewacht als das Raubritternest. Die Wachen bemerkten sie und riefen sie an.

Holk gab sich zu erkennen, und das Tor wurde ihnen geöffnet.

»Sagt mal, Meister Holk, wer war diese Dame? Sie war sehr wohlhabend gekleidet und der Junge ebenfalls.«

»Die Dame war keine Dame«, grummelte Holk.

»Aber …«

»Frau Beatrix ist die Hurenmutter von Neuss.«

»Ist *was*?« Henning verschluckte sich fast. »Aber wieso trägt sie so kostbare Kleider?«

»Sie ist die reichste Frau hierzulande. Das Geschäft mit der Sünde lohnt sich, Jung-Henning.«

»Deshalb haben die Räuber ihren Sohn entführt?«

»Wir haben Gerüchte gehört. Der Kleine sollte in Köln auf die Domschule gehen. Aber von dort ist er wohl ausgerissen. Und auf seinem Heimritt ist er den Räubern in die Hände gefallen. Die haben sich vermutlich ausgerechnet, dass sie ein fettes Lösegeld einfordern können.«

»Womit sie sich ziemlich verrechnet haben. Man muss den Mut dieser Frau bewundern.«

»Das vielleicht. Aber ob dieser Sohn die Rettung wert war, ist eine andere Frage. Der Bursche ist grausam und heimtückisch verderbt.«

Henning dachte an den brutalen Dolchstich, der die Magd getroffen hatte.

»Er hätte sogar seine Mutter erstochen«, murmelte er.

»Ja, und er ist eben erst zehn oder elf Jahre alt. Manche Menschen werden schon böse geboren. Es ist, als ob Dämonen sich ihrer bemächtigt haben.«

»Er ist der Sohn einer Sünderin. Wieso wurde er dann von der Domschule aufgenommen, Meister Holk?«

»Frau Beatrix wird schon ihre Wege dazu gefunden haben. Auch die hohen Herren Geistlichen pflegen der Sünde.«

»Und jemand aus dem Domkapitel hat dafür gesorgt, dass ihr Sohn aufgenommen wurde, meint Ihr.«

»Die irdische Welt ist ein Jammertal«, seufzte Henning. »Ritter verlieren ihre Ehre, Geistliche ihre Würde, Weiber ihre Tugend.«

»Einige wahrscheinlich, weil sie es wollen, andere, weil sie schwach sind. Manche aber auch aus Not.«

»Ihr habt seltsame Ansichten«, sagte Henning kopfschüttelnd.

Sie führten ihre Tiere zu den Ställen und weckten die Pferdeburschen. Henning war in Gedanken versunken, und als sie die Burg betraten, sagte er: »Je nun, diese Frau werden wir schwerlich zu einer Aussage gegen den Ritter Bernolph bringen können.«

Meister Holk lachte laut auf.

»Nein, nicht die Hurenmutter von Neuss. Aber sei getrost, wir werden andere finden. Und jetzt geh zu Bett. Der Morgen wird bald anbrechen. Und ich bin müde.«

Henning gähnte und nickte dann nur.

»Habt Dank für Eure Begleitung, Meister Holk.«

»War mir ein Vergnügen, Junge.«

20. Kapitel

Gevatterin Ellen hatte zwei Körbe mit blütenweißer Wäsche vorbeigebracht und sich eine Weile mit Lore und Agnes in der Küche unterhalten. Als Myntha mit ihren Aufgaben im Kontor fertig war, war sie zwar bereits gegangen, aber die beiden Frauen tuschelten noch immer, während sie Gemüse für die Suppe putzten. Enna schien das nicht zu berühren, sie mörserte Gewürze und murmelte ihre Verse von blutigen Gemetzeln.

»So, Zahlen habe ich jetzt genug in meinem Kopf bewegt. Habt Ihr etwas für meine Hände zu tun?«

»Aber natürlich, Liebschen. Ihr könnt die Zwiebeln schneiden.«

»Oh, welche Freude!«

»Lass dich nicht verdrießen, wir können dich, während dir die Tränen fließen, mit einer schönen Geschichte unterhalten«, sagte Agnes.

»Ah ja, Gevatterin Ellen war hier. Was hat sie zu berichten?«, fragte Myntha und nahm sich ein scharfes Messer, um den Zwiebeln zu Leibe zu gehen.

»Unser würdevoller Herr Pfarrer Julius hat dem Vernehmen nach die Molly gerne besucht.«

»Auch er ist ein Mann«, sagte Myntha und dachte an die ambraduftenden Näherungen des würdigen Herrn.

»Ob er allerdings auch ihr Lager besucht hat, wissen wir nicht. Aber auf jeden Fall hat er mehrmals versucht, sie auf den rechten Weg zu führen. Wie man hörte, hat er angeboten, ihr einen Platz bei den Büßerinnen zu besorgen.«

»Uii! Na, das hätte der Molly aber dort nicht gefallen.« Myntha wischte sich die Tränen mit dem Schürzenzipfel von den Wangen. »Wisst ihr, ich glaube, dass unsere Molly auch so und trotz allem in den Himmel kommt. Sie mag kein ganz tadelloses Leben geführt haben, aber sie hatte ein gutes Herz und eine reine Seele. Und ein lustiges Gemüt. Und mit Sicherheit hat sie mehr Menschen Freude geschenkt als dieser widerliche Vikar Volmarus.«

»Da sagt Ihr ein wahres Wort«, meinte Lore und warf eine Handvoll Möhren in den Kessel.

»Alles ganz richtig so, aber der Schöffe Thyn hat ebenfalls davon gehört und umgehend dem Pfarrhaus einen Besuch abgestattet. Und dort hat er die Knochen gefunden, die Herr Julius auf Bauer Egberts Feld gesammelt hat«, fügte Agnes hinzu.

»Ach, du lieber Gott!«

»Ja, er hat ihm sofort allerlei Morde unterstellt und ihn wieder in den Kerker geworfen.«

»Dieser raffgierige Idiot. Und wer hat diesmal für den Herrn Pfarrer in die Tasche gegriffen, um die Bürgschaft zu bezahlen?«, wollte Myntha wissen.

»Einer seiner Ministranten, der Sohn des Gewürzhändlers, hat seinen Vater gebeten, ihn freizukaufen. Ich fürchte, die Gebühr war diesmal ziemlich hoch. Er war nicht bereit zu zahlen.«

»Wir müssen uns etwas einfallen lassen. Man kann doch nicht einfach den Pfarrer im Kerker sitzen lassen.«

»Was denkst du, was man tun kann?«, fragte Agnes.

»Die Heidenknochen hat der Schöffe gefunden, nicht wahr? Und er denkt, das seien Überreste von Ermordeten, die Herr Julius auf dem Gewissen hat. Klar, jeder Mörder hebt die Gebeine seiner Opfer auf. Was für ein Quark! Ich werde meinen Vater bitten, dem Thyn einen Besuch abzustatten und ihm unsere schöne Geschichte von dem Heidenprinzen zu erzählen. Sie hat uns schon einmal gute Dienste geleistet. Und je geringer der Verdacht, der auf Herrn Julius lastet, desto geringer sollte die Gebühr für die Bürgschaft ausfallen.«

»Myntha, Ihr wisst, dass Euer Vater nicht gerne Verhandlungen führt.«

»Ja, Lore, ich weiß. Deshalb werde ich ihn begleiten. Geschichten kann er immerhin wirklich gut erzählen. Und ich bin de Ahzezäller, wenn es nötig ist.«

»Was bist du?«, fragte Agnes irritiert.

»Ein Erbsenzähler«, antwortete Lore mit hochnäsigem Tonfall. »Ein Mensch, der sorgsam mit dem Geld umgeht, ein Geizkragen.«

»Ja, handeln kannst du, Myntha. Das habe ich schon auf dem Markt bemerkt. Dann sprich mit deinem Vater, ob er mit dem Vorgehen einverstanden ist.«

Reemt arbeitete in der Werkstatt an einem Hebezeug, das ihnen zukünftig das Entladen schwerer Lasten erleichtern sollte. Als Myntha ihm den Plan unterbreitete, hatte er Mühe, sein Vergnügen darüber zu verstecken. Myntha durchschaute ihn zwar, aber um ihm eine Freude zu bereiten, setzte sie ihre ganze Überredungskunst ein. Er willigte ein, noch an diesem Nachmittag mit ihr den Schöffen aufzusuchen.

Sie fanden Thyn in seiner Unterkunft, und er war gerne bereit, die Einladung des Fährmeisters auf einen Krug Wein anzunehmen.

Myntha nippte an ihrem Becher und bewunderte wieder einmal, mit welcher Überzeugungskraft ihr Vater die erfundene Geschichte von dem heidnischen Prinzen erzählte, der sich an den christlichen Jungfern vergangen hatte. Und der dafür von einem wilden Wolf zerrissen wurde, wodurch seine Knochen auf Bauer Egberts Feld zerstreut wurden. Auch den Helm, das Trinkhorn und die kleine Figur zeigte er vor. Thyn hörte geradezu atemlos zu.

»Und wie Ihr seht, ist unser Herr Pfarrer nicht ein Mörder, sondern ein gewissenhafter Mann, der die uralten Knochen zunächst für Reliquien hielt. Und erst diese weiteren Funde überzeugten ihn, dass sie von einem Heiden stammten.«

»Warum aber hat er sie behalten?«

»Er überlegte, was mit ihnen zu tun ist. Versteht Ihr nicht? Ein christliches Begräbnis kam für ihn nicht in Frage. Aber die Knochen einfach in den Abfall zu tun, das wäre auch eine schreckliche Tat der Leichenschändung. Seht es ihm nach, dass er dazu längere Überlegungen anstellen musste.«

»Ihr meint also, dass er deswegen nicht den Kerker verdient hat?«

»Wir sind uns ganz sicher. Wir waren dabei, als er uns diese Knochen zeigte, die er auf dem frisch gepflügten Acker gefunden hat. Wir bezeugen, dass es keine Überreste eines Mordopfers sind.«

»Ihr könnt auch Bauer Egbert fragen, werter Herr Schöffe«, fügte Reemt hinzu, und Myntha verbiss sich ein Lachen. Bauer Egbert hatte zu den Fundstücken eine eigene Meinung. Vergammeltes Zeug, hatte er geschimpft, als Herr Julius sein Feld zum Heiligtum erklären wollte.

Was nun folgte, war ein rechter Kuhhandel. Myntha und der Schöffe rangen um jeden Kupferling. Der Zähigkeit der Fährmannstochter war der Schöffe schließlich nicht gewachsen. Es war nur eine kleine Gebühr, die Reemt schließlich entrichtete. Und gemeinsam holten sie Pfarrer Julius aus dem stinkenden Keller des Hospizes ab.

»Dem Herrn sei Dank, dass Ihr mich befreit habt. Es ist ein grauenvolles Loch!«

Er zog die Ambrakugel, die er an einer feinen Goldkette um den Hals trug, hervor und schnupperte daran.

»Schlimm, ja. Aber nun kümmert Euch endlich darum, dass die alten Knochen, die Ihr noch immer hütet, wieder in der Erde versinken – mit oder ohne Begräbnis.«

»Aber…«

»Keine Widerworte, Herr Pfarrer. Es war schwer genug, den Schöffen von Eurer Unschuld zu überzeugen. Und einen stattlichen Betrag hat es uns auch gekostet.«

»Ja, mhm. Ja, ich werde dafür sorgen, dass Ihr ihn zurückerhaltet.«

Das Wasser des Rheins war noch weiter gesunken, was die Kinder offensichtlich erfreute. Die Fischer und vor allem die Schiffer freute das weniger. Auf ihrem Heimweg bemerkte Myntha Agnes, die sinnend am Ufer stand. Vor ihr vergnügten sich drei Jungen damit, flache Steine über das Wasser springen zu lassen.

»Was ist, willst du es nicht auch mal versuchen?«, sagte Myntha zu ihr.

»Was versuchen?«

»Einen Stein hopsen zu lassen.« Myntha bückte sich, um einen passenden flachen Stein aufzusammeln.

»Nein, lass nur. Er führt erstaunlich wenig Wasser.«

»Ja, unser Hochwasser hatten wir diesmal schon im März. Es lag wenig Schnee diesen Winter, weißt du?«

»Ja, daran wird es wohl liegen.« Agnes zog ihr Tuch enger um ihren Körper. »Mir wird kalt. Ich gehe ins Haus zurück. Kommst du mit?«

Einen Stein musste Myntha dennoch über das Wasser hüpfen lassen.

»Kindereien«, sagte Agnes lächelnd.

»Und wenn schon. Wir haben den Pfarrer gerettet, mit einer kindischen Geschichte. Also – was soll's.«

Der Rest des Tages verging mit allerlei Pflichten, und als sie in ihre Kammer ging, war Myntha rechtschaffen müde. Sie sank zwar sogleich in einen tiefen Schlaf, doch mitten in der Nacht weckte sie ein Geräusch. Jemand benutzte die Stiege, das leise Knarren der Stufen war nicht zu überhören. Eilig schlüpfte sie aus ihrem Bett, warf sich ihr Wolltuch über das Hemd und nahm die Pantinen in die Hand. Sehr vorsichtig öffnete sie die Tür.

Das schwankende kleine Handlicht warf wilde Schatten über die Wände, und an der Silhouette erkannte sie Agnes, die sich nach unten schlich.

Wandelte sie auch im Schlaf?, fragte Myntha sich verdutzt und folgte ihr leise.

Agnes ging sehr zielstrebig zur Tür, stellte das Licht ab und trat ins Freie.

Myntha überlegte, ob sie sie ansprechen oder, wenn Agnes wach und bewusst war, ihr folgen sollte, um zu sehen, welches Anliegen sie umtrieb.

Sie entschied sich, ihr zu folgen.

Und war überrascht, als sie erkannte, was ihr Ziel war. Der Rhein zog sie an. Wollte sie etwa ins Wasser gehen?

Sie hatte schon einmal versucht, sich zu ersäufen. Hatten die Nachrichten über ihren Ehemann sie so sehr verstört?

Seltsam, jetzt suchte sie einen langen Ast aus dem herumliegenden Treibholz heraus. Und bewegte sich weiter über den Uferstreifen. Offenbar suchte sie eine ganz bestimmte Stelle.

»Das Rheingold!«, flüsterte Myntha. »Verdammt, sie sucht schon wieder nach dem Gold.«

Agnes ging zur Anlegestelle der Fähre und begann, mit dem Stock im Wasser zu stochern. Plötzlich schien sie auf ein Hindernis gestoßen zu sein. Sie watete tiefer in das Wasser hinein und beugte sich vor. Mit dem Stock grub sie im Sand, dann warf sie ihn fort und wühlte mit den Händen weiter. Nach einer kurzen Weile bückte sie sich und zerrte einen Kasten nach oben. Er musste schwer sein, denn als sie ihn aus dem Wasser hievte, fiel sie rücklings auf den Boden.

Das war der Augenblick, an dem Myntha sich zu erkennen gab.

»Was machst du da, Agnes? Komm, ich helfe dir auf.«

»Geh weg, Myntha. Lass mich alleine.«

»Nein, das werde ich nicht.« Sie reichte Agnes ihre Hand und half ihr aufzustehen. »Was immer du hier tust, ist mir egal. Aber du brauchst Hilfe.«

»Brauche ich nicht.«

Agnes drehte sich aus Mynthas Griff. In ihren Augen schimmerten Angst und Verzweiflung. Doch sie beugte sich vor, um den Kasten anzuheben. Zwei Schritte gelangen ihr, dann sank sie in die Knie.

»Agnes, du zitterst. Du bist völlig durchnässt. Komm ins Haus. Den Kasten kannst du auch morgen noch holen.«

»Nein, nein. Ich kann ihn nicht alleine lassen.«

»Dann helfe ich dir tragen. Aber ins Haus musst du.«

Nur widerwillig stimmte Agnes zu, aber dann wuchteten beide den Kasten hoch und trugen ihn zum Fährhaus.

»In die Küche damit. Weiter komme ich nicht.«

Agnes nickte, und keuchend stellten sie den Kasten auf dem Tisch ab.

»Jetzt lass mich alleine, Myntha.«

»Nein. Du musst dir ein trockenes Hemd anziehen. Geh hoch, ich mache uns einen heißen Most.«

»Nein, ich ...«

Mit der Schwurgeste ergriff Myntha ihren Zopf und sagte: »Agnes, ich schwöre dir bei der heiligen Mutter

Maria, dass ich nie etwas über diesen Kasten sagen werde.«

Es spiegelten sich noch immer Verzweiflung und Angst in Agnes' Gesicht, aber schließlich nickte sie und huschte aus der Küche.

Die Glut musste nur wieder entfacht werden, und Myntha füllte den kleinen Dreifuß mit Most, gab eine gute Menge Honig dazu und auch ein paar Minzblätter, die sie aus dem Kräuterbündel von der Decke zupfte. Es begann eben zu simmern, als Agnes zurückkam. Myntha ergriff zwei Becher und füllte sie.

»Trink, Agnes. Dir muss erst wieder warm werden.«

»Danke.«

Agnes trank schweigend, Myntha nippte ebenfalls an ihrem Becher.

»Und nun?«

Agnes seufzte.

»Ich werde dir eine Geschichte erzählen müssen.«

»Die Geschichte der Comtesse Agnes de Malesdroit?«

»Die Geschichte der Comtesse, die eigentlich keine ist. Ja, die erzähle ich dir. Aber zuerst kümmern wir uns hierum.«

Agnes nestelte aus ihrem Ausschnitt eine Kette, an der ein kleiner Schlüssel hing. Aber als sie ihn in das Schloss am Deckel des Kastens steckte, konnte sie ihn nicht umdrehen.

»Es wird sich Sand darin abgesetzt haben. Versuch es mit etwas Schmalz. Vielleicht löst es sich dann.«

Sie brauchten noch einige weitere Versuche, dann drehte sich der Schlüssel plötzlich. Agnes hob den Deckel, und Myntha erstarrte. Gold schimmerte im Licht der kleinen Handlampe. Münzen und Geschmeide, Edelsteine leuchteten auf Reifen und Ketten, Spangen und Ringen.

»Dein Rheingold? Das Lösegeld für einen Fürsten.«

»Eine Mitgift, Myntha.«

»Deine Geschichte vom Gold einer Prinzessin.«

Agnes klappte den Deckel wieder zu und verschloss ihn.

»So ungefähr. Doch ich bin geboren als Tochter eines armen Pächters. Man nannte mich Lisbeth, und mein Vater bearbeitete ein Stück Land, das schon sein Großvater von den Grafen von Katzenelnbogen erhalten hatte. Es war ein mühsames Geschäft, und wir Kinder mussten mithelfen, kaum dass wir laufen konnten. Ich hatte sieben Geschwister, und als ich zehn Jahre alt war, gelang es meiner Mutter, mich als Magd auf der Burg unterzubringen. Am Anfang war es furchtbar. Ich vermisste meine Familie, die anderen Bediensteten beachteten mich nicht oder beschimpften mich unablässig wegen meiner Unfähigkeit. Es war alles so anders als auf dem Hof. Doch nach einiger Zeit verstand ich den Ablauf und fand mich ein. Ich war zwölf, als ich eines Tages der Tochter des Hauses begegnete. Sie war ebenso alt wie ich und ein lustiges Mädchen. Ich hatte gerade die gewaschenen Laken in ihr Zimmer gebracht in der Annahme, dass sich niemand darin befand.«

»Daher also stammen deine Kenntnisse. Du hast dich anfangs hier als Magd durchaus bewährt.«

»Ja, das habe ich damals gründlich gelernt. Aber wie

gesagt, ich begegnete dem Fräulein Agnes von Katzenelnbogen, und sie nahm es mir nicht übel, dass sie mich in ihrem Zimmer erwischt hatte. Sie war gelangweilt, ihr Lehrer hatte ihr eine trockene Arbeit aufgegeben, zu der sie keine Lust hatte. Sie wollte lieber spielen. Und ich kam ihr gerade recht. Na ja, auch ich liebte meine Arbeit nicht so besonders, und so verbrachten wir den Nachmittag mit Würfelspielen und einem Brettspiel, das sie mich lehrte. Natürlich fiel es auf, dass ich meine Pflichten vernachlässigte, und als es aufgedeckt wurde, stellte sich Agnes vor mich und verlangte von ihrer Mutter, mich zu ihrer Zofe zu machen.«

»Ungewöhnlich, dass ein zwölfjähriges Mädchen so etwas fordert.«

»Agnes war sehr willensstark. Sie setzte es tatsächlich durch, und zwei Monate später begann meine Zeit als Zofe.«

»Was mir erklärt, warum du dich mit Kleidern und Frisuren auskennst.«

»Ja, das habe ich in der Folgezeit sehr gründlich gelernt. Nähen, Stopfen, Gewänder pflegen… es war alles sehr neu für mich, und anfangs machte ich sehr viel falsch. Aber Agnes war meistens nachsichtig, und ich lernte einigermaßen schnell, was sie wünschte. Wir wurden gemeinsam groß, Myntha, und sie war mir wie eine Schwester. Doch dann kam die furchtbare Stunde, als es hieß, sie müsse Jungherzog Adolf von Berg heiraten. Sie hatte ihn noch nie gesehen und weinte nächtelang. Ihr Vater aber bestand auf der Heirat, und so setzte sich der Brautzug im April 1410 in Bewegung. Ich war bei ihr, und mit ihr wurde auch die Kiste mit dem Brautschatz transportiert. Bewaffnete Reiter begleiteten uns, denn es stand zu befürchten, dass der Widersacher des Jungherzogs Kenntnis von unserem Weg hatte. Unbehelligt schafften wir es bis fast an dieses Fährhaus, Myntha. Mitten in der Nacht trafen wir hier ein und wollten eigentlich Rast machen. Doch es näherte sich eine wilde Reitergruppe, und Agnes bat den Fährmann, sie so schnell wie möglich überzusetzen und die Fähre am anderen Ufer zu lassen. Der Fährmeister weigerte sich zunächst, denn es wehte ein starker Sturm, und es regnete heftig. Darum öffnete sie die Kiste und bot ihm Gold. Er nahm eine kleine Kette und zwei Münzen und brachte uns zur Fähre. Doch es war zu spät. Die Berittenen hinter uns standen am Ufer und schickten uns Pfeile hinterher. Einer traf meine Agnes ins Herz. Sie starb in meinen Armen, noch bevor wir das Ufer erreichten.«

»Großer Gott, die Nacht, in der mein Vater fieberte. Jetzt erinnere ich mich daran. Ich war noch ein Mädchen von fünfzehn Jahren. Ich hatte den Aufruhr gehört und mich verängstigt unter meiner Decke verkrochen. Und als mein Vater zurückkam, glühte er vor Fieber. Seit jenem Tag erzählte er immer wieder Geschichten von einem Goldschatz im Rhein und den Nixen, die ihn ins Wasser ziehen wollen.«

»Es tut mir so leid, Myntha. Alles, was geschehen ist. Ich habe so große Sünden auf mich geladen.«

Myntha trank noch einen Schluck von dem nun lauwarmen Most und schüttelte den Kopf.

»Mein Vater war schon vorher krank. Und es ist nun

mal seine Art, Notleidenden zu helfen. Ich bin nur froh, dass ihn nicht auch ein Pfeil getroffen hat.«

»Ja, er brachte uns heil hinüber, doch die Truhe mit dem Brautschatz war in der Hektik des Aufbruchs ins Wasser gefallen. Und ich tat etwas Entsetzliches. Myntha, du musst verstehen, Agnes und ich sahen uns recht ähnlich. Und ich trug immer die abgelegten Gewänder von ihr. Ich … ich fasste ganz plötzlich einen Entschluss.«

»Ich kann ihn mir fast vorstellen. Du überließt Agnes dem Rhein und nahmst ihre Rolle ein, nicht wahr?«

Agnes nickte und senkte den Kopf.

»Es war nicht recht, die Entscheidung eines verängstigten, verwirrten Kindes. Doch die Überlebenden des Brautzugs hielten mich für Agnes, und es wäre mir schwergefallen, ihnen mein Handeln zu erklären. Und so zogen wir weiter nach Jülich. Da mein Bräutigam mich noch nie gesehen hatte, hoffte ich, dass er mich, ohne Fragen zu stellen, ehelichen würde. Das wäre für die kleine Pächterstochter ein großer Aufstieg gewesen. Allein, der Herzog traf nicht ein. Wir warteten einen ganzen Monat auf ihn, sandten Nachrichten, aber wir hörten nichts von ihm. Vermutlich hatte ihn die Botschaft, dass Agnes' Mitgift verloren war, davon abgehalten zu kommen. Zur gleichen Zeit weilte jedoch ein bretonischer Ritter am Hof von Jülich, dem ich zu gefallen schien. Er machte mir sehr vorsichtig den Hof, und ich … ich verliebte mich in ihn. Und darum packte ich eines Tages meine Sachen und verließ mit Lancelot de Malesdroit die Stadt. Wir heirateten in einem kleinen bretonischen Nest und zogen dann zu seiner Burg. Seine Eltern waren zunächst ungehalten, dass er eine Frau ohne Mitgift zum Weib genommen hatte. Aber dann wurde der alte Comte krank, und ich half seiner Frau bei der Pflege. Darüber freundeten wir uns an, und als der Comte starb, erbte mein Gatte den Titel. Vor sechs Jahren starb auch seine Mutter, um die wir beide sehr trauerten. Den Rest kennst du, Myntha.«

»Ja, bei Agincourt wurde dein Mann gefangen genommen und nach England gebracht.«

»Ich hätte das Lösegeld aufgebracht. Aber es gelang dann doch nicht, und darum beschloss ich, auf Pilgerfahrt nach Köln zu gehen und dann nach dem Brautschatz zu suchen. Es tut mir leid, dass ich hier so viel Unruhe verursacht habe. Doch die Geschichten deines Vaters machten mir immer Mut, nach dem Kasten zu suchen.«

Myntha stützte die Ellenbogen auf den Tisch und vergrub ihr Gesicht in den Händen. Alles, was ihr bisher als Märchengespinst erschienen war, hatte augenscheinlich einen wahren Grund. Das Rheingold war tatsächlich da, und in seinem Fieberwahn hatte ihr Vater wohl die Sage, die Enna ständig murmelte, mit dem Kasten voll Gold, den die Braut mit sich führte, in Verbindung gebracht.

»Ich habe dir viel unrecht getan, Agnes. Verzeih mir, dass ich dich für dumm gehalten habe, weil ich glaubte, die Geschichten meines Vaters hätten dich betört.«

»Du konntest es nicht wissen. Es ist gut. Die ganze Zeit hat es auf meinem Gewissen gelastet. Und meine Sünde habe ich nie beichten können. Du bist die Erste, die davon erfährt, dass die kleine Lisbeth es sich angemaßt hat, eine Comtesse zu sein.«

»Nein, Agnes. Die Comtesse bist du wirklich. Und es

war eine furchtbare Nacht damals. Mein Vater war in Tränen aufgelöst, als er zurückkam. Nur von dir und Agnes hat er nie wieder gesprochen. Aber das Kettchen, das hat er mir geschenkt. Ich gebe es dir morgen zurück.«

»Behalte es, es war ein minderer Preis für das, was dein Vater für uns getan hat.«

»Nun hast du den Brautschatz wieder, Agnes. Was wirst du damit tun?«

»Ich muss herausfinden, wer das Lösegeld für meinen Gatten fordert, und es ihm überbringen lassen. Ich hoffe, Master John wird mir dabei helfen.«

»Ich denke, er wird es tun, wenn es in seiner Macht steht. So lange solltest du das Gold aber vor meinem Vater verbergen. Er ist sich so sicher, das Rheingold eines Tages zu finden und es mir als Mitgift mitzugeben.«

»Was immer übrig bleibt, Myntha, sollst du bekommen.«

»Ach, Agnes …«

»Komm, hilf mir den Kasten in meine Kammer zu bringen. Unter dem Bett wird er erst mal sicher sein.«

»Auf denn! Und dann aber gehen wir zu Bett und schlafen. Der Morgen graut schon bald, und wir werden müde sein.«

21. Kapitel

Sie war müde, und sie musste sich einige unwirsche Bemerkungen von Lore anhören. Erst als kurz vor der Sext Bilke bei ihr vorsprach, wurde Myntha etwas munterer.

»Ich bin gekommen, um eurer Köchin das Rezept für die süßen Pasteten abzuschwatzen. Du weißt schon, die Haro so gerne mag.«

»Dann versuch dein Glück. Auf mich ist sie heute nicht gut zu sprechen.«

»Was hast du ausgefressen?«

»Nichts. Ich habe nur nicht gut geschlafen, habe schon einen Topf mit Honig umgeworfen und ein Ei zerbrochen.«

»Welche Verbrechen!«

»Du sagst es.«

»Dann lass uns für eine Weile in den Garten gehen. Die Sonne scheint und wird dein Gemüt aufhellen. Außerdem habe ich Neuigkeiten für dich.«

Da Lore eben in der Vorratskammer herumwirtschaftete, schlichen die beiden sich aus der Küche. Unter dem blühenden Apfelbaum ließen sie sich nieder.

»Was für Neuigkeiten?«

»Dein Freund Henning hat sich einige Tage auf unserer Burg aufgehalten. Er wollte unbedingt dieses Räubernest auskundschaften.« Es war eine abenteuerliche Geschichte, die Bilke von ihrer Mutter gehört hatte, und Myntha lauschte gespannt.

»Aber jetzt ist er heimgeritten?«

»Ja, Henning ist zu deinem Rabenmeister zurückgekehrt. Aber auf der Burg gab es noch ein Nachspiel.«

»Inwiefern?«

»Ritter Bernolph erschien wutschnaubend und beschuldigte meinen Vater, seine Leute hätten sein Anwesen in Brand gesteckt und seine Pferde gestohlen. Weißt du, mein Vater mag kein großer Kämpe mehr sein, aber einschüchtern lässt er sich nicht. Er rief Holk herbei, der sich mit einem mächtigen Knüttel in der Hand hinter ihm aufbaute, und dann hat mein Vater dem Ritter mit überaus deutlichen Worten zu verstehen gegeben, was er von ehrlosen Raubrittern hält. Meine Mutter sagt, er hat diesen Halunken das Fürchten gelehrt. Der ist dann unverrichteter Dinge wieder verschwunden. Mag sein, dass es so aussah, als ob Holk gerne seinen Abschied beschleunigt hätte.«

»Ich mag deinen Vater. Er ist dem meinen ein wenig ähnlich. Gelegentlich stur, aber nie feige. Und die Auseinandersetzung mit diesem Ritter war wirklich heldenhaft.«

»Auch Henning hat sich tapfer geschlagen. Du solltest ihn später aufsuchen und ihm diesen kleinen Zwischenfall erzählen.«

»Das werde ich tun. Aber nun sag, wie gefällt dir das Eheleben?«

Bilkes überschäumende Berichterstattung machte Myntha heimlich traurig. Sie ließ es sich aber nicht anmerken, sondern gab ihrer Freundin noch einige vertrauliche Ratschläge, wie ihr Bruder zu behandeln war. Mit dem gewünschten Rezept und einigen Kostproben süßer Pasteten verabschiedete sich Bilke bald, und Myntha machte sich mit dem Rest des Gebäcks und einem Beutel voll fettiger Krumen auf den Weg zur Rabenkate. Die Schar der Wächter begrüßte sie mit krächzendem Beifall, als sie die Krumen in die Luft warf, und Robb erhielt seine Portion aus der Hand, während er auf ihrer Schulter saß und erfreut ihren Namen schrillte. Der Rabenmeister verbarg seine Freude geschickter, tat so, als beäugte er die Pasteten misstrauisch und unterstellte ihr unholde Verführungskünste.

»Meine gesamte Wachmannschaft versagt, wenn Ihr den Pfad emporschleicht, Jungfer Ungestalt.«

»Und Ihr fürchtet Euch vor meiner Hässlichkeit?«

»Ich gebe mir redlich Mühe.«

»Dies verstehe ich, und darum bittet Ihr wohl auch Master Cedric, mir Süßholz raspelnde Verehrer zu senden?«

»Er wird vermuten, dass gekonnte Schmeicheleien Euch von Eurer Unhold heilen.«

»Kaum, wenn der Schmeichler meinem Bruder Witold schöne Augen macht.«

Meister Frederic starrte sie einen Augenblick sprachlos an, schüttelte dann sein weises Haupt und sagte: »Mein Gott, wie peinlich.«

»Das war es. Aber nun sagt, wo finde ich den jungen Helden?«

»Helden? Einen ausgewachsenen Dummkopf findet Ihr hier.«

»Einen Dummkopf, der Euren Hengst von seinem übelsten Feind zurückgebracht hat.«

»Er ist unnötige Risiken eingegangen«, knurrte Meister Frederic.

»Etwas, das Euch selbstverständlich fernliegt, Rrrabenmeister. Wo ist der Held?«

»Im Stall, bei der Stute.«

Myntha wollte sich eben von ihm abwenden, als der Krakeel der Raben sie aus der Kate lockte. Zwei Frauen näherten sich, die eine mühselig am Stock humpelnd. Wie üblich stürzten die Raben sich auf die beiden, doch die Alte hob die Hand und sagte einige leise Worte, und schon ließen die Vögel sich ruhig zu ihren Füßen nieder und gaben ihr den Weg frei.

»Kann ich glauben, was ich da sehe?«

»Ja, Jungfer Unhold. Die Sybilla ist die Herrin der wilden Tiere. Sie hören auf ihre Worte und leisten ihr Gehorsam. Seid mir willkommen, edle Frau. Und auch du, Imme von der Heide. Ich glaube, Ihr besucht uns im rechten Moment.«

»Glaubt Ihr, Rabenmeister?«

»Ja, denn diese unholde Jungfer hat mir süße Pasteten gebracht, die Euch nach der harten Arbeit schmecken werden.«

»Jungfer Myntha, ich grüße Euch«, sagte Imme mit einem scheuen Lächeln.

»Es ist schön, dich zu sehen. Was führt euch zu dem düsteren Mann in dieser Kate?«

»Es gilt neues Leben auf die Welt zu bringen, sagt meine Meisterin. Aber wohl nicht eines, das in Eurem Leib wächst.«

»Nein, doch steht hier im Stall eine Stute, die bald fohlen wird. Seid Ihr auch den Tieren eine Wehfrau, Frau Sybilla?«

»Wenn es das Tier verlangt. Dort drüben ist der Stall?«

»Folgt mir, wenn Ihr mögt«, sagte Meister Frederic und führte die Frauen zu den Pferden. Myntha ging ihnen nach und sah, dass Henning bereits neben der Stute saß, die im Stroh auf dem Boden lag.

»Frau Sybilla? Imme?«

»Wir sind gekommen, um zu helfen.«

»Gott sei Dank. Ich fürchte, das Fohlen liegt verkehrt herum. Ich habe erst ein Bein gesehen.«

»Dann lass uns an die Arbeit gehen. Holt mir etwas Butter oder Schmalz, das macht es leichter. Und dann lasst uns alleine, Meister Frederic und Jungfer Myntha. Zu viele Menschen im Stall stören die Gebärende.«

»Kommt, Jungfer, auf einen Becher süßen Most, der Eure Zunge glätten wird.«

»Für eine kurze Weile, einverstanden.«

Sie setzten sich auf die Bank vor der Kate und schwiegen. Myntha ging die vergangene Nacht durch den Kopf. Es erstaunte sie noch immer, dass das vielbesungene Rheingold einen wahren Kern hatte. So viele Situationen ergaben nun einen Sinn. Und so viele Möglichkeiten eröffneten sich. Agnes hatte im vergangenen Jahr einen Brief an Sir Richard Fitzalan von Betchwood Castle geschrieben, wo sich laut Master Johns Nachricht ihr

Gatte aufhielt. Doch während der Winterstürme fuhren die Kaufleute nicht nach England, und so mochte das Schreiben erst in den letzten Wochen dorthingelangt sein. Vielleicht gab es auch schon eine Rückantwort. Vielleicht hatte nur noch niemand Gelegenheit gefunden, sie Agnes zu übergeben. Oder sie hatte sie bereits erhalten und nichts davon gesagt. Agnes konnte wahrlich gut Geheimnisse hüten.

»Was bewegt Eure Gedanken, Jungfer?«, fragte Meister Frederic mit überraschend sanfter Stimme.

»Allerlei, Rabenmeister.«

»Um den jungen Henning müsst Ihr Euch nicht sorgen.«

»Tue ich auch nicht. Er hat seine Aufgabe gut gelöst. Vermutlich ist er der Vollstreckung seiner Rache nun näher gekommen, nicht wahr?«

»Wir wissen nun, dass der Raubritter sein schurkischer Herr ist. Und zum Glück hat Ritter Adolf Henning von größeren Dummheiten abgehalten.«

»Dennoch wird er nicht aufgeben.«

»Nein, das wird er nicht. Aber ich habe gute Neuigkeiten für ihn. Cedric hat mir mitgeteilt, dass der Überlebende bei Tilo und Lauryn sich völlig erholt hat und zu einer Aussage gegen den Mann bereit ist. Thure von Heerdt ist ein tapferer Mann, und er hat seine gesamte Ladung an die Räuber verloren.«

»Womit handelt er?«

»Soweit ich es verstanden habe, bringt er Waren aus Holland nach Süden zu den Messen. Butter, Heringe, aber auch Eisenwaren, Kupfergeschirr und Seidengarne. Es war eine wertvolle Ladung, die man ihm gestohlen hat. Und ein Teil seiner Begleiter floh, die, welche blieben, wurden umgebracht.«

»Ihm wird also daran liegen, den Ritter zur Rechenschaft zu ziehen.«

»O ja. Er wartet nur auf eine Gelegenheit, jetzt, da er sich erholt hat. Doch schweigt darüber, ich habe Henning noch nichts davon erzählt.«

»Ihr erwartet, dass die Anschuldigung reicht, um den Ritter einer Meintat zu überführen?«

»Das hängt von Herzog Adolf von Berg ab. In seinen Diensten steht Ritter Bernolph.«

Ein schmerzgepeinigtes Wiehern klang zu ihnen hinüber.

»Die Geburt scheint schwierig zu sein«, murmelte Myntha.

»Es ist gleich, ob Tier oder Mensch – es ist schmerzhaft, das Licht der Welt zu erblicken.«

Der Rabenmeister starrte blicklos zu den Bäumen.

Emery, dachte Myntha. Emery und eine kleine Schwester. Meister Frederic hatte zwei Kinder auf die Welt kommen sehen. Eines hatte er verloren, ebenso wie die Mutter.

»Es ist auch schmerzhaft, die Welt zu verlassen. Manchmal, Meister Frederic, frage ich mich, ob es ein gütiger Gott ist, der die Menschen geschaffen hat.«

»Zu Zeiten frage ich mich, ob es überhaupt einen Gott gibt«, sagte der Rabenmeister leise.

»Ihr denkt an Eure Frau und Eure Tochter, nicht wahr? Und den Feuerteufel, der noch immer ungestraft sein Leben führt. Nicht nur Henning wird von dem Gedanken an

Rache zerfressen, Rabenmeister. Auch Ihr wartet auf den Tag und die Stunde, an der Ihr Vergeltung üben könnt.«

»Es geht Euch nichts an, Jungfer Unhold.«

»Doch, es geht mich etwas an, denn ich kenne Euch, und ich mag Euch, trotz Eures düsteren Wesens. Und darum leide ich mit Euch, Rabenmeister. Und ich verstehe Euch.«

»Tut Ihr das?«

»Ich weiß, wie dunkel Trauer ist.«

»Und was der Tod bedeutet. Ja, das wisst Ihr. Und auch, was Schmerz ist. Verzeiht, ich habe es vergessen. Doch Euch ist Gerechtigkeit widerfahren. Euer Peiniger hat sich zuletzt selbst das Leben genommen. Meiner lebt und lauert mir auf. Ich hoffe, dass ich ihn zu fassen bekomme, bevor er mir das nächste Mal alles nimmt, was ich liebe und brauche.«

»Wer verfolgt Euch, Meister Frederic? Ihr wisst es doch.«

»Sagen wir, ich habe eine Ahnung, wer er sein könnte. Aber ich weiß noch immer nicht, warum er mich verfolgt. Ich habe bislang noch keinen Grund erkannt.«

»Reine Bosheit?«

»Vielleicht. Aber es hat erst nach Agincourt angefangen, und dort auf dem Schlachtfeld muss etwas geschehen sein, das er mir anlastet.«

»Habt Ihr ihm etwas genommen, das er liebte und brauchte?«

»Das mag sein. Jungfer Myntha, ich habe viele Leben genommen. Als Bogenschütze aber sieht man in der Schlacht nicht, wen der Pfeil trifft. Es war ein grauenvolles Gemetzel.«

Sehr vorsichtig legte Myntha ihre Hand auf die des Rabenmeisters, die still auf seinem Bein ruhte. Er deckte seine andere Hand darüber und senkte seinen Kopf.

»Dank Euch, Jungfer. Manchmal findet man Trost an unerwarteter Stelle.«

Und als ob es so sein sollte, klang ein freudiges Wiehern vom Stall her.

»Ein Fohlen! Ein gesundes Fohlen. Ein kleiner Hengst, ganz schwarz, Meister!«

»Gehen wir das Neugeborene begutachten«, sagte der Rabenmeister und zog Myntha von der Bank hoch. Sie eilte neben ihm zum Stall, und entzückt bewunderte sie den kleinen Hengst, der auf unsicheren Beinen zu seiner Mutter stakste. Er fand, was er suchte, und trank.

»Frau Sybilla, habt Dank für Eure Hilfe. Und auch du, Imme von der Heide. Ihr könnt Euch im Hof waschen, und sicher wird Euch ein Becher Most willkommen sein.«

Imme sprudelte geradezu über, als sie von der Geburt erzählte. Aber dann saß sie still Henning gegenüber, aus ihren Augen sprach mehr als Bewunderung. Die Sybilla stand auf, stützte sich auf ihren Stock und gab Myntha einen Wink, ihr zu folgen.

Im Stall blieben sie stehen und beobachteten schweigend Mutter und Kind. Die Stute leckte das Fell des Fohlens, das aber schnoberte neugierig an den Balken und den Säcken.

»Sie war schwer, die Geburt. Aber nun hat sie alles Leid vergessen. Meistens ist es so. Nur in wenigen Fällen umgibt die Mutter eine dichte Schwärze. Dann ist es besser, ein anderer nimmt sich des Kindes an. Und einige Mütter überleben die Geburt nicht. Glücklich die Kinder, die dann eine andere Mutter finden, die sie mit Liebe umgibt. Hast du je um deine Mutter getrauert, Myntha?«

»Ich habe sie nicht gekannt. Aber mein Vater hat sie sehr geliebt, und als Kind habe ich oft ihre schönen Gewänder hervorgeholt und mir vorgestellt, wie sie ausgesehen haben mag. Aber getrauert habe ich nicht um sie. Die Magistra war mir als Kind eine Mutter, Frau Alyss eine in meiner Jugend. Und auch die Beginen vom Eigelstein waren immer freundlich zu mir. Und dann war da noch Frau Almut ...«

»Du hast Glück gehabt. Vertrauen und Liebe haben dir geholfen, mit großen Prüfungen fertigzuwerden. Gib es weiter, Kind. Du weißt, wie man es macht. Webe dein Band, so wie diese Frauen es bei dir gewebt haben. Es überdauert Schrecken und Tod. Du bist stark, und das Band wird fest sein.«

»Aber ich weiß doch gar nicht, wie das geht.«

»Kannst du nicht weben?«

»Doch. Sogar recht gut.«

»Was sollte dann so schwer für dich sein, ein Band aus Freundschaft und Vertrauen zu weben? Schau hin, du hast es doch schon begonnen.«

Myntha dachte an jene Frau, die sie einst mit ihrer Güte und ihrer Lebenslust beeindruckt hatte. Frau Almut hatte sie manchmal im Kloster besucht und war später auch häufig bei ihrer Tochter Alyss gewesen. Ja, es verband sie etwas, das ihren schmerzlichen Verlust überdauert hatte.

»›Denn Liebe ist stark wie der Tod, und ihr Eifer ist

fest wie die Hölle.‹ So steht es in der Bibel«, antwortete Myntha leise.

»Mag sein. Die Bibel bedeutet mir nichts. Meine Kirche ist die Heide, mein Chor die Vögel, mein Priester der Wind. Aber dennoch, ja, die Liebe ist stärker als der Tod. Darum kann sie so wehtun. Mein Kind starb unschuldig unter der Folter, Jungfer. Es ist Jahrzehnte her, doch es schmerzt noch immer.«

Das Fohlen wollte sich hinlegen, aber seine Mutter stupste es, bis es wieder aufstand.

»Sie sorgt gut für ihr Kind. Myntha, ich weiß, du möchtest auch Kinder haben.« Sibylla nahm ihre Hände in die ihren. »Vertrau, es ist bald so weit. Sei mutig und lass dir von keinem Menschen dreinreden, wenn du merkst, dass es so weit ist.«

»Aber es bewirbt sich doch keiner um mich.«

»Ach Kind. Öffne doch endlich die Augen.«

Mynthas Blick ruhte auf dem Fohlen.

»Ich traue mich nicht«, sagte sie leise.

»Nur Mut, Jungfer. Den hast du doch.«

»Meint Ihr?«

Die Sybilla lachte.

22. Kapitel

Agnes und Myntha flochten Girlanden aus Efeuranken und den ersten wilden Blumen. Goldgelbe Dotterblumen, wilde Veilchen, weiße Maiblumen, kleine Himmelschlüsselchen, blaue Vergissmeinnicht und purpurnen Storchenschnabel wanden sie hinein. Die Girlande sollte den Altar an Bauer Egberts Feld schmücken, und zu ihrer Überraschung hatte Henning ihnen eine Rolle weißes Band gebracht, das sie zu Schleifen binden würden.

Bauer Egbert würde den schönsten Altar auf dem ganzen Prozessionsweg erhalten, denn auch Reemt hatte einen großen Korb voll Blumen und Blättern beigesteuert, aus dem sie später einen Blütenteppich legen wollten.

»Mein Vater ist dankbar, dass sein Bußgang zum vergangenen Advent so glimpflich abgelaufen ist«, sagte Myntha.

»Verständlich. Aber wofür büßt der Junge, dass er uns die Bänder gebracht hat?«

»Ich weiß es nicht, Agnes. Vielleicht hat der Brief seines Vaters ihn so sehr berührt, dass er seine Dankbarkeit zeigen will. Aber er gibt sich noch immer sehr verschlossen. Obwohl ich glaube, dass sich bald etwas Entscheidendes tun wird.«

Tatsächlich hatte Henning eine Entscheidung getroffen.

»Meister Frederic?«

»Ja, was gibt es?«

»Mein Jahr bei Euch ist im nächsten Monat vorüber. Ist es mir gestattet, mich meinem Stand gemäß zu kleiden?«

»Eitel?«

»Vielleicht, ja. Ich lebe, seit mein Herr ermordet worden ist, in Lumpen.«

»Zu Beginn, ja, aber ich habe für gute Kleidung gesorgt, oder nicht?«

»Ja, Meister, schon. Sie wärmt und schützt. Aber ich bin ein Edelmann, ein Knappe. Ich sollte bereits ein Ritter sein. Ich habe das Geld für passende Gewänder von meinem Vater.«

Frederic unterdrückte ein Schmunzeln.

»Sieht aus, als müssten wir nach Köln übersetzen. Und zwar eiligst, denn zur Prozession möchtest du wohl standesgemäß auftreten.«

»Das wäre sehr erfreulich.«

Die Fähre brachte sie ans andere Ufer, und der Weg zum Alten Markt verkürzte sich durch Hennings Vorfreude.

»Wir können hier den Wappenrock für dich kaufen, Henning. Den Stoff holen wir uns von Tilo. Was sind deine Wappenfarben? Oder besser, wessen Wappen willst du tragen? Das deines ermordeten Herrn oder dein Erbwappen?«

»Ich bezahle mit meines Vaters Gold, also trage ich auch unser Wappen.«

»Und?«

»Geviertelt, in Silber und blau. Auf dem Blau je ein goldener Löwe. Gehalten wird das Wappen von zwei aufrecht stehenden Löwen, die Helmzier ist die Zinnenkrone.«

»Also brauchst du einen gevierteilten Wappenrock in Weiß und Blau. Das Wappen bekommen wir in der Gasse der Wappensticker an der Schildergasse. Lass uns die zuerst aufsuchen und sehen, was sie uns anbieten können.«

»Kann man denn Wappen fertig kaufen? Früher haben unsere Frauen sie gestickt.«

»Genau wie die Schildermaler haben auch die Stickerinnen Teile von Wappen vorrätig, die sie dann zusammensetzen. Schwierig stelle ich mir dein Wappen nicht vor. Löwen sind häufig genutzte Wappentiere, und gevierteilte Wappen findet man ebenfalls nicht selten.«

Und so war es dann auch. Die Frauen und Mädchen, die in der Stube zusammensaßen und mit feinen Gold- und Silberfäden und bunten Seidengarnen Wappen stickten, wurden von einer älteren Dame beaufsichtigt. Sie ließ sich ihre Vorstellung schildern und legte dann das Wappen aus einigen Teilen zusammen, bis es Hennings Vorstellung entsprach.

»Bringt mir den Rock, auf den es genäht werden soll, werter Herr Knappe. Wir stellen ihn dann geschwind fertig.«

Tilo war ebenfalls hilfsbereit und legte ihnen die passenden Tuche vor.

»Hier nebenan lebt ein Schneider, der dir noch heute deinen Rock anmisst und näht. Wenn du nicht unbedingt gezaddelte Säume haben willst, wird er es bis heute Nachmittag schaffen. Und seht noch nach schwarzer und goldener Borte.«

»Du wirst ihn zum Gecken machen«, murrte Frederic.

»Nein, Meister. Zum Gecken werde ich erst, wenn mein Haupt ein blaues Samtbarett mit einer gekräuselten weißen Feder schmückt.«

»Gut, wenn du dir dessen bewusst bist.«

»Vergesst nicht den passenden Gürtel zu besorgen, an dem ein hübscher Beutel hängt«, flötete Tilo ihnen hinterher, als sie sich mit den Stoffen zu dem Schneider begaben. Der versprach in der Tat, eifrig zu sticheln, und Frederic lenkte Hennings Schritte zu einer Taverne, wo sie sich an einem gebratenen Hühnchen labten. Der Gürtelmacher hatte passende Lederwaren vorrätig, der Hutmacher auch das blaue Barett. Sogar die gekräuselte weiße Feder fand sich, wenn auch nicht so lang und so üppig, wie sie Henning vorgeschwebt hatte.

»Eitler Fratz«, titulierte Frederic seinen Gehilfen. Doch Henning lachte nur und lud ihn zu einem Becher Wein in der Klosterschenke ein.

Als die letzte Fähre nach Mülheim übersetzte, war aus dem Gehilfen Henning der Edelknappe Henning von der Löwenburg geworden, und mit gestrafften Schultern und hoch erhobenen Hauptes betrat er die schwankenden Planken.

»In welch hoheitsvoller Begleitung befindest du dich heute, Frederic?«, sagte Witold und musterte den jungen Mann eindringlich. »Kaum zu glauben, dass wir ihn einst als dreisten Taschendieb eingefangen haben.«

»Vergesst diese unrühmliche Tat, ich bitte Euch, Witold. Ich schäme mich noch immer dafür«, murmelte Henning, und ein Gutteil seines Hochmuts fiel von ihm ab.

»Du hattest kaum eine andere Wahl, Junge. Und deine Strafe hast du ehrenhaft abgebüßt. Ist es nicht so, Frederic?«

»Er war mir ein ehrlicher Diener, das ist wohl wahr. Der letzte Monat mag dir erlassen sein, Henning. Es steht mir nicht zu, einen Sohn aus hohem Haus als Gehilfen zu halten.«

»Danke, Meister Frederic. Doch gewährt mir noch einige Tage Unterkunft.«

»So lange es dein Wunsch ist. Nächste Woche sollten wir dann auch noch ein passendes Pferd für dich suchen. Aber morgen wirst du an der Prozession und an dem Flurumgang von Bauer Egberts Feld mit gebührender Demut teilnehmen.«

Er zog die Blicke aller Teilnehmer, vor allem aber die der Maiden und jungen Frauen auf sich, als er neben dem blumengeschmückten Altar auf dem Schiff stand, auf dem Pfarrer Julius die Prozession anführte. Er schritt hinter den Ministranten her, als sie den Acker mit Psalmen und Gebeten umrundeten, und dankte dem Herrn schweigend für den Goldfund, den er in den frisch gepflügten Furchen gefunden hatte. Er dankte auch dem Herrn dafür, dass er der demütigenden und brutalen Knechtschaft entronnen war und in der Fürsorge des Rabenmeisters Schutz gefunden hatte. Vieles ging ihm im Kopf herum, während er die Psalmen sang. Und als er am letzten Altar Jungfer Mynthas glückliches Lächeln sah, merkte er, dass ihn der bittere Drang nach gnadenloser Rache verlassen hatte. Das Gift, das ihn fast zerfressen hatte, war einer anderen Art der Entschlossenheit gewichen – er hatte erkannt, dass er Hilfe annehmen konnte. Er hatte Freunde gefunden, die ihm beistehen würden, Ritter Bernolph der Meintat zu überführen.

Die Prozession endete auf Bauer Egberts Hof, und auf langen Tischen war ein überwältigendes Mahl angerichtet. Ein ganzes Schwein röstete über einem großen Feuer, Pasteten stapelten sich in Körben, Kuchen jeder Art standen bereit, geräucherte Fische lockten mit ihrem Duft, frisches Brot wurde aus dem Backes gezogen, gebratene Enten tropften von gewürztem Fett, von einem Schinken schnitt der Bauer selbst dicke Scheiben, in einigen Schüsseln leuchteten verlockend die ersten Erdbeeren. Wein, Bier und Most wurden aus großen Krügen ausgeschenkt, und ein Harfenspieler entlockte seinen Saiten fröhliche Melodien. Man schmauste und trank, und als sich die Schüsseln allmählich leerten und von dem Schwein nur noch das Gerippe übrig war, da kamen drei weitere Musikanten hinzu, und es wurde zum Tanz aufgespielt.

Keine anmutigen höfischen Tänze waren es, sondern ausgelassene Reigen. Henning sah eine Weile zu, bis er die Schritte erkannt hatte, mit denen die Tänzer umeinander hüpften, und dann mischte er sich unter sie. Myntha war seine erste Partnerin, die ihn fröhlich neckte, dann hielt er Agnes an der Hand und führte sie durch die Figuren. Auch sie war lustig und machte ein wenig beschwipste Scherze. Lore gönnte ihm finstere Blicke, aber dann hatte auch sie ein paar deftige Worte für ihn übrig. Eine von Bauer Egberts Töchtern himmelte ihn grenzenlos an, ein altes Weiblein tändelte frech mit ihm, eine jüngere flüsterte ihm einige ausgesprochen unanständige Vorschläge ins Ohr. Er war heilfroh, als Jungfer Myntha wieder auf ihn zutanzte.

»Dein Meister steht so trübsinnig bei den Tischen, Henning. Hol ihn doch auch mal zum Tanz.«

»Ich glaube nicht, dass er daran Freude hat.«

»Unsinn, jeder liebt tanzen. Schau, wie Master Cedric sich vergnügt.«

»Mit der grimmigen Lore, ja, ja. Was hat Eure Köchin nur gegen Master Cedric?«

»Sie wirft ihm vor, dass er vor Jahren fortging. Ich glaube, sie liebt ihn seit ihrer Kindheit, will sich das aber nicht eingestehen.«

»Und nun hofiert er sie trotz ihrer bösen Miene?«

»Ich denke, es ist nur eine Frage der Zeit, bis er sie erweicht hat. Schau, sie hat große Mühe, ein Lächeln zu unterdrücken.«

»Kein Wunder. Master Cedric ist ein lustiger Kerl.«

»Ja, ganz anders als unser düsterer Rabenmeister.«

»Die Einzige, die ihn manchmal zum Schmunzeln bringt, seid Ihr, Jungfer Myntha. Geht hin und heitert ihn auf.«

»Ich kann es ja mal versuchen.«

Henning half Myntha, sich aus dem Reigen der Tanzenden zu lösen, und schob sie sacht in Richtung Tische. Meister Frederic starrte die Tanzenden an und bemerkte sie erst, als sie neben ihm stand.

»Würde es Euch große Schmerzen bereiten, ein fröhliches Gesicht zu machen, Rrrabenmeister?«

»Sehr wohl, vor allem, solange eine Unholdin neben mir steht.«

»Ach, dann nehmt doch die Pein einmal auf Euch.«

»Das geht nicht, unholder Quälgeist. Ich habe einen Ruf zu wahren.«

»Auch der Fürst der Finsternis soll gelegentlich einmal die Zähne fletschen«, forderte sie ihn heraus und reichte ihm eine kleine Blume. Er ignorierte sie.

»Rrrabenmeister, ein kleines Lächeln! Seht, wie ausgelassen die Maiden tanzen. Und wie hübsch Euer Gehilfe aussieht.«

»Geck, der!«

»Dann schaut mich an. Ich habe Blüten in mein Haar geflochten und trage mein schönstes Gewand. Ist nicht wenigstens das eine freundliche Miene wert?«

»Kommt mit, Jungfer Unhold.«

»Wollen wir einen Keller aufsuchen, dass niemand Euer Lachen hört?«

»So ähnlich.«

Er packte sie am Ärmel und zog sie in Richtung Hecke. Hier, hinter dem dichten Gehölz, packte er sie mit einer plötzlichen Geste und zog sie an sich.

»Aber, aber …«

»Seid still, meine Lieblichkeit. Ihr verlangtet ein Lächeln. Dann lasst Euren Zauber wirken.«

Und langsam näherte sich sein Gesicht dem ihren.

»Rrrabenm …«

Ein unerwartet sanfter Kuss versiegelte ihre Lippen. Als er endete, seufzte sie und lehnte sich an seine Brust.

Der folgende Kuss war alles andere als sanft und ließ auf eine wilde Leidenschaft schließen. Als auch er endete, schaute Myntha ihn verdattert an.

»Oh …«

Und der Rabenmeister lachte leise.

»Das habt Ihr nicht erwartet.«

»Nein, nein, nicht von Euch.«

»Aber Ihr habt mich herausgefordert, holdes Entzücken.«

»Habe ich nicht. Und ich warne Euch, tut das nicht noch mal! Ich bin verlobt mit einem ehrenwerten Herrn.«

Meister Frederic brach in schallendes Gelächter aus.

»Kann Euer einäugiger Freier besser küssen, oder braucht er dazu Anleitung von seiner herben Schwester?«

»Das geht Euch nichts an. Lasst mich endlich los!«

Er gehorchte, und Myntha vermisste plötzlich seine Wärme.

»Wer macht denn jetzt ein Gesicht wie Regenwetter, Jungfer Unhold? Lacht, die Liebe ist ein heiteres Spiel.«

»Ist sie nicht«, murmelte Myntha.

»Nein, manchmal ist sie ein böses Leiden. Es beißt und sticht und raubt den nächtlichen Schlaf.«

»Lasst uns zurückkehren. Man wird zu munkeln beginnen.«

»Dann lauft vor.«

Myntha raffte ihre Gewänder und huschte zurück zu Musik und Tanz. Agnes, die sich einen Becher Wein geholt hatte, war die Einzige, die ihr Fehlen bemerkt hatte.

»Tändelst du?«, fragte sie.

»Nein.«

»Gut, dann solltest du zu deinem Vater gehen. Er hat angefangen, von dem Heidenfürsten zu erzählen. Ich könnte mir denken, dass Bauer Egbert nicht ganz glücklich ist, wenn er von den Schatztruhen berichtet, die sich auf seinem Acker verbergen.«

»Verdammt. Ja, ich muss ihn hindern. So trunken, wie einige hier sind, werden sie gleich auf Goldsuche gehen. Und der junge Weizen wird sie nicht hindern, das Feld umzugraben.«

Myntha eilte zu den Bänken, auf denen hingerissene Zuhörer ihrem Vater lauschten. Soeben hatte sein übler Held die Jungfern am Rhein geschändet und machte sich auf den Weg, das Gold aus dem Rhein zu fischen. Das war eine neue Variante, und fast wäre Myntha seinen beschwörenden Worten verfallen.

»Vater, haltet ein. Eure Geschichte ist widersinnig. Es waren die Nibelungen, die das Rheingold einst versenkten. Und auch das ist nur eine Sage. Bitte, viel schöner sind Eure Geschichten über die wilden Trolle in der Heide und die zarten Elfen, die in den Blüten hausen.«

»Ja, aber der Heidenprinz war vielleicht einer der Nibelungen.«

»Ganz gewiss nicht. Er war ein übler Geselle und verfügte über keinen Kupferling. Weshalb er ja auch von den Wölfen zerrissen wurde und seine Gebeine weit über das Land verstreut wurden. Kommt, berichtet uns von den Steinriesen und den Drachen.«

»Die das Gold der Nibelungen hüten. Ja, du hast recht, Tochter. Ich will von Drachen und Helden berichten.«

Und da seine Drachen gar grausame Geschöpfe waren, kam vermutlich niemand auf die Idee, hier und heute loszuziehen, um sie zu besiegen und sich des Goldes zu bemächtigen.

Nachdem diese Schwierigkeit behoben war, wandte sich Myntha wieder den Tanzenden zu. Aber sie hatte jetzt keine Lust mehr, sich dem ausgelassenen Treiben anzuschließen. Also nahm sie sich noch ein Stück von dem süßen Hefekuchen mit Rosinen und setzte sich auf eine leere Bank, auf der die Sonne sie wärmte.

Was mochte den Rabenmeister getrieben haben, sie so heftig zu küssen? Trunken war er ihr nicht erschienen. Und wirklich verlockt hatte sie ihn auch nicht. Oder? Gescherzt hatte sie schon häufig mit ihm, aber noch nie hatte er so darauf reagiert. Wie dumm, dass es ihr so gut gefallen hatte. Bah, natürlich hatte er recht, der Rickel war vermutlich zu solcher Leidenschaft nicht in der Lage. Hatte Meister Frederic ihr eine Lektion erteilen wollen? Dann war es ihm natürlich gelungen. Aber was konnte sie schon machen? Der Mühlenerbe war nun einmal ihr einziger Bewerber. Denn weder der fischäugige Marsilius noch der schleimige Emilius waren geeignete Kandidaten. Der wilde Recke Hartmut von Schlenderhan war vielleicht leidenschaftlicher, aber er war auch ein wüster Schurke. Bauer Egberts Sohn hatte sie vorhin beim Tanz auch recht begehrlich angesehen, aber er war erst achtzehn und würde ewig Knecht unter seines älteren Bruders Herrschaft bleiben. Und der Ältere war bereits verheiratet.

»Aber Jungfer Myntha, Ihr sitzt hier so alleine.«

Henning hatte sie gefunden und setzte sich neben sie.

»Es ist ein schönes Plätzchen, und ich bin den Lärm und das Toben leid. Komm, erzähl mir, wo du mit deinem schönen Staat Eindruck erwirken willst.«

»Ihr wisst es noch nicht? An Pfingsten findet ein Turnier statt. Wir vermuten, dass der Ritter Bernolph von Dalberg daran teilnehmen wird, um eine Siegesprämie zu erringen.«

»Und du wirst an dem Kampf teilnehmen?«

»Nein, Jungfer Myntha. Ich glaube, wir haben eine bessere Methode gefunden, um den Ritter seiner Würde zu berauben.«

»Und wie, edler Herr Knappe?«

»Lasst Euch überraschen. Begleitet Ihr uns zu dem Turnier? Eure Freundin Bilke wird ihren Vater begleiten, und ich glaube, Eure Brüder werde ich auch überreden können.«

»Ritter Adolf zieht ins Turnier?«

»Nicht als Streiter. Ihm obliegt die Versorgung der Gäste. Und ein oder zwei Frauen, die sich ebenfalls im Gastgewerbe auskennen, könnten ihm zur Hand gehen.«

»Die Burgherrin dürfte genug Erfahrung haben.«

»Jungfer Myntha, es ist nicht nur der Arbeit wegen.«

»Nein, nicht wahr? Du hast etwas vor und willst Zeugen deines Sieges haben.«

Henning schenkte ihr ein vertrauliches Lächeln.

»Na schön. Kannst du auch die Begleitung einer hochnäsigen Comtesse brauchen?«

»Woher soll die kommen?«

Myntha wies auf Agnes, die eben mit Bauer Egbert an ihnen vorbeitanzte.

»Agnes?«

»Sie ist eine Comtesse, Henning. Sie kam her, um bei der heiligen Ursula um das Wohl ihres Gatten zu beten, der seit Agincourt bei den Engländern gefangen gehalten wird.«

Henning schien es einen Moment die Sprache verschlagen zu haben.

»Ach, du meine Güte«, sagte er dann.

»Sprich sie nicht darauf an, wenn sie dich nicht selbst darum bittet. Es gibt inzwischen Verhandlungen, die über Master John laufen.«

»Seltsame Dinge geschehen in letzter Zeit.«

»Manches hat schon vor Jahren begonnen.«

»Thure von Heerdt ist genesen und erinnert sich an den Überfall durch den Ritter Bernolph. Er wird vor Herzog Adolf aussagen. Und ich werde Anklage wegen Mordes an Ritter Dankwart von Enzberg erheben.«

»Du, ein Knappe, der seinem Herrn davongelaufen ist? Nein, Henning, das geht nicht. Aber die Witwe deines Herrn könnte es tun. Sende ihr eine Nachricht.«

»Aber ich will …«

»Du kannst ihre Worte bezeugen, aber anklagen solltest du nicht. Es könnte auf dich zurückfallen. Was ist mit deinem Vater?«

»Er ist in Pflichten außer Landes gebunden.«

»Schade, ich kenne mich wenig in den ritterlichen Regeln aus. Henning, du kannst nicht das Wappen der Löwenburg tragen und dich als Gehilfe eines Falkners ausgeben. So ehrenwert Meister Frederic auch sein mag.«

»Nein, das kann ich nicht. Ich bin herrenlos, und Bernolph könnte mich in seinen Dienst zurückfordern.«

»Sofern nicht ein anderer Ritter dich übernommen hat?«

»Die Dame meines Herrn hat mich dem Sieger zugesprochen.«

»Wie grausam.«

»Nein, sie wusste es ja nicht besser, und so ist es üblich.«

»Umso mehr solltest du ihr dein Schicksal schildern. Weißt du, wo sie anzutreffen ist?«

»Vielleicht auf dem Gut ihres Schwagers. Es befindet sich bei Dormagen.«

»Das ist nicht zu weit von hier. Bitte Meister Frederic, dich zu ihr reiten zu lassen.«

»Meint Ihr, sie würde mir helfen?«

»Henning, ich kenne sie nicht. Aber du hast deinen Herrn sehr geschätzt. Und das wird sie wissen.«

Henning schwieg eine Weile. Dann sagte er: »Ihr habt da einen guten Einfall, Jungfer Myntha. Ich will mit meinem Meister darüber sprechen.«

23. Kapitel

Es war ein stolzes Ross, das sie auf dem Pferdemarkt erstanden hatten. Nicht nur Meister Frederic, auch Master John hatte Henning geholfen, ein gut ausgebildetes Tier zu erstehen. Und die Goldvorräte, die sein Vater ihm gesandt hatte, waren bedenklich zusammengeschmolzen. Aber für passendes Zaumzeug und Sattel reichte es noch.

»Du wirst also nach Dormagen reiten, um die Witwe deines Herrn zu sprechen«, sagte Master John, als sie in den Hof des Hauses an der Witschgasse traten. Augenblicklich kamen Emery und Gauwin auf sie zugestürzt, und es war dem Pferd hoch anzurechnen, dass es weder vor den beiden Jungen noch vor dem kläffenden Spitz scheute. Henning klopfte beruhigend auf seinen glänzenden Hals und murmelte einige Worte, denen das Ross mit gespitzten Ohren lauschte. Dann erst antwortete er Master John.

»Die ist eine gütige Dame, und ich bin mir sicher, wenn sie die Umstände erfährt, wird sie mir helfen. Damals, als ihr Gemahl ermordet wurde, war sie außer sich vor Trauer, und üble Ratgeber ließen es zu, dass sie mich an Ritter Bernolph übergab. Sie musste noch immer gedacht haben, dass die Freundschaft zwischen Herrn Dankwart und dem Ritter die Zeiten überdauert hatte.«

»Du hättest sie schon früher um Hilfe bitten können.«

»Nein, Master John. Ich war ein Gefangener in den Klauen dieses Ritters Bernolph. Er hätte es nicht gutgeheißen, wenn ich Frau Berenice aufgesucht hätte.«

»Ich muss ihm zustimmen, John. Der Mann ist ein übler Schurke, was ja auch beweist, dass er sich nun mit diesem räuberischen Gesindel umgibt.«

»Nun gut, aber reite nicht alleine, Henning. Wenn ich Zeit hätte, würde ich dich begleiten.«

»Ich könnte mit dir kommen, Junge. Aber ich meine mich zu erinnern, dass du mir erzählt hast, dass Herr Dankwart eine Dame aus dem venezianischen Adel geheiratet hat. Wie schade, dass Marian nicht im Lande ist.«

»Er nicht, Frederic. Aber sein missratener Sohn. Leander!«

Master John rief zweimal laut den Namen, und der Jüngling kam aus dem Kontor über den Hof getrottet. Kaum erblickte er Henning, wedelte er entzückt mit seiner Kappe, die von drei langen Fasanenfedern geziert war. Sein Kratzfuß war vollendet, seine Worte nicht.

»Ich grüße Euch, edles Ross. Welch unschätzbare Ehre führt Euren breiten Hintern in unseren Hof? Seid Ihr gekommen, um mir Eure Aufwartung zu machen? Soll es ein schneller Ritt zur Jagd sein? Ein hoheitsvolles Schreiten zur Kathedrale? Ein hübscher Trab, um ein süßes Jüngferchen einzuholen?«

»Bäbbelschnüss!«, unterbrach ihn Henning, der seine Lektionen bei Lore gelernt hatte.

»Attaccabotoni!«

»Er ist schnell mit der Zunge. Und wenn er will, ist er auch sehr gewandt damit«, sagte Master John. »Auch wenn man es eben nicht glauben möchte.«

»Es könnte etwas für sich haben, John. Zwei anmutige junge Männer von geschliffenen Manieren dürften jedem Weib gefallen. Seit einigen Tagen trägt mein ehemaliger Gehilfe die Farben seines Vaters, des Herrn von der Löwenburg.«

»Sehr schön. Und dieser Geck bekam von Marian ein Gewand mit dem Wappen derer vom Spiegel. Hübsche Boten werden sie sein. Leander, du darfst meinen Hengst reiten.«

»Wohin, Master John?«

»An der Seite deines Freundes nach Dormagen. Er wird dir unterwegs erklären, wobei es sich bei dieser Mission handelt. Sei versichert, es ist ein bemerkenswertes Abenteuer. Sollte ich indes erfahren, dass ihr unterwegs Unfug getrieben habt, wird keine Kirchturmspitze hoch genug sein, um euch daran baumeln zu lassen.«

»Ich hingegen werde einen ganzen Weidenbusch niederschneiden, um euch mit den Gerten wund zu prügeln«, versprach Frederic. Und da die beiden älteren Männer sehr ernste Mienen hatten, nickten Henning und Leander gehorsam.

Frederic hatte Henning befohlen, auf ihrer Rheinseite nach Norden zu reiten und die Mondorfer Fähre zu benutzen, um nach Dormagen zu gelangen. Der kürzere Weg führte zwar über Chorweiler, aber eine Begegnung mit den Raubrittern galt es zu vermeiden. Der April zeigte sich von der launischen Seite, und sowohl Henning als auch Leander hatten ihre schönen Gewänder in feste Lederrollen verpackt, um sie nicht von den kalten Schauern durchnässen zu lassen. Henning trug seinen Bogen und einen Köcher mit Pfeilen über der Schulter, Leander hatte ein kurzes Messer und eine Schleuder an seinem Gürtel. Kaum hatten sie die Mautstraße erreicht, führte Leander sein Pferd neben das von Henning.

»Nun spuck es schon aus. Oder muss ich dir dein Wissen aus dem Hals würgen?«

»Die Weidenruten von Meister Frederic sollten das Würgen verhindern. Aber ich bin ja geduldig mit den Hohlköpfen. Und darum erzähle ich dir auch, worum es geht. Halt also die Klappe und hör zu.«

Wider Erwarten schwieg Leander eine lange Zeit, nur manchmal zuckte es in seinem Gesicht, als er von den Schandtaten des Ritters Bernolph hörte. Erst als Henning geendet hatte, fragte er: »Und wir sollen also Frau Berenice davon überzeugen, dass sie diesen Raubritter bei dem Turnier an Pfingsten des Mordes anklagt?«

»Der Zeitpunkt ist gut gewählt, Leander. Herzog Adolf von Berg hat die Schirmherrschaft über das Turnier, und ihm wird der Handelsherr Thure von Heerdt seine Klage übergeben. Wenn Frau Berenice ebenfalls klagt, kann sie mich als Zeugen dazubitten, und ich werde von dem Höllenbiest berichten, das ich abrichten musste, am Boden liegende Menschen zu zertrampeln.«

»Wäre es nicht besser, der Herzog würde es mit eigenen Augen sehen?«

»Ich glaube nicht, dass Ritter Bernolph noch mal einen

solchen Mord in aller Öffentlichkeit begeht. Damals war es anders – im Buhurt geschehen solche Unfälle.«

»Möglich. Ich verstehe nichts von Turnierkämpfen. Ich dachte immer, die Ritter stürmen paarweise mit stumpfen Lanzen aufeinander zu.«

»Das tun sie auch. Aber auf der Streitbahn würde ein solches Verhalten auffallen. Im Getümmel eines Buhurt nicht.«

»Es ist dennoch eine Überlegung wert, Henning. Was, wenn der Gegner von diesem Bernolph vom Pferd fiele und er sein vermaledeites Ross nicht bändigen kann?«

»Kann er aber. Er ist ein exzellenter Reiter.«

»Und wenn eine böse kleine Biene sein Ross ärgerte? Vielleicht eine aus einem Blasrohr oder von einer Schleuder?« Leander klopfte auf die Waffe an seinem Gürtel.

»Dann würde sein Gegner sterben.«

»Und wenn der wüsste, was auf ihn zukommt?«

»Dann müsste er sehr gewandt sein, um den Hufen zu entkommen.«

»Werdet ihr in solchen Dingen nicht geschult? Muss man in einer Schlacht nicht damit rechnen, auf dem Boden zu landen und sich in Sicherheit zu bringen?«

»In der Schlacht stirbt man.«

»Edle Ritter vielleicht. Weniger edle überleben bestimmt. Kämpfst du immer nach den hehren Regeln?«

Damit hatte er Henning getroffen. Es dauerte eine Weile, bis er antwortete.

»Ja, einst befolgte ich die Regeln. Und wurde Opfer eines Mannes, der sie kannte und alle brach.« Er schwieg noch eine Zeit lang, dann fügte er hinzu: »Meister Frederic lehrte mich, auf eine andere Weise zu kämpfen. Mit Tricks und Finten und Täuschen. Um zu überleben, wie er sagte.«

»Siehst du. Einen solchen Ritter müssen wir finden.«

»Das könnte schwierig werden.«

»Blauäugiger Narr!«

»Glaubst du?«

»Henning, mein Vater ist ein ehrenwerter Mann, doch er ist klein, und viele halten ihn für schwächlich. Aber ich habe ihn kämpfen sehen. Er ist einfach nur schnell und gemein. Er hat mir einiges beigebracht. Und die Ritter, die ich kennengelernt habe, haben ihn dafür bewundert. Einem üblen Kerl, der einst meine Mutter beleidigt hat, ein Bulle von einem Mann und Spross eines edlen Hauses, hat er mit einem Eisenring in der Hand die Wange aufgeschlitzt und ihn eines Auges beraubt. Dieser Ritter wird nie mehr in ein Stechen ziehen.«

»Du sprichst von Herrn Marian? Er ist ein freundlicher Herr, lustig und von gewandter Zunge.«

»Dann hast du nie gesehen, wie er ist, wenn er wütend wird. Henning, er brüllt nicht und stößt keine Drohungen aus. Er wird kalt wie Eis und gemein wie eine Natter. Als er in unserem Alter war, hat er einem riesenhaften Mörder die rechte Hand abgeschlagen, mit der er seinen mächtigen Hammer schwang.«

»Alle Achtung!«

»Sag ich doch. Also – einen solchen Ritter brauchen wir. Vielleicht kann Master John uns da helfen. Oder sein Freund, der Ritter Arbo von Bachem. Frau Alyss' Mündel Leocadie ist mit ihm verheiratet. Obwohl… er hat eher den Ruf, ein Dichter zu sein. Aber da wäre noch Ritter Fredegar von Sechtem. Der ist zwar schon ein alter Mann, aber er hat höchst streitbare Söhne und Enkel.«

»Ritter Fredegar? Du kennst ihn?«

»Du auch?«

»Nein, aber ich habe von ihm gehört. Er war in seiner Jugend ein anerkannter Kämpfer.«

»Und ein Freund von Frau Alyss und ihrer Mutter. Also – wir werden schon jemanden finden, der uns diesen Bernolph zu überführen hilft.«

»Mag sein. Mir gefällt zwar die Vorstellung, diesen Halunken selbst in den Dreck zu treten, aber zunächst gilt es, Frau Berenice zu überzeugen. Immerhin wurde ihr Gemahl ermordet.«

Die restliche Strecke des Weges überlegten sie, wie sie die edle Frau für ihr Vorhaben gewinnen konnten, und Henning nahm Leander das heilige Versprechen ab, sich mit seinen besten Manieren zu präsentieren.

Wenn er wollte, konnte Leander ein höchst unterhaltsamer und gefälliger Gefährte sein.

Das Hofgut lag an einem Waldstück, Weiden und Felder umgaben es bis zum Rhein. Bunte Kühe grasten friedlich auf einem saftig grünen Land, auf einer Koppel standen zwei Stuten mit ihren Fohlen, und eine weitere Gruppe edler Pferde rupfte an den Gräsern und Kräutern. Das Gutshaus lag ein wenig abseits, und ein mit alten Eichen gesäumter Weg führte zu dem gepflasterten Vorplatz. Alles verströmte den Duft von Wohlstand und Ansehen.

»Legen wir unseren Putz an«, sagte Henning und lenkte

sein Pferd an den Wegesrand. Es war schnell getan, die Lederwesten tauschten sie gegen die Wappenröcke, die schmucklosen Mützen gegen die Kappen mit ihren Federn.

»Fein siehst du aus, Henning«, sagte Leander mit ungewöhnlicher Achtung in seiner Stimme.

»Ich finde langsam wieder zu meinem alten Selbst. Aber nun schauen wir, ob wir auch die edle Dame beeindrucken können.«

Frau Berenice war zugegen, beschied sie der Majordomus und bat sie zu warten. Dann wurden sie eingelassen und in eine große Stube geführt. Glasfenster durchbrachen das Mauerwerk, und durch eines fiel buntes Licht auf den Dielenboden. Eine blütenumrankte Heilige stellte das kunstvolle Bild aus farbigem Glas dar. Blumen und Zweige standen auch in einem hohen Krug und verbreiteten einen Hauch von Frühling. Schön geknüpfte Teppiche lagen auf den Bänken und einem langen Tisch. Ein mit perlmuttfarbenen Einlagen verzierter, fast raumhoher Schrank beherrschte an einer Seite den Raum.

Und dann trat Frau Berenice ein, gefolgt von einer jungen Maid mit langen schwarzen Haaren. Die Dame selbst, schlank und aufrecht, trug ein schlichtes graues Gewand. Doch die Schlichtheit täuschte, bemerkte Henning. Es bestand aus feinster Seide und war mit einem zarten Blattmuster durchwebt. Eine am Rand zierlich gekräuselte weiße Haube umgab ihr fein geschnittenes Gesicht wie zarter Schaum. Das Mädchen indes war in rosenfarbene Kleider gewandet, und ihre Haare wurden durch ein grünes Chapel zusammengehalten.

»Wohledle Dame, ich hoffe, Ihr erinnert Euch noch an mich – ich war zuzeiten Knappe des Herrn Dankwart. Henning von der Löwenburg ist mein Name. Und mein Begleiter ist der Sohn des Handelsherrn und Kölner Patriziers Marian vom Spiegel. Leander, die ehrenwerte Frau Berenice.«

Henning machte seine tiefste Verbeugung, doch Leander stand noch immer starr neben ihm, sein Blick lag verträumt auf dem Mädchen. Ein kräftiger Schubs brachte ihn in die Gegenwart zurück, und auch er zelebrierte seine schönste Verbeugung vor den Damen.

»Natürlich erinnere ich mich an dich, Henning. Und ich freue mich aufrichtig, dich bei guter Gesundheit anzutreffen. Hat der Herr Bernolph dir Urlaub gegeben?«

»Wie man es nimmt. Der Ritter Bernolph von Dalberg ist zumindest der Anlass, warum wir Euch aufsuchen.«

»Nun, dann lasst uns Platz nehmen. Meine Tochter Gabriella kennst du sicher auch noch.«

»Gabriella? Aber sie war ein kleines Mädchen noch!«

Die junge Maid lachte leise auf.

»Auch Kinder werden erwachsen, Henning.«

»Und so wie es aussieht, werden aus flaumigen Entchen edle Schwäne. Du bist schön geworden, Gabriella.«

»Bin ich das? Oder willst du nur schmeicheln?«

»Wirf einen Blick auf Leander, und du erkennst, welche Wirkung deine Schönheit hat. Mein Freund scheint in Anbetung versunken.«

»So sieht es aus«, sagte Frau Berenice mit einem Lächeln. »Vielleicht hilft ihm ein Glas kühlen Weines, wieder in die Welt zurückzukehren.«

Ein lautloser Geist stellte Pokale und einen silbernen Krug auf den Tisch und goss zartgelben Wein ein. Er schmeckte nach südlicher Sonne und fruchtigen Trauben. Es begann Henning schwerzufallen, sich auf sein Anliegen zu konzentrieren. Frau Berenice hatte es schon immer geschafft, es ihren Gästen höchst angenehm zu machen.

»Ein köstlicher Tropfen, edle Frau. Aus Eurer Heimat, nehme ich an.«

»Oh ja. Und er weckt immer wieder die Sehnsucht in mir, zu den lieblichen Feldern meiner Heimat zurückzukehren. Doch es sind so viele Pflichten hier zu erfüllen, die mir den Weg zurück noch versperren.«

»Mir auch, Frau Berenice. Und deswegen sind wir hier.«

»Ach ja, der Grund für dein Kommen … Sprich, mein Junge. Wenn ich kann, werde ich dir helfen.«

»Das könnt ihr. An Pfingsten schon.« Und dann begann Henning seine Geschichte zu erzählen, die mit dem Tod seines Ritters bei dem Turnier in Neuss begann.

»Nein, nein, Henning. Du musst dich täuschen. Es war ein Unfall!«

»Nein, edle Frau, es war Mord. Hört mir zu, ich bitte Euch. Ihr gabt mich dem Herrn Bernolph zum Knappen, und bei ihm lernte ich, wie es in der Hölle zugeht.«

»Henning, ich will das nicht hören. Du verunglimpfst einen Freund meines Mannes. Und den deines Vaters.«

»Das tue ich nicht, auch wenn es Euch nicht gefallen mag. Hört mir zu, ich flehe Euch an.«

»Nein, entschieden nicht!«

Frau Berenice stand auf und wollte den Raum verlassen, doch ihre Tochter hielt sie mit den Worten zurück:

»Mutter, Henning war meinem Vater immer ein getreuer Knappe. Es gab Gerüchte, die Ihr immer versucht habt zu verdrängen. Holt meinen Onkel hinzu, er wird Hennings Bericht hören wollen.«

Frau Berenice zögerte, und Leander sprang in die Bresche.

»Auch ich bitte Euch, wohledle Dame. Mein Freund hat Unmenschliches erlitten und ein Leben in Knechtschaft geführt. Ich kann es selbst für das vergangene Jahr bezeugen.«

»Das Leben eines Knappen mag hart sein, aber es ist keine Knechtschaft«, antwortete Frau Berenice kalt.

»Er war kein Knappe, als ich ihn kennenlernte. Er war der Gehilfe eines düsteren Rabenmeisters.«

»Was hast du angestellt, Henning?«

»Ich? Nichts, wofür ich mich schämen müsste. Was immer ich tat, geschah aus schierer Not und dem Willen, mein Leben zu retten. Aber Eure Tochter hat recht. Wenn Euer Schwager anwesend ist, sollte er hinzukommen. Ein Mann wird vielleicht besser beurteilen können, warum ich so und nicht anders handeln musste. Und wenn er Gerüchte über den Ritter Bernolph gehört hat, so wird ihn auch interessieren, was ich ihm zu sagen habe.«

Noch zögerte Frau Berenice, doch Gabriella war schon aufgestanden und lief aus dem Raum.

»Nun, sei's drum. Aber ich dulde keine Lügen und Verleumdungen, Henning.«

»Was immer ich sage, können meine Freunde bezeugen, Frau Berenice. Ich sage die Wahrheit, auch wenn Sie Euch nicht schmeckt. Manches ist bitter, und Bitterkeit hat mein Leben beherrscht seit jenem Tag in Neuss.«

Der Herr folgte Gabriella. Er war ein robuster Landmann in derber, wenn auch gebührlicher Kleidung. Sein ledernes Wams war mit Fell besetzt und betonte seine mächtigen Schultern, ein breiter Gürtel, an dem allerlei Handwerkszeug baumelte, hielt es über einem recht beachtlichen Bauch zusammen. Seine Stimme war dröhnend, doch sein Lächeln freundlich.

»Zwei hübsche Jünglinge haben wir zu Gast. Und Ihr bringt Neuigkeiten, wie ich hörte.« Er nahm sich einen Pokal und goss sich Wein ein. »Erzählt, was man so von dem guten Bernolph sagt. Ich bin gespannt!«

Mit deutlicher Erleichterung begann Henning erneut, seine Geschichte zu schildern, und diesmal hatte er eine aufmerksame Zuhörerschaft. Auch wenn Frau Berenice zwischendurch tief seufzte und sich manchmal wie verzweifelt die Tränen von den Wangen tupfte.

»Raubritter also«, knurrte der Hofherr. »Ich wollte es nicht ganz glauben, aber wenn Ihr diesen Handelsherrn gesprochen habt, dann wird es wohl seine Richtigkeit haben. Berenice, ich habe dir damals schon gesagt, dass es nicht mit rechten Dingen zugegangen sein konnte. Ich züchte selber Pferde und richte sie zu Schlachtrössern ab. Keines von ihnen aber würde einen am Boden liegenden Mann willentlich niedertreten. Ja, es kann geschehen, wenn sie in Panik geraten. Pferde wollen fliehen, das ist ihre Art. Aber einem Reiter gehorchen sie. Und wenn Ihr sagt, Henning, dass der Mann sein Pferd darauf abrichten lässt, auf Menschen zu treten, dann wird es das tun. Verdammt, Berenice, er hat es Eurem Gatten nie verziehen, dass er Euch damals gewonnen hat.«

»Ich kann es noch immer nicht glauben«, flüsterte sie.

»Ich schon, Mama. Ich habe diesen Bernolph nie gemocht.«

»Was für eine entsetzliche Geschichte. Was soll ich nur tun?«

»Anklage erheben, edle Frau. Herzog Adolf wird bei dem Turnier an Pfingsten zugegen sein. Thure von Heerdt wird Ritter Bernolph des Raubes und des Mordes anklagen. Ihr könnt Klage erheben, weil er Euren Gatten ermordet hat. Wenn in dem Herzog auch nur ein Funken von Gerechtigkeit herrscht, wird Bernolph seine Strafe erhalten.«

»Es ist eine schwere Anklage, junger Mann. Das ist Euch wohl bewusst?«

»Darum haben wir …«

»Nein, Leander. Das steht hier nicht an. Aber Frau Berenice, ich will gerne sowohl den Mord bezeugen als auch das Abrichten dieses Höllenpferdes zu einer tödlichen Waffe.«

»Ich brauche etwas Zeit …«, flüsterte Frau Berenice und ging zu dem Fenster, in der die Heilige im Sonnenlicht erglühte.

»Sie hat es nie glauben wollen«, sagte der Hofherr. »Auch wenn sie es vermutlich geahnt hat. Ich war damals leider nicht dabei, sonst hätte ich darauf bestanden, dass der Fall untersucht wird. Aber Henning von der Löwenburg, Ihr seid ein entlaufener Knappe. Wie gedenkt Ihr, diesen Umstand zu einem Vorteil zu verkehren?«

»Ich weiß es noch nicht. Vielleicht bürgt mein jetziger Meister für mich. Frederic Bowman war ein Bogenschütze

König Henrys und hat auf dem Schlachtfeld von Agincourt gekämpft.«

»Einer der Langbogenschützen?«

»Ja, Herr.«

»Ein gefährlicher Mann.«

»Das ist er. Doch auch ehrenwert und gerecht.«

»Und da ist noch Master John, Henning«, warf Leander ein. »Auch er ist bereit, dir zu helfen. Herr, Master John führt ein Leben als geachteter und wohlhabender Tuchhändler, steht der Gaffel vor und ist mit der Tochter von Herrn Ivo vom Spiegel verheiratet. Auch wenn er den Titel nicht führt, so gehört er ihm noch immer – er ist John of Lynne, der Duke of Norwich.«

»Ihr habt mächtige Freunde, Henning. Auch der Herr von der Löwenburg ist nicht unbekannt. Wo weilt Euer Vater?«

»Seine Pflichten binden ihn im Ausland. Sonst würde er mir zur Seite stehen. Ich habe aber das Recht, mich Erbsohn der Löwenburg zu nennen.«

»Doch den Ritterschlag habt Ihr noch nicht erhalten?«

»Da ich Herrn Bernolph entflohen bin, ergab sich keine Gelegenheit.«

»Es wäre wohl recht nützlich, wenn Frau Berenice Euch einem anständigen Ritter zum Knappen gäbe, nicht wahr?«

»Das wäre in der Tat sehr hilfreich.«

»Wer unter Euren Freunden wäre geneigt, Euch zu übernehmen?«

»Vielleicht der Herr von Lunerke? Ich habe ihm die Jagdvögel gebracht, die Meister Frederic abrichtet, und wir sind ins Gespräch miteinander gekommen. Er hat uns seinen kleinen Sohn anvertraut, der das Falknerhandwerk zu lernen begehrte.«

Frau Berenice hatte sich wieder umgedreht und sah Henning leicht amüsiert an.

»Adolf von Lunerke ist sicher ein höchst achtenswerter Mann, aber kein Mensch würde glauben, dass er noch einen Knappen ausbilden würde.«

Ihr Schwager gab ebenfalls ein leises Lachen von sich.

»Gewiss nicht. Aber, Berenice, was ist mit Johannes von Odenhausen? Er ist weit jünger, ein Sieger vieler Kämpfe und steht seinen Mann in den Turnieren.«

»Ich mag ihn nicht um irgendwas bitten, Lamprecht.«

»Weil er dich seit Monaten umwirbt?«

Frau Berenice suchte wieder Hilfe bei der Heiligen im Fenster, und Gabriella, die bislang schweigend zugehört hatte, meinte: »Mama, er wäre großartig. Sein Knappe Oliver hat vergangenes Jahr den Ritterschlag erhalten, und seither hat er keinen neuen Knappen mehr aufgenommen. Er ist ein herzlicher Mann, und Henning wird ihm sicher gefallen.«

»Pfingsten ist schon übernächsten Sonntag.«

»Und dein Ritter hat sein Kommen für heute angekündigt. Also? Was hindert uns, ihm den jungen Erben der Löwenburg vorzustellen?«

»Wir können es versuchen. Henning, Leander, mögt ihr das Mittagsmahl mit uns teilen?«

Henning willigte ein, und in Gedanken sandte er der Sybilla einen Gruß. Seit er bereit war, Hilfe anzunehmen, schien sich vieles zum Besseren zu wenden.

24. Kapitel

Wir werden das Fußvolk bilden, Agnes. Und wenn nötig für unseren Henning bürgen.«

»Das werden Höhergestellte als wir Weibsleute schon tun. Master John, Master Cedric, der Rabenmeister.«

»Und die Comtesse de Malesdroit.«

»Myntha …«

»Aber natürlich. Du hast dich gegen Frau Swinte behauptet. Du könntest auch mit der Lanze bewaffnet in die Schranken ziehen.«

»Die sind viel zu unhandlich. Aber einen kleinen, sehr spitzen Dolch bin ich bereit zu führen.«

»Wir werden sehen, was sich ergibt. Jetzt müssen wir erst mal sehen, wie wir dem Schöffen entkommen, ohne dass er uns weitere Gebühren abzwackt.«

Das sollte einfacher gehen als erwartet. Eine junge Wäscherin aus Deutz hatte großes Geschrei gemacht, weil ein Mann versucht hatte, sie hinterrücks zu würgen und in den Rhein zu stoßen. Sie hatte ihn zwar nicht erkannt, behauptete aber, von dem Mörder der Badermägde angegriffen worden zu sein. Und nur, weil sie den Angreifer mit ihrem Bläuel in die Flucht geschlagen hatte, war sie dem Tod entkommen.

»Ein tapferes Weib. Und dieser Schlegel wird mit einiger Wucht geführt, wenn er auf das nasse Leinen trifft«, hatte Lore kommentiert. »Schade, dass sie ihn nicht platt geschlagen hat, sonst hätten wir jetzt Mollys Mörder.«

»Vielleicht findet unser Schöffe ja einen Mann, der reichlich blaue Flecken aufweist.«

»Ob er so schlau ist?«

»Wahrscheinlich nicht, aber wir können davon ausgehen, dass er jetzt erst einmal die halbe Einwohnerschaft von Deutz in den Kerker wirft. Um uns kümmert er sich derzeit nicht.«

Es war ein eindrucksvoller Zug, der sich nach Düsseldorf aufmachte. Witold hatte für Myntha und Agnes zwei sanfte Stuten ausgeliehen, Bilke hatte von ihrem Vater ein schönes Pferd geschickt bekommen. Der Rabenmeister ritt seinen Hengst Meuric. Auch John of Lynne und Leander waren prächtig beritten. Witold und Haro saßen auf den kräftigen Treidelpferden. Ihnen schlossen sich der Handelsmann Thure von Heerdt und sein Gehilfe an.

Henning hingegen hatte seit der vergangenen Woche seine Pflichten als Knappe des Herrn Johannes von Odenhausen zu erfüllen und war mit ihm vermutlich schon im Lager eingetroffen.

Während des Rittes erklärten Agnes und Bilke Myntha, was sie bei einem Turnier zu erwarten hatte. Beide Frauen waren schon mehrere Male bei derartigen Veranstaltungen zugegen gewesen. Als sie um die Mittagszeit in Dormagen ankamen, befahl John, eine Rast einzulegen. Er und Leander wollten die Dame Berenice aufsuchen und sie bitten, sich ihnen anzuschließen.

Myntha fand eine Wiese vor einem kleinen Gehölz, wo sie ihre Pferde grasen lassen konnten, und Bilke breitete eine Decke aus, auf die sie Brote und Würste legte. Haro fügte ein kleines Fässchen Wein dazu, und bald saßen alle gemütlich schmausend in der warmen Maisonne.

»Nun seid Ihr also Euren Gehilfen los, Rabenmeister.«

»Es sieht so aus.«

»Ihr trauert ihm nach?«

»Warum sollte ich, Jungfer Unhold? Ihr habt ihn mir einst aufgedrängt, nun ist seine Zeit abgelaufen.«

»Macht Ihr es Euch nicht ein wenig einfach?«

Frederic zuckte mit den Schultern.

»Er geht seinen eigenen Weg.«

»Das muss er auch. Dennoch bin ich traurig, dass er uns verlassen hat. Mir wird er fehlen.«

»Ihr seid ja auch ein weichherziges Weib.«

»Ah, stimmt. Und Euer Herz ist verhärtet oder gar nicht mehr in Eurem Leib. Bald werdet Ihr versteinern, so wie mein Vater es immer von den Trollen in der Heide berichtet.«

»Schon möglich.«

Er war missgestimmt, befand Myntha. Und das mochte tatsächlich von dem Verlust seines Freundes herrühren. Denn ein Freund war ihm Henning geworden. Und dass er sich nun binnen kurzer Zeit in einen ganz anderen Menschen verwandelt hatte – vom kleinen demütigen Taschendieb und gehorsamen Gehilfen in einen jungen Herrn von hoher Geburt, das mochte ihn berühren. Vor allem aber war es Hennings wortloser Abschied, der ihn wohl getroffen hatte. Es war nur Leanders Botschaft gewesen, die er erhalten hatte. Von Frau Berenice war Henning direkt mit dem Ritter Johannes geritten. Auch Myntha fand das schäbig, aber sie sagte sich, dass Henning wohl eine Gelegenheit geboten worden war, die er nicht hatte ausschlagen können. Vielleicht erfuhren sie auf dem Turnier mehr darüber.

Frau Berenice und der Herr Lamprecht kamen mit großem Gefolge.

»Wir haben Zelte dabei«, sagte Herr Lamprecht. »Ihr werdet kaum noch eine Unterkunft in den Gasthäusern der Stadt finden.«

»Eine weise Voraussicht, werter Herr«, sagte Witold. »Aber auch der Herr von Lunerke bietet uns einen Platz in seinem Zelt. Doch so wird es für die Jungfern bequemer sein.«

»Ich habe mich bereits mit dem Turniermeister ins Benehmen gesetzt und für Eure Damen Plätze auf der Tribüne reserviert. Überlasst mir die Urkunden mit Eurem Namen und Stand, damit ich sie dem Herold vorweisen kann.«

Bilke und auch Agnes legten ihre Wappenrolle vor, Myntha zögerte.

»Ich bin nicht von Stand, werter Herr.«

»Sie ist meine Hofdame«, sagten Agnes und Bilke gleichzeitig.

»Wenn Comtesse so gütig sein werden«, meinte Myntha und machte einen anmutigen Knicks vor Agnes.

»Ob ich gütig sein werde, wird sich zeigen. Herr Lamprecht, verschafft auch Jungfer Myntha einen Platz auf der Tribüne. Wir brauchen sie dort.«

»Ich werde sehen, was sich machen lässt. Aber nun wollen wir aufbrechen.«

Vor der Stadtmauer war ein großes Feld abgetrennt. In der Mitte befand sich der von Bänken und Tribünen umgebene Turnierplatz, die Wiese dort lag unter feinem weißem Sand begraben. Bunte Wimpel flatterten hier, an den Banden leuchteten die Wappenschilde in ihren kräftigen Farben, doch Kämpen und Besucher fehlten noch. Dafür ging es im Lager geschäftig zu. Auf der einen Seite standen schon die Zelte, in denen die Besucher übernachten würden, auf der anderen Seite hatten sich die Markt- und Handwerkerstände eingefunden.

»Kommt, wir gehen zum Markt hinüber, die Zelte können die Männer besser aufbauen als wir«, sagte Bilke und zog Myntha schon am Ärmel.

»Ich weiß nicht…«

»Können sie, vertrau ihnen. Ich brauche ein neues Chapel und ein Seidenband. Und du auch!«

»Brauche ich nicht.«

»Doch. Und außerdem können wir nach Henning Ausschau halten.«

Mit diesem Argument überzeugte Bilke ihre Freundin, und zusammen begaben sie sich zu dem Marktplatz. Es war laut und bunt und duftete nach Gegrilltem und Gesottenem, nach Kandiertem und nach Honigsüßem.

»Schau mal, Fibeln mit glitzerndem Rheinkiesel«, juchzte Bilke und stürzte sich auf die Auslage.

»Brauchst du denn eine Fibel?«

»Braucht man nicht immer eine?«

Myntha ließ Bilke eine Weile schwelgen, dann zog sie sie in die Richtung des Bandkrämers. Er hatte wirklich hübsche Haarkränze zu bieten. Geflochten aus Seidenbändern und Ketten aus Wachsperlen oder Glaskügelchen, silbernen und goldenen Schnüren, manche mit feinen Flittern besetzt, andere schlicht, aber mit breiten Schleifen. Bilke konnte sich nicht zwischen drei Exemplaren entscheiden, und schließlich sprach Myntha ein Machtwort.

»Nun nimm das grüne Chapel, es passt am besten zu deinen Haaren. Und – hast du überhaupt genug Geld bei dir, um es zu bezahlen?«

»Oh, Haro ist so großzügig. Er wollte, dass ich mir hier aussuchen kann, was ich will. Gut, dann nehme ich das grüne. Brauchst du auch eines?«

»Nein, ich habe ein passendes Chapel.«

Nun ging das Handeln los, und zur Überraschung des Händlers erwies Bilke sich als zähes Huhn, das genau wusste, wie viel der Kopfputz wert war.

»So, das wäre erledigt, jetzt brauchen wir nur noch die Bänder.«

»Wofür Bänder, verflixt noch mal?«

»Wirst du schon noch sehen. Welche Farbe hat dein Gewand?«

»Sonnengelb mit dunkelblauen Borten.«

»Wie aufregend. Hast du es dir neu anmessen lassen?«

»Nein, ich fand es in der Truhe meiner Mutter. Agnes und ich haben es für mich hergerichtet. Ich will ihr damit Ehre machen.«

»Schön, dann suchen wir nach blauen oder gelben Bändern. Mein Gewand ist goldbraun. Ich nehme bestimmt grüne Bänder dazu.«

Nachdem auch dieses Geschäft getätigt war, schlenderten sie über den Markt, zogen die Blicke einiger junger Männer auf sich, bestaunten einige aufgeputzte Frauen, die wiederum den jungen Männern schöne Augen machten, und hielten Ausschau nach Henning. Doch der war nicht unter den Besuchern.

»Er wird seinem neuen Herrn zu Diensten sein. Schau, dahinten sind die Streitrösser. Vielleicht hält er sich bei ihnen auf.«

Auf einer eingezäunten Weide standen die prächtigen Pferde der Ritter und Knappen. Ihr Fell schimmerte über starken Muskeln – die Streitrösser mussten ihre Reiter in den eisernen Rüstungen tragen, waren selbst gewappnet und trugen Schabracken in den Wappenfarben. Doch hier konnten sie sich noch frei bewegen. Knappen gingen zwischen ihnen einher, einige striegelten das ihnen anvertraute Pferd, andere brachten Eimer mit Wasser oder mit Hafer.

»Sieh mal, ist das nicht Leander? Was hat der denn dort zu suchen?«

»Henning vermutlich, rufen wir ihn!«

»Nein, lass es, Bilke. Ich glaube, es wäre ihm nicht recht.«

»Was? Warum?«

»Ich weiß nicht, aber die beiden haben bestimmt einen Plan.«

»Einen gefährlichen.«

»Sicher. Ein Turnier birgt immer Gefahren. Gehen wir

zurück zu unseren Zelten. Ich muss meiner Comtesse aufwarten.«

»Unsinn, Agnes kommt doch alleine zurecht.«

»Ich aber nicht. Ich bin ihre Hofdame und habe meine Pflichten zu erfüllen.«

»Myntha, du spinnst.«

Myntha blieb stehen und fasste Bilke bei den Armen.

»Nein. Wir spielen hier zwar bei einem Spiel mit, Bilke, aber einem gefährlichen. Du musst nicht mitmachen, aber achte, was wir tun. Es geht um Hennings Ehre, um Mord und Verrat. Es ist bitterernst.«

»Kann ich euch helfen?«

»Sei einfach meine Freundin. Und lass mich jetzt gehen. Sieh, da ist Haro. Er scheint nach dir Ausschau zu halten.«

Damit wandte sie sich selbst den Zelten zu.

25. Kapitel

Der erste Tag des Turniers war der Vorstellung der Ritter und anschließenden Geschicklichkeitsübungen gewidmet, und nun endlich wurde Myntha auch Hennings gewahr.

Es war ein prächtiger Anblick, einen Ritter nach dem anderen in das Rund reiten zu sehen. Die Rüstungen schimmerten im Sonnenlicht, Helmbüsche schwankten im Wind, die heraldischen Farben der Schabracken und Wappenröcke leuchteten prächtig, und als ein Ritter in Dunkelblau mit einem Hirschgeweih auf dem Wappen an der Tribüne hielt, senkte er seine Lanze und wies auf Myntha.

»Dein Band, Myntha. Schnell. Er will mit deiner Farbe reiten.«

»Aber ich kenne ihn doch gar nicht.«

»Er kennt dich, das muss reichen.«

Bilke zog schon an der Schleife, und Myntha befestigte ihr Seidenband an der Lanzenspitze. Der Ritter verbeugte sich und wandte sich wieder in die Runde.

»Der Herr Johannes von Odenhausen«, tönte der Herold.

»Der ist mir nicht bekannt«, flüsterte Myntha.

»Nein, aber er ist jetzt der Ritter von Henning von der

Löwenburg. Er hat ihn zum Knappen genommen. Sieh, dahinten ist er«, sagte Agnes leise.

Er war kaum wiederzuerkennen. Im blau-weißen Wappenrock saß er in stolzer Haltung auf seinem Pferd, gegürtet mit einem kurzen Schwert, auf dem dunkelblauen Schild das Wappen der Odenhausener. Der aufmerksame Gehilfe des Rabenmeisters war verschwunden, ein Jüngling aus hohem Haus hatte ihn abgelöst. Seine Augen ruhten aufmerksam auf seinem Herrn, um jedem noch so kleinen Wink von ihm zu folgen.

»Der Herr Bernolph von Dalberg«, verkündete der Herold, und ein Ritter in Grün kam angaloppiert. Er zügelte sein schwarzes Ross, das aufstieg und den Sand aufwirbelte. Seine Lanze senkte er nicht, die Damen waren ihm wohl gleichgültig.

»Das ist dieser verdammte Raubritter«, fauchte Myntha.

»Wissen wir. Bleib ruhig, Myntha, du kannst jetzt nichts unternehmen.«

Weitere Ritter stellten sich vor, holten sich Bänder von ihren Damen und nahmen Aufstellung. Dann kündeten die Fanfaren den Einzug des Herzogs. Er kam mit seinem Gefolge von Edelknappen und Damen in das Rund geritten. Schön sahen sie aus, die Gewänder mit Gold bestickt, edelsteinfunkelnde Gürtel und Diademe, weiße Pferde ritten die Damen, die Männer ausschließlich schwarze. Es war ein beeindruckender Anblick.

Der Herzog von Berg richtete sich auf und begrüßte die Gäste und die Kämpen. Er sprach von ritterlichen Tugenden und den Regeln des Turniers. Dann bat er den Priester, vorzutreten und die Messe zu lesen.

Sie war kurz, aber schön, denn ein Knabenchor sang die Psalmen und Gebete. Dann erklärte der Herzog das Turnier für eröffnet und wünschte den Rittern Glück.

»Das Ringstechen beginnt«, hörte man es plötzlich raunen, und richtig, die Ritter stellten sich an einem Ende der Turnierbahn auf. Herolde bliesen ihre Fanfaren. An mit bunten Bändern umwickelten Pfählen waren Ringe in unterschiedlicher Höhe angebracht, die die Ritter mit der Lanze vom Pferd aus treffen mussten. Nicht allen gelang es, aber Myntha zählte sieben Ringe, die der grüne Ritter erbeutete, und fünf erntete der Herr von Odenhausen.

»Er ist sehr zielsicher, der miese Raubritter«, flüsterte sie.

»Still, Myntha«, flüsterte Agnes zurück.

Bernolph von Dalberg wurde schließlich als Sieger ausgerufen. Knurrend nahm Myntha dies zur Kenntnis. Doch ihre Laune hob sich, als die Musikanten kamen. Ihre von Trommeln und Pfeifen dargebotenen Weisen brachten das Volk auf den Tribünen und rings um den Turnierplatz zum Klatschen. Gaukler folgten und zeigten ihre akrobatischen Künste und halfen damit den Taschendieben bei ihrer Arbeit. Es folgte dann ein Wettkampf der Knappen im Bogenschießen, und mit großer Genugtuung bemerkte Myntha, dass Henning all seinen Mitbewerbern weit überlegen war. Nicht nur die festen Ziele traf er präzise, sondern auch die geworfenen.

»Er macht seinem Herrn alle Ehre. Schade, dass der Rabenmeister nicht die Voraussetzungen zum Kampf besitzt. Ich hätte ihn gerne mit dem Langbogen schießen sehen.«

»Du bist blutrünstig!«, schnaubte Agnes.

»Nur auf Scheiben oder Federbüschel.«

Nach diesem Wettkampf wurde das Feld geräumt, und die Zuschauer strömten zu den Marktständen. Heiße Pasteten, gegrillte Würste, verschiedene Suppen, Bratenstücke und Kuchen fanden reißenden Absatz. Bilke aber hatte einen Stand mit einer besonderen Leckerei entdeckt. Hier wurden Käsestäbchen in heißem Fett ausgebacken und mit reichlich Hagebuttenmus serviert. Es gelang Myntha, der drallen Frau das Rezept abzuschmeicheln, und sie schwor sich, diese Köstlichkeit demnächst auch in der Gaststube des Fährhauses anzubieten. Aber neben der Versorgung mit Esswaren suchten sie beide noch immer Henning in der Menge. Einmal sahen sie ihn von ferne, und schon wieder schien es Myntha, dass Leander bei ihm war. Sie wollte ihm eben zuwinken, da waren sie plötzlich verschwunden.

Warum versteckte der Junge sich vor ihnen? Was planten er und Leander?

Fanfaren lockten sie wieder auf ihre Plätze, und die Ritter zeigten ihre Geschicklichkeit darin, mit der Lanze einen sich drehenden Lederbeutel zu treffen. Nicht wenige wurden von dem Beutel getroffen und wankten in ihren Sätteln. Dann hatten die Musikanten wieder ihren Auftritt, und ihre einpeitschenden Weisen machten das Publikum bereit für den Höhepunkt des Tages – die Sauhatz. Mit Saufedern, kurzen, scharfen Spießen, musste ein wilder Eber zur Strecke gebracht werden. Das war gefährlicher als erwartet. Schon gleich zu Beginn attackierte der wütende Eber ein Pferd. Es stieg wiehernd auf die

Hinterbeine und warf seinen Reiter ab. Nur die Rüstung schützte den Mann vor den scharfen Zähnen des wilden Schweines. Drei Knappen versuchten, den Ritter vom Platz zu ziehen, wurden ebenfalls angegriffen, und einer erhielt dabei eine tiefe, blutende Wunde am Oberschenkel. Nur das Eingreifen des blauen Ritters, der mit seinem Pferd und dem Spieß das Schwein ablenkte, half schließlich den vier Männern, die Turnierfläche zu verlassen.

»Das war tapfer von dem Odenhausen«, sagte Myntha.

»Ja, er hätte leicht auch verletzt werden können. Aber sieh, die Jagd geht weiter.«

Der Unfall schien die anderen zu Höchstleistungen anzuspornen. Bald hatte das Wildschwein so viele Stiche einstecken müssen, dass seine Kraft erlahmte. Nicht jedoch seine Wut. Noch einmal kam ein Ritter zu Boden, und schnaubend stürzte das Vieh sich auf ihn. Doch diesmal kam die Saufeder des roten Ritters von oben und durchbohrte seinen Nacken, gerade noch rechtzeitig, bevor es den Gefallenen massakrieren konnte.

Der Sieger erhielt das Wildschwein.

»Na, viel Freude wird der nicht an dem Tier haben, das ist schon reichlich gespickt.«

»Die Köche werden es schon zuzubereiten wissen. Schau, da kommen die Akrobaten.«

Gelächter und Pfeifen, Klatschen und Johlen begleitete die aberwitzigen Verrenkungen und Sprünge der bunt gekleideten Männer und Frauen. Dann kündeten die Fanfaren das Ende der Lustbarkeiten.

»Gehen wir in unser Zelt, Myntha. Wir müssen eine Weile ausruhen, der Abend wird lang«, schlug Agnes vor.

Myntha war damit sehr einverstanden, denn die Vorführungen und die Unfälle hatten sie aufgewühlt.

»Vielleicht gelingt es uns, bei dem Gelage nachher die Bekanntschaft des Herrn von Odenhausen zu machen. Immerhin hat er sich das Band von mir geholt.«

»Und wird morgen damit in den Schranken antreten. Ja, er sollte seiner Dame die Aufwartung machen.«

Als die Dämmerung eingesetzt hatte, riefen die Herolde zum Festessen. Und tatsächlich erschien der Ritter von Odenhausen bei Agnes, die ganz als herrschaftliche Comtesse auftrat, und bat die beiden Damen an seinen Tisch. Er war ein freundlicher Mann von Mitte dreißig und ließ einmal durchblicken, dass er noch unbeweibt war, von seiner verstorbenen Frau aber zwei Kinder hatte. Aufdringlich war er nicht, aber auf eine sanfte Art begann er, Myntha den Hof zu machen. Sie nahm es freundlich auf und erkundigte sich aber vor allem nach seinem Knappen.

»Oh ja, Henning von der Löwenburg. Ein hervorragend ausgebildeter Junge. Und ein wahrer Zauberer mit den Pferden.«

Auf einen dezenten Wink hin erschien der Knappe, verbeugte sich kurz und murmelte eine höfliche Begrüßung.

Er wollte nicht, dass man ihre Bekanntschaft wahrnahm. Irgendwas führte er also im Schilde.

Das Essen war üppig, der Wein floss in Strömen, Musikanten spielten, und lauter und lauter wurden die Stimmen. Einige der Ritter waren schon reichlich bezecht, hier und da wurde Gegröle laut. Und dann – Myntha wusste es sich nicht recht zu erklären, kam Ritter Bernolph an ihren Tisch und beschuldigte Ritter Johann mit trunkenen Worten der Verleumdung. Odenhausen versuchte, ihn zu beschwichtigen, aber der grüne Ritter wollte Streit. Und plötzlich flogen die Fäuste, ein Weinkrug zerbarst auf Bernolphs Schädel, Knappen sprangen herbei, um ihre Ritter aus dem Kampffeld zu ziehen und die Damen zu beschützen. Doch es war nicht Henning, der Myntha und Agnes hinter sich schob, sondern Leander in einem Wappenrock von Odenhausens Farben.

»Verschwindet, das ist keine Zeit mehr für Damen«, flüsterte er und leitete sie geschickt von den Tischen fort.

»Was geht hier vor, Leander?«

»Nichts, das Euch beunruhigen sollte. Ritter Bernolph ist ein wenig jähzornig, und er glaubt, Odenhausen habe seine Ehre beschmutzt.«

»Ach, machte man es ihn glauben?«

»Ja, ja, das Getuschel …«

»Ich hoffe, es verhindert jemand, dass er dem Herrn Johann den Schädel einschlägt.«

»Wir achten schon darauf.«

Und so wie es aussah, kümmerte sich ein Mann in Rot und Blau tatsächlich darum.

»Master John?«

»Duke John of Norwich, um das richtigzustellen.«

»Die Fäuste sind aber die gleichen, die auch Master John führt.«

»Wohl wahr. Aber jetzt weg hier, Keilereien sind ansteckend.«

Als sie in ihrem Zelt angekommen waren, zog Agnes resolut die Bahnen zu.

»Sie planen etwas, nicht wahr?«

»Für übermorgen, nehme ich an. Der Buhurt ist ein ziemliches Durcheinander, sagt man. Und bei einem solchen Kampf hat einst dieser Ritter Bernolph Hennings Ritter getötet.«

»Mein Gott! Wollen sie etwa diesen Bernolph so weit reizen, dass er diese Tat wiederholt? Und dass dieses Pferd Ritter Johann zu Tode tritt?«

»Ich will es nicht hoffen. Aber – sieh mal, der Thure von Heerdt bringt vermutlich morgen nach der Messe seine Klage vor. Und vielleicht klagt auch Frau Berenice den Bernolph an. Wenn der Herzog klug ist, zieht er den Ritter gleich aus dem Turnier. Wenn nicht, wird er mit den anderen reiten.«

»Ich habe Angst um Ritter Johannes.«

»Ich auch. Aber vielleicht ist der Herzog ja klug genug, um das zu verhindern.«

Ihre Nacht war unruhig, denn das Gelage war laut und endete erst in den Morgenstunden.

26. Kapitel

Der Pfingsttag versprach, schön zu werden. Die Luft war mild, die Sonne schien, die Bäume trugen lichtes Grün. Fröhlich flatterten Wimpel und Banner. Der weiße Sand auf dem Turnierplatz war glatt geharkt, und die bunten Bänder an den Girlanden, die die Tribüne des Herzogs schmückten, leuchteten im Sonnenlicht.

Der Beginn der Spiele und Kämpfe war spät angesetzt, vermutlich um den Kämpen zu gestatten, ihren Rausch auszuschlafen. Doch zur Messe um die Mittagszeit hatten sich schließlich alle versammelt. Und dann kam es zu einer Aufregung. Herr Lamprecht von Enzberg trat vor, sprach den Herzog mit lauter Stimme an und verkündete: »Ich beschuldige im Namen der Dame Berenice den Ritter Bernolph von Dalberg der Meintat. Hiermit überreiche ich Euch die Klageschrift.«

Und neben ihm trat Thure von Heerdt vor und sagte ebenfalls mit lauter Stimme: »Ich beschuldige den Ritter Bernolph von Dalberg der Meintat. Hier meine Klageschrift.«

Murren ging durch die Zuschauer. Der Herzog wies einen seiner Mannen an, die Pergamentrollen entgegenzunehmen.

»Das Turnier ist nicht die rechte Zeit für derartige Anschuldigungen. Wir werden sie nach den Spielen prüfen. Doch so lange bleibt der Ritter Bernolph von Dalberg unbescholten, kann an dem Turnier teilnehmen und hat freies Geleit nach dem Turnier.«

Lamprecht und Thure verbeugten sich und kehrten in die Reihen zurück.

»Mist«, sagte Myntha.

»Das ist so üblich. Bei einem Turnier wird kein Streit ausgetragen. Die beiden Kläger können schon froh sein, dass er überhaupt die Klageschriften angenommen hat.«

»Irgendwann, wenn einer seiner Schreiber die Dokumente geprüft hat und ihm vielleicht die Fälle vorträgt.«

»Nichtsdestotrotz, der Ritter Bernolph weiß jetzt, dass er hier Feinde hat. Man wird sehen, was nun geschieht.«

»Heute sicher nichts, aber morgen beim Buhurt wird es sich zeigen, ob er seine Wut bezähmen kann.«

»Dann lass uns das Fest heute einfach genießen. Schau, die Gaukler kommen.«

Aber weder die akrobatischen Künste noch die heiteren Weisen, die die Musikanten aufspielten, konnten Myntha begeistern. Erst als die Knappen gegen die Stechpuppe antraten, war ihre Aufmerksamkeit wieder geweckt. Man hatte eine drehbare Figur aufgestellt, die in einer Hand den Schild, in der anderen einen Streitkolben hielt. Die Knappen ritten mit der Lanze gegen diese Figur und versuchten, den Schild zu treffen. Gelang das, drehte sich die Figur und der Streitkolben schlug auf den Rücken des Knappen. Es galt also, so schnell und so geschickt wie möglich diesem Schlag zu entkommen.

Dem ersten Knappen gelang das nicht, er wurde aus

dem Sattel geworfen. Unter dem Gejohle der anderen schleppte er sich von der Turnierbahn. Doch sehr viel mehr Glück hatten seine Kameraden nicht. Bis einer endlich den Trick erkannte und sich rechtzeitig im Sattel bückte, sodass der Streitkolben über ihn hinwegsauste. Beifall belohnte ihn.

»Schau, da ist doch Henning«, sagte Agnes. »Gleich der Übernächste!«

»Ich wusste gar nicht, dass er auch mit der Lanze umgehen kann.«

»Muss er wohl. Uh, den hat es aber gewaltig vom Pferd gehauen!«

Den Pechvogel mussten zwei Helfer von der Bahn ziehen. Dann legte Henning die Lanze ein und galoppierte auf die Figur los. Sie traf den Schild, der Kolben flog und verpasste den gebückten Reiter um Haaresbreite. In stolzer Haltung nahm Henning den Jubel entgegen.

»Es wird Zeit, dass man ihn zum Ritter schlägt«, meinte Agnes.

»Ja, vielleicht.«

»Warum so traurig, Myntha?«

»Weil der Rabenmeister dann einen Freund verliert.«

Agnes legte ihr den Arm um die Schultern.

»Und das Los des Rabenmeisters kümmert dich.«

Sacht schüttelte Myntha den Arm ab und sagte kühl: »Ach was.«

Agnes lachte.

»Komm schon, er wäre der rechte Mann für dich, Myntha.«

»Selbst wenn das so wäre, Agnes, so bin ich doch nur

die Jungfer Unhold für ihn. Er trauert noch immer um sein Weib.«

»Bist du sicher?«

Nein, ganz sicher war sich Myntha nicht. Diese Küsse neulich sprachen nicht von Trauer, sondern von Verlangen. Doch Verlangen war nicht die Grundlage für eine Ehe. Er würde sie ihr nie antragen.

Doch als die Spiele zu Ende waren und die Musikanten wieder aufspielten, suchte sie die Stelle auf, wo sich der Rabenmeister mit ihren Brüdern aufhielt.

Witold strahlte sie an.

»Unser Henning hat sich gut geschlagen«, sagte er.

»Unser? Ist er jetzt nicht Knappe des Herrn von Odenhausen?«

»Er war unser Taschendieb, oder nicht?«

Myntha knuffte Witold. Und zu Meister Frederic sagte sie ein wenig verlegen: »Ihr müsst stolz auf ihn sein.«

»Er hat hier endlich die Möglichkeit zu zeigen, was in ihm steckt. Aber übertreibt es nicht mit Eurer Bewunderung, unholdige Jungfer. Es war ein Spiel, kein Kampf. Morgen wird er beweisen, ob er seinem Ritter ein guter Knappe ist. Der Buhurt ist angesetzt, da wird es einiges für ihn zu tun geben.«

»Und Ritter Bernolph weiß nun, dass er hier ist.«

»Das war der Sinn dieser Übung.«

»Dann passt auf Henning auf, Rrrabenmeister. Nicht dass er in seinem Bett ermordet wird.«

»Keine Sorge, unholdige Jungfer. Achtet Ihr lieber darauf, dass Ihr nicht wieder im Hemd über die Turnierbahn wandelt.«

Damit wandte sich Meister Frederic ab, und Mynthas wütendes Schnauben traf nur seinen Rücken. Sie schloss sich ihren Brüdern an und wanderte mit ihnen über den Markt. Bei einem Gewürzhändler entdeckte sie Hustenpastillen und bat um eine Probe. Sie wurde ihr gerne gereicht, und als sie die Pastille in den Mund nahm, seufzte sie beglückt auf.

»Die sind aber lecker. Woraus bestehen die?«

»Aus diesem und jenem«, sagte der Händler lächelnd. »Und dem Kuss der Sonne.«

»Den vor allem schmeckt man. Ich nehme zwei Dutzend von den Pastillen.«

Natürlich würde er seine Rezeptur nicht verraten, aber wenn sie Zeit hätte, würde sie Trine, die Apothekerin, danach fragen.

Ein Festessen war an diesem Abend nicht vorgesehen, aber die Ritter und ihr Gefolge trafen sich in dem großen Zelt, wo Bier, Met und Wein in Strömen floss. Myntha, Bilke und Agnes holten sich von einem Bäcker mit Fleisch gefüllte Fladenbrote und verzehrten sie in ihrem Zelt. Eine Weile unterhielten sie sich noch, doch dann beschlossen sie, früh das Nachtlager zu richten. Von der gegenüberliegenden Seite des Geländes wehten Fetzen der Musik, Lachen und Grölen zu ihnen hinüber. Einmal schreckte Myntha aus dem Schlaf, weil sie glaubte, einen heftigen Streit zu vernehmen. Aber die wütenden Stimmen verklangen, und die Musik übertönte das Gelärme der Männer.

27. Kapitel

In den frühen Morgenstunden war ein heftiger Schauer über das Land gezogen, die Wiese war nass, und Pfützen hatten sich auf den Wegen gebildet. Myntha war froh, dass sie einen Platz auf der Tribüne erhalten hatte. Dort war es zumindest trocken, auch wenn sie vor dem kühlen Wind nicht geschützt waren. Der Buhurt war für diesen Tag angesetzt, und es bedurfte einiger Vorbereitungen, bevor die zwei Mannschaften aufeinandertreffen konnten. Der Herzog ernannte zwei Hauptleute unter den wappentragenden Rittern, die wiederum wählten ihre Mannen aus. Der Herold verkündete die Regeln des Kampfes. Je vier Ritter würden in der ersten Runde mit stumpfen Lanzen aufeinanderreiten. Es ging vor allem darum, im Sattel zu bleiben. Gelang das nicht, und der gefallene Ritter war noch in der Lage aufzustehen, kämpfte er mit dem Schwert weiter. Blieb er liegen, so mussten die Knappen ihn vom Feld ziehen. Die Knappen durften auch zersplitterte Lanzen ersetzen, Schwerter reichen, Pferde versorgen oder neue Schilde bringen. Zum Sieger erklärt wurde die Mannschaft, deren meiste Mannen noch im Sattel saßen, wenn die Fanfare das Ende verkündete.

»Das ist doch ein Kampf auf Leben und Tod«, sagte Myntha entsetzt.

»Aber nein. Es ist ein Spiel, in dem die Ritter zeigen, wie geschickt sie mit ihren Pferden umgehen können. Im Sattel zu bleiben ist das höchste Ziel.«

»Aber der Schwertkampf …?«

»Angeberisches Geklapper.«

»Oh, na dann. Angeber und Großmäuler sind die meisten ja.«

»Sonst würden sie an einem solchen Turnier gar nicht erst teilnehmen.«

Die beiden Mannschaften hatten sich gefunden, und Myntha hielt nach ihr bekannten Wappen Ausschau. Doch weder goldene Löwen noch feuerspeiende Drachen, sich aufbäumende Pferde oder Greifen kamen ihr bekannt vor. Und so verfolgte sie zwar mit Interesse, wie die Ritter versuchten, sich gegenseitig vom Pferd zu stoßen, bewunderte die Geschicklichkeit, mit der sie Hieben und Stichen auswichen, hielt den Atem an, als die Gewappneten mit mächtigen Schwerthieben aufeinander einprügelten, und fand Achtung für die Knappen, die selbst in gefährlichen Situationen ihren Herren zu helfen wussten. Ein Ritter war bewusstlos vom Feld getragen worden, einer humpelte mit Hilfe seines Knappen davon, die anderen waren, von ihren Rüstungen geschützt, weitgehend unversehrt davongekommen.

Die Fanfaren kündeten das Ende des Kampfes, und der Herzog gab bekannt, dass der zweite Buhurt zur Non beginnen würde.

Ein Trüppchen Gaukler bot ein erbauliches Schauspiel auf dem Turnierfeld, aber Myntha, Agnes und Bilke beschlossen, die Zeit in der Stadt zu verbringen. Düsseldorf war ein kleiner Ort, der erst seit Kurzem Stadtrecht genoss. Sehr neu noch war die große Backsteinkirche St. Lambertus, doch die prächtige Ausstattung verschlug ihnen den Atem. Nachdem sie ihre Gebete zu den Heiligen gesprochen hatten, suchten sie eine Taverne am Marktplatz auf. Sie war brechend voll. Nicht nur sie, auch andere Turnierbesucher hatten den Weg in die Stadt gefunden. Aber ein paar junge Männer rückten zusammen und machten ihnen Platz. Myntha fand das Bier anständig, das gegrillte Fleisch würzig, nur das Brot hätte weicher sein können. Sie ließ es liegen, die Bettler würden sich noch darüber freuen.

Sie kamen pünktlich zum zweiten Buhurt zurück, und diesmal erkannte Myntha einige Wappen. Der Ritter von Schlenderhan schien darunter zu sein, was ihr ein leises Unbehagen verursachte. In der Gegenmannschaft sah sie die weißen Rosen auf blauem Grund des Ritters von Odenhausen, daneben den springenden Hirsch derer von Weworden, den sie ebenfalls bei Bilkes Hochzeit gesehen hatte. In der anderen Mannschaft versammelten sich ihr unbekannte Männer, bis plötzlich der grüne Ritter hinzuritt.

»Oh nein, jetzt treffen Odenhausen und Dalberg tatsächlich aufeinander.«

»Das wird nicht ganz zufällig so sein«, flüsterte Bilke.

»Aber …«

»Myntha, werd erwachsen«, sagte Agnes. »Geschmiert wird immer und überall. Jetzt liegt es auch an Henning, ob Ritter Johannes unbeschadet aus dem Getümmel kommt.«

»Wohl nicht nur.«

»Nicht nur, sicher. Verdammt, das Pferd von Dalberg ist ziemlich unruhig.«

Das mit grünen Schabracken bekleidete Ross tänzelte, und sein Reiter versuchte, es mit harter Hand zu bändigen. Nach einer Weile stand es ebenso still wie die anderen Rösser. Dann ertönte die Fanfare zum Beginn des Buhurt, und gleich im ersten Gang richtete der grüne Ritter seine Lanze auf Odenhausens Schild. Es krachte, der Schild flog dem Ritter im hohen Bogen aus der Hand. Sein Pferd stieg, und er kippte aus dem Sattel. Henning rannte zu ihm, doch mit einem lauten Wiehern bäumte sich das Pferd des grünen Ritters auf und wollte zutreten. Henning schrie etwas, und die Hufe donnerten auf den Boden. Staub wirbelte auf, wieder brachte der Ritter sein Tier auf die Hinterhand, und wieder ließ Henning einen scharfen Befehl folgen. Ritter Odenhausen hatte sich gewandt unter sein eigenes Pferd gerollt. Inzwischen waren auch die Herolde aufmerksam geworden und scheuchten die anderen Kämpfer in ihre Sicherheitszonen.

»Du verdammter Bengel, das sollst du mir büßen«, brüllte Bernolph und ließ sein Pferd wieder steigen. Der linke Vorderhuf streifte Hennings Schulter, er warf sich zu Boden und rollte sich weg. Völlig außer Rand und Band hetzte Bernolph noch einmal sein Ross auf ihn, aber diesmal hingen drei Herolde an seinem Zaumzeug.

»Beendet den Buhurt«, rief der Herzog, sichtlich erbost.

Und Myntha fand, dass sie wieder Atem schöpfen konnte.

»Er hätte den Ritter und Henning zertrampelt«, flüsterte sie. »Was für ein Wagnis sind sie nur eingegangen.«

»Ein geplantes, denke ich. Ich glaube, Ritter Johannes ist absichtlich aus dem Sattel gerutscht, damit dieser Bernolph sich mit dieser Narretei bloßstellt. Siehst du, Ritter Johannes ist nichts passiert.«

»Ja, aber Henning ist getroffen worden. Schau nur, er liegt noch immer am Boden.«

»Macht sich doch gut, oder?«

»Agnes, du bist herzlos. Ah, jetzt helfen die Kreiswärter ihm auf. Mein Gott, er ist bewusstlos. Oder gar tot?«

»Myntha, der Huf hat ihn nur gestreift. Aber er spielt seine Rolle gut. Sein Ritter nimmt ihn in seine Obhut, siehst du?«

»Meister Frederic …«

»Der besser nicht. Aber Master John kommt zu ihnen. Ich vermute, er wird die Anklage erheben. Auf eine handfeste Tat muss auch der Herzog eingehen. Siehst du, die Herolde führen den grünen Ritter schon zu seiner Tribüne.«

Der Herzog schien äußerst ungehalten. Ohne sich die wilden Reden des Ritters Bernolph anzuhören, ließ er verkünden, dass dieser von allen weiteren Turnierübungen ausgeschlossen sei und unverzüglich das Lager zu verlassen habe. Die lautstarken Proteste ignorierte er, gab aber den Turnierwärtern den Befehl, den Mann fortzubringen.

»Jetzt bange ich vor unserem Heimweg, Agnes. Dieser Bernolph ist ein Raubritter, er wird seine Gesellen schon hier in der Nähe haben.«

»Und wir haben ein wehrhaftes Geleit.«

»Na hoffentlich.«

Ein neuer Buhurt wurde ausgerufen, aber Myntha hatte keine Lust mehr, dem zuzuschauen. Sie drängte sich mit Bilke durch die Besucher zu den Zelten der Ritter. Dort fanden sie Henning mit bloßem Oberkörper auf einem Schemel sitzend, die Schulter mit weißem Leinen verbunden und an einem Becher Wein nippend.

»Ist sie gebrochen?«, fragte Myntha ängstlich.

»Ach was, eine Prellung nur. Es wird ein schöner blauer Fleck, aber diese Salbe, die die Sybilla mir gegeben hat, lindert tatsächlich den Schmerz.«

»Dann warst du gar nicht bewusstlos?«

»Weiß man's?«

»Narr! Dein Ritter und du, ihr hättet zu Tode kommen können.«

»Nein. Wir haben diese Posse vorher geübt. Und … ich habe einst dieses Pferd betreut, Myntha. Ich sollte es darauf abrichten, einen am Boden liegenden Menschen zu treten. Aber ich habe ihm das Gegenteil beigebracht. Auf meinen Befehl hin wird dieses Ross keinen Mann töten.«

»Dennoch Narr. Er hätte mit einem anderen Pferd antreten können.«

»Ist er aber nicht. Leander und ich haben alle Rösser begutachtet, die auf der Weide standen.«

Auch Ritter Johannes beruhigte Myntha, Master John aber schickte sie fort.

»Die Damen sollten nicht die Zelte der Ritter aufsuchen. Geht, wir kümmern uns um alles.«

28. Kapitel

Der vierte Tag des Turniers war dem Tjost gewidmet, und Myntha konnte ihrem Ritter Beifall spenden, denn Johannes schlug sich gut in den Schranken. Aber dann kam es noch zu einer erstaunlichen Begebenheit. Myntha hatte Meister Frederic gesucht, um sich nach Henning zu erkundigen. Er stand bei einem Nagelschmied und schien unwillig einen Mann abschütteln zu wollen. Der, ein fuchsgesichtiger Kerl in räudigen Pelzen, mit einer struppigen Kappe auf dem Kopf, redete unablässig auf ihn ein. Meister Frederics Miene ließ vermuten, dass er in Kürze handgreiflich werden würde, aber bevor sie sich einmischen konnte, trat ein Mönch in der braunen Kutte der Franziskaner hinzu und sagte zu Frederic: »Gebt ihm für seine Federn eine kleine Münze, damit er sich eine Pastete und ein Bier kaufen kann.«

»Warum sollte ich, Mönch?«

»Um der Barmherzigkeit willen.«

»Barmherzigkeit«, schnaubte Frederic leise, zog aber einen Kupferpfennig aus seinem Beutel und reichte ihn dem Mann. Der sah ihn erstaunt an.

»For beer and some pastries, Eddy«, erklärte der Mönch.

»God bless you, Sir!«, sagte der, verneigte sich tief und ging davon.

»Ihr kennt ihn?«

»Ein Überbleibsel von den Schlachtfeldern von Agincourt. Er hat die Bogenschützen gesehen, und es scheint, als habe er diese feinen Dinger hier erkannt.«

Myntha folgte der Hand des Mönches mit ihrem Blick und erkannte die schmalen scharfen Pfeilspitzen, die auf einem schmuddeligen Tuch lagen. Der Schmied nickte und meinte: »Er lungert hier schon vom ersten Tag an herum und bettelt jeden an, der einen Bogen trägt. Irgendwo hat er ein paar Hühner gerupft und bietet seine Federn an.«

»Er ist ein armer Kerl und seit damals nicht mehr richtig im Kopf«, sagte der Mönch.

»Ja, die Zeit war hart.«

»Das war sie, Bowman.«

»Woher kennt Ihr meinen Namen?«

»Ist er das? Bowman? Einer der Langbogenschützen des Königs?«

»Wer will das wissen, Mönch?«

»Conran nennt man mich. Und auch ich bin ein Überbleibsel der Schlachten. Seither bin ich auf Pilgerreise, und bald werde ich die Heiligen drei Könige besuchen.«

»Bruder Conran also. Und ohne Kloster.«

»Nicht ohne Heimstatt. Nach Farnham in Irland werde ich eines Tages zurückkehren. Wenn ich gefunden habe, wonach ich suche.«

»Und wonach sucht Ihr?«

»Vergebung für meine Sünden. Aber das muss Euch nichts angehen. Ihr tragt noch immer den Langbogen?«

»Und habe dazu Pfeile im Köcher. Das Leben ist gefährlich.«

»Für einen Bowman von Agincourt?«

Der Schmied hämmerte, und Frederic sah sinnend auf das Feuer.

»Ihr wart auf dem Schlachtfeld, Bruder Conran?«

»Ebenso wie Ihr und der arme Eddy. Und so wie Ihr und er sah ich die Gräuel, die geschahen.«

»Eine brennende Hütte, in der Gefangene eingeschlossen waren?«

»Ja, auch diese Gräuel. Warum?«

»Weil ich die Vermutung habe, dass einer der Zeugen mir die Schuld daran gibt, Bruder Conran.«

»Und wart Ihr schuldig?«

»Ja, denn ich habe zwei der Gefangenen dorthin gebracht.«

»Ihr habt auch das Feuer gelegt?«

»Um Gottes willen, nein. Aber jemand sah es … Seither hat man meine Waren verbrannt, meine Falken, mein Haus, meine Frau und mein Kind. In der Hölle soll ich brennen, diese Botschaft hat man mir jedes Mal hinterlassen. In lateinischer Sprache.«

Der Mönch beugte seinen Kopf tief und schien in Gedanken versunken. Dann hob er ihn und sagte: »Ich will Euch eine Geschichte erzählen. Aber mein Schlund ist trocken …«

»Kommt mit, Jungfer Unhold. Ich fürchte, was nun kommt, wird Euch gefallen.«

Myntha zuckte zusammen. Sie hatte nicht angenommen, dass der Rabenmeister sie überhaupt bemerkt hatte, und fühlte sich ein wenig unbehaglich, weil sie so unverfroren gelauscht hatte.

»Na, nun kommt schon. Bruder Conran, diese Jungfer mit den großen Ohren ist die Fährmannstochter von Mülheim und eine Nachbarin. Sie weiß leider schon viel zu viel aus meinem unrühmlichen Leben.«

»Jungfer«, sagte der Mönch und verbeugte sich mit einem Lächeln. »Bowmen sind selten bereit, über ihr Leben zu sprechen. Ihr müsst sein Herz erreicht haben.«

»Sein rrrabenschwarzes Herz bleibt auch mir verschlossen. Darum bin ich gespannt, was Ihr zu erzählen habt, Bruder Conran.«

»Gehen wir da drüben zur Schenke, eben scheint wenig los zu sein.«

Sie fanden einen Platz an einem roh gezimmerten Tisch und erhielten Humpen mit Grutbier. Myntha mochte es nicht besonders, nahm aber tapfer einen kleinen Schluck.

»Nun, dann ergötzt uns mit Eurer Geschichte, Bruder Conran. Ist sie gut, gibt es ein weiteres Bier.«

»Dann hört. Franziskanerklöster gibt es viele, und als ich in den Orden eintrat, ein Junge noch, doch mit feurigem Glauben, da geschah es in Vezeley. Mit mir bei den Novizen war ein schweigsamer junger Mann, der ganz in der Askese aufzugehen schien. Doch gut gelitten war er nicht, denn er war strenger als unsere Aufseher und meldete jedes noch so kleines Vergehen gegen die Zucht. Freunde hatte er daher keine, und manchmal dauerte mich seine Einsamkeit. Aber dann wieder verriet er mich, weil ich im Morgengebet eingenickt war, und mein Mitleid schwand. Er legte mit uns zusammen die Profess ab und wurde zu einem mustergültigen Mönch. Wenn es darum ging, die Regeln einzuhalten. Menschlichkeit indes schien ihm fremd, und einmal beobachtete ich ihn, wie er eine Schwangere trat, die vor unserer Tür um Almosen bat. Immer mehr fand er Arbeit im Scriptorium und wurde vielleicht noch einsamer. Auch für uns andere Mönche bestand das Leben nur aus Beten und Arbeiten und dem Dienst an den Bedürftigen. Unser Abt war streng, und kaum einmal hörte man ein leises Lachen. Dann aber kam Michel du Catillier zu uns, und das Leben im Kloster wurde heiterer. Bruder Michel war einer dieser Menschen, die wie die Sonne strahlten. Er verbreitete Wärme, wo immer er hinkam. Kranke bekamen leuchtende Augen, wenn er an ihr Bett trat, die verknöchertsten Gelehrten begannen zu lächeln, die Trostsuchenden schöpften Hoffnung. Er war ein seltener Mensch, ein wahrhaft guter Mensch, und alle mochten ihn. Sogar Lucien, obwohl ich gefürchtet hatte, dass ihn die Eifersucht zerfressen würde. Doch nein, er wurde sein hingebungsvollster Anbeter. So sehr, dass unser Abt ihn wieder zur Zucht ermahnen musste. Er schickte sich drein und widmete sich wieder seiner Askese.«

»Lucien, sagt Ihr. Lucien de Lambrays?«

»Er ist Euch bekannt, nicht wahr? Bowman, Ihr nennt Euch Frieder von Villip?«

»Frederic Bowman heute und für immer.«

»Er sprach einmal von zwei jungen Männern, Frieder und Cedric, die ihm übel mitgespielt hatten, als er seine Strafe in Köln abbüßte.«

»Wie man die Wahrheit verdrehen kann. In Frau Alyss' Hauswesen büßte niemand eine Strafe ab, es sei denn, man hatte jemandem Schaden zugefügt. Und selbst dann wurde einem immer Vergebung gewährt.«

»Ja, feine, hinterhältige Lügen, das war Luciens Spezialität. Aber auch sein Geschick. Als die Burgunder unter Johann Ohnefurcht mit den Engländern verhandelten, hat man ihn hinzugezogen. Und als es zum Krieg kam, verhandelte er im Hintergrund weiter. Oder nennen wir es anders – er spionierte. Und damit seine Tätigkeit gedeckt wurde, gab man ihm Bruder Michel zur Seite, dessen freundliche Art die Gegner in Sicherheit wiegte. Aber dann kam es zu der großen Schlacht bei Agincourt. Ich wurde als Schreiber mit den Heerscharen auf das Feld geschickt. Ich sah die Pfeile über den Himmel ziehen und die Pferde und Ritter stürzen. Ich wollte es nicht glauben, dass die Engländer uns beinahe im Handstreich schlugen. Ich sah das Feld voll Leichen und Verletzten, voll sterbenden Tieren und schreienden Pferden. Es war grauenvoll. Die französischen Truppen ließen ihre Gefallenen einfach liegen, und so kamen die Engländer und brachten fort, wer noch am Leben war. Ihr habt gute Beute gemacht, Frederic Bowman. Die höchsten Adligen waren gefangen genommen worden, was große Lösegelder versprach.«

»Bruder Conran«, sagte Myntha aufgeregt. »Habt Ihr einen Comte de Malesdroit getroffen? Wisst Ihr, wo man ihn hingebracht hat?«

»Nein, Jungfer. Vergebt, aber ich den Comte nicht gesehen oder getroffen. Ein Freund von Euch?«

»Der Gemahl meiner Freundin. Sie sucht ihn seit fünf Jahren.«

»Ich werde sehen, ob ich etwas für sie tun kann. Ist sie hier?«

»Ich begleite sie als ihre Jungfer.«

»Dann führt mich nachher zu ihr.«

»Und nun haltet Euer Mäulchen geschlossen, Unholdin, ich will den Rest der Geschichte hören.«

»Jawohl, Rrrabenmeister.«

Irritiert schaute der Mönch von einem zum andern.

»Ihr scheint ein seltsames Verhältnis miteinander zu pflegen. Aber nun gut. Meine Geschichte ist bald zu Ende. Es wurden Gefangene gemacht, die meisten hinter die Linien der Engländer gebracht, aber ein paar steckte man in eine alte Hütte, um sie dort festzuhalten. Keine schwierige Angelegenheit, denn sie waren allesamt verwundet. Bruder Michel hatte sich ihrer angenommen und wollte ihre Wunden verbinden. Dann aber kam einer der Wächter oder wer auch immer auf die Idee, die Hütte abzubrennen. Einigen wenigen gelang die Flucht aus den Flammen, die anderen starben einen qualvollen Tod – so auch Bruder Michel. Bruder Lucien wurde Zeuge dieser Schandtat. Er versuchte Bruder Michel aus den Flammen zu retten, wurde aber von einigen Männern zurückgehalten. Daraufhin begann er zu schreien und zu toben, entwand einem Toten die Streitaxt und schlug wie wild um sich. Erst schlug er auf die Toten ein, dann auf einen Engländer, der ihn daran hindern wollte. Er hieb ihm den Kopf ab, dann einem anderen den Arm und hätte noch mehr gewütet, hätten nicht zwei unserer Brüder ihn überwältigt. Er brach zusammen und war lange Zeit krank. Gesprochen hat er wenig, nur manchmal murmelte er: ›Brennen soll er in der Hölle!‹ Als er genesen war, bat er unseren Abt, auf Pilgerreise gehen zu dürfen. Auch ich hatte den Entschluss gefasst, und den ersten Tag wanderten wir noch gemeinsam. Wir fanden Quartier in einem Kloster, und als ich am nächsten Morgen erwachte, war Bruder Lucien fort.«

»Und fand meine Falknerhütte …«

Mit einem Handzeichen orderte Frederic noch ein weiteres Bier und bat die Schankmaid, als sie es brachte, einen lieblichen Wein für Myntha zu bringen.

»Eine wahrlich furchtbare Geschichte, Bruder Conran.«

»Und eigentlich nicht für die Ohren einer schönen Jungfer bestimmt.«

»Diese Ohren, Bruder, haben schon ganz andere Geschichten gehört, und selbst erlebt hat die schöne Jungfer ein Grauen, das dem von Agincourt gleichkommt.«

Myntha senkte den Kopf. Es war ihr nicht angenehm, dass man von ihrem Schicksal sprach. Es warf kein gutes Licht auf sie.

»Unholdin, Ihr müsst Euch nie dessen schämen, was andere Euch angetan haben.«

»Es schreckt sie ab.«

»Warum nennt Ihr diese liebliche junge Frau eine Unholdin, Bowman?«

»Weil sie nachts umgeht und die Seelen der Menschen frisst.«

»Und die Eure hat sie bereits verspeist, ja, ja. Viele, die Schlimmes erlebt haben, Jungfer, haben einen unruhigen Schlaf. Erlaubt, dass ich Euch etwas Linderung verschaffe?«

»Wie das, Bruder Conran?«

»Sein Name, Jungfer, und das heimische Kloster in Irland lassen mich vermuten, dass er gewisse Fähigkeiten hat. Ich denke, Ihr könnt ihm vertrauen.«

Bruder Conran lächelte.

»Ihr habt das eine oder andere auf Euren Reisen gelernt, Frederic Bowman. Ja, es mag mein keltisches Erbe sein. Gestattet, Jungfer, dass ich meine Hand auf Eure Stirn lege?«

»Wie Ihr wünscht.«

Sanft legte sich die Hand des Mönches auf ihre Stirn und verblieb dort. Warm war sie, und nach einer Weile verspürte Myntha so etwas wie einen sanften Strom. Sie wurde ruhig, alles in ihr wurde ruhig, glättete sich, erfüllte sie mit Wärme. Der Garten erblühte in ihrer Erinnerung, den sie gesehen hatte, als sie dem Tode nahe gewesen war, und unermessliche Freude machte sich in ihr breit.

Dann hob der Mönch seine Hand fort und flüsterte leise: »Heilige Mutter Gottes, kein Mensch sollte derartige Torturen erleiden.«

»Nein, Bruder Conran, das sollte keiner.«

»Ich kann Euch mehr Hilfe nicht bieten, Jungfer. Aber ein Mensch mit heilenden Händen könnte Euch helfen. Sucht nach einem solchen.«

Frederic knurrte plötzlich und sagte: »Was bin ich für ein Narr. Wir kennen einen, der das bewirken kann, unholde Jungfer. Warum habt Ihr mir das nicht schon lange gesagt?«

»Was, Rrrabenmeister?«

»Marian. Er kann das. Und sowie ich seiner habhaft werde, hat er sich mit Euch zu befassen.«

»Eine entzückende Drohung.«

»Ihr kennt mich doch.«

»Das zumindest hat Bruder Conran behauptet. Den ich nun bitten werde, mich zu Comtesse Agnes de Malesdroit zu begleiten.«

Bruder Conran konnte Agnes nicht helfen, aber beide verstanden sich gut und plauderten in der Sprache ihrer Heimat eine Weile miteinander. Dann wurde es Zeit für das große Abschlussbankett.

Agnes und Myntha bekamen Plätze am Tisch von Ritter Johannes zugewiesen, und Knappe Henning wartete ihnen mit großer Höflichkeit auf.

»Ihr habt Euch gestern beim Buhurt großer Gefahr ausgesetzt«, sagte Myntha zu dem Ritter, der noch immer ihr blaues Band an seinem Arm trug.

»Es war nicht ungefährlich, da habt Ihr recht, Jungfer Myntha. Aber ich hatte Hilfe, und im Vertrauen, werte Damen, mein Knappe hat große Umsicht walten lassen. Aber nun wollen wir diese hässliche Sache ruhen lassen. Berichtet mir, wie gefiel Euch das Turnier?«

Agnes übernahm es, ihm von ihren Unternehmungen zu berichten, doch als die letzten Speisen abgetragen waren und die Musikanten aufspielten, bat Ritter Johannes Myntha zum Tanz. Eine Weile folgten sie dem Reigen, aber dann führte Johannes sie hinaus in die sternklare Nacht.

»Schöne Jungfer, mein Knappe sprach sehr liebevoll

von Euch, und so hat sich mein Herz Euch zugeneigt. Ich weiß, es mag etwas überraschend für Euch kommen, doch seht, ich verlor mein Weib vor drei Jahren und bin seither einsam geblieben. Eure Lieblichkeit hat mich entzückt, ebenso Euer Mut und Eure Unerschrockenheit. Jungfer, ich bitte Euch nicht heute um eine Antwort, aber wenn Ihr es in Erwägung ziehen wolltet, mir die Hand zur Ehe zu reichen, würdet Ihr mich sehr glücklich machen.«

Selten hatte ein Mensch Myntha derart überrascht. Leicht verdattert sah sie den Ritter an. Er war ansehnlich, auch wenn er sicher zehn Jahre älter war als sie. Sie wusste wenig von ihm, doch er hatte ein stattliches Lehen, eine Burg, soweit sie wusste, weit östlich von hier. Dass er ihr die Ehe antragen würde, damit hatte sie nicht gerechnet.

»Werter Herr, ja, Ihr überrascht mich. Aber ich will mit Frau Agnes darüber reden und natürlich auch mit meinem Vater. Herr Johannes, ich bin nur eine Fährmannstochter, und Eurer Familie mag es nicht recht sein, mich in ihrer Mitte aufzunehmen.«

»Mit Eurem Vater will ich selbst sprechen, Jungfer, wenn es Euch recht ist. Und keine Sorge, meine Familie hat sich schon mit dem Gatten meiner Schwester abgefunden, der einen erfolgreichen Eisenhandel betreibt.«

Tief bewegt verabschiedete sich Myntha von dem Ritter und begab sich dann mit Agnes zu ihrem Zelt. Sie blieb schweigsam, und Agnes, die wohl ahnte, was vorgefallen war, blieb es auch.

Auf dem Heimweg waren alle höchst achtsam, aber der grüne Ritter ließ sich nicht blicken, und so erreichten sie Mülheim ohne Zwischenfall. Myntha blieb sehr in sich gekehrt. Der Antrag von Johannes von Odenhausen ging ihr nicht aus dem Kopf. Er war ein weit angenehmerer Mann als der einäugige Mühlenerbe Rickel. Aber sie wusste wenig von ihm, außer, dass er ein Freund von Bilkes Vater war. Sie trieb ihr Pferd dichter an das von ihrer Freundin.

»Ach, jetzt bin ich auch wieder gefragt?«, meinte diese etwas spitzzüngig. »Bei dem Turnier war ja die edle Comtesse deine beste Freundin.«

»Bei dem Turnier brauchte ich sie als Begleitung dann und wann. Nicht böse sein, Bilke.«

»Doch, ein bisschen. Du brauchst mich nicht mehr.«

»So ein Unsinn. Natürlich brauche ich dich noch. Sogar sehr. Höre, was uns Bruder Conran berichtet hat.«

»Was für ein Bruder?«

Myntha berichtete ihr, was sie über den Feuerteufel gehört hatte, und Bilke schauderte.

»Dieser Lucien muss wahnsinnig sein.«

»Ein völlig gefühlloser Mensch. Das scheint Frau Alyss damals schon bemerkt zu haben. Er hat nie wirkliche Reue für seine Schandtaten gezeigt. Und darum ist er für den Rabenmeister auch so gefährlich. Hoffentlich findet er nie heraus, dass Emery sich bei ihr aufhält.«

»Oder wo Meister Frederic lebt.«

»Doch, das will er gerade. Er wartet auf ihn.«

»Dann muss er sehr wachsam sein.«

»Nicht umsonst hält er seine Raben. Aber nun eine

ganz andere Angelegenheit. Bilke, Johannes von Odenhausen hat mir die Ehe angetragen.«

Nur ein schneller Griff an Bilkes Arm verhinderte, dass sie aus dem Sattel fiel.

»Heilige Maria im Rosenhag! Und, hast du zugesagt?«

»Nein, Bilke. Ich denke nach. Aber du könntest mir helfen. Du kennst ihn doch, er war schon bei euch zu Gast.«

»Ja, mein Vater schätzt ihn sehr. Er hat ihn kennengelernt, als er seinen Ritterschlag erhielt.«

»Weißt du etwas über seine Familie?«

»Nicht viel. Seine Mutter ist sehr nett. Er hat einige Schwestern, wie viele, weiß ich nicht. Er ist der einzige männliche Nachkomme und wird das Lehen erben.«

»Wo liegt das überhaupt?«

»Die Burg liegt zwei bis drei Tagesreisen von hier.«

Myntha seufzte leise. Willigte sie ein, würde das eine endgültige Trennung von ihrer Familie bedeuten. Das musste wirklich gut bedacht werden.

Bilke plauderte noch ein wenig über den Ritter und seine Familie, aber Myntha wurde wortkarg und verschlossen. Schließlich schwieg auch Bilke ein wenig beleidigt.

Myntha lebte erst wieder auf, als das Fährhaus in Sicht kam. An der Anlegestelle verabschiedete sie sich besonders herzlich von Bilke, die mit Haro übersetzen würde.

Dann kehrte sie nach Hause zurück.

Hier aber erwarteten sie Neuigkeiten.

»Schöffe Thyn ist außer sich«, sagte Reemt. »All seine Verdächtigen haben sich freigekauft, aber jetzt hat es einen neuen Mord gegeben. Ein Milchmädchen aus Poll hat es erwischt. Sie war mit einem Fischer verlobt, den Thyn natürlich sofort in den Kerker schickte.«

»Und der selbstverständlich auch unsere Molly umgebracht hat? Was für ein Idiot ist dieser Schöffe!«

»Es hat ihm viel Geld eingebracht, die Freunde des Fischers haben für ihn gebürgt. Er war mit ihnen auf dem Rhein, als der Mord geschah.«

Witold saß mit Myntha und ihrem Vater am Küchentisch, und Lore wirtschaftete am Herd. Enna murmelte ihre Verse und zupfte Kräuter klein.

»Es sind jetzt drei tote Mädchen: Molly, die Badermagd in Buchheim, jetzt das Milchmädchen und dazu noch die Wäscherin in Deutz, die ihm entwischt ist. Jemand hat es auf lose Mädchen abgesehen, wenn ihr mich fragt.«

»Ein gottesfürchtiger Mann oder ein Priester?«

»Zumindest einer, den die Sünde der Unkeuschheit stört.«

»Ein bigotter Irrer wie Volmarus?«

»Mülheim, Buchheim, Deutz und Poll. Er kommt herum.«

»Ein Krämer, ein Mann, der die Märkte besucht. Und dann die Badehäuser.«

»Und nur die auf dieser Seite des Rheins. Oder hast du auch schon von solchen Fällen drüben gehört, Witold?«

»Nein, nichts.«

»Wir werden ihn heute nicht mehr finden, Lore. Vater, ich muss mit dir reden«, sagte Myntha und ging ins Kontor.

Es war eine lange, beschwerliche Unterhaltung, die sie führten, und voller trüber Gedanken ging Myntha später zu Bett.

29. Kapitel

Dieser verdammte Fuchs hat die Gans gestohlen«, schäumte Lauryn und scheuchte die acht Gössel in den Stall. Cedric half ihr dabei und musste sich eine ganze Litanei voller Vorwürfe anhören, die Frederics Schwester von den Lippen perlte.

»Und warum hast du dem Fuchs Einlass gewährt?«, fragte er, als sie einmal nach Luft schnappen musste.

»Hab ich nicht, er hat sie hier im Hof geholt. Überall Federn und Blut. Und weggeschleppt hat er sie dann bis zum Zaun.«

»Und warum sperrst du sie über Nacht nicht in den Stall?«

»Hab ich Zeit, jeder verdammten Gans nachzujagen?«

»Hast du nicht, Lauryn, du musst dein Geschäft führen. Aber spricht etwas dagegen, einen Gänsehirten einzustellen? Weißt du noch, Lore hat damals bei Frau Alyss die Gänse mit harter Faust geführt.«

»Ja, das könnte ich machen, wenn ich so eine wie Lore fände. Bring mir den.«

»Was kannst du zahlen?«

»Lore hat nichts bekommen.«

»Lore hat die Kammer der Jungfern bekommen und so viel Futter, wie sie fassen konnte.«

»Also jemand, der mir die Haare vom Kopf frisst, meinst du?«

»Für manche ist das ein Anreiz.«

»Also, dann bring mir so jemanden. Eine Kammer bei den Mägden oder Knechten findet sich auch noch.«

Cedric verbeugte sich mit großer Eleganz und machte sich auf den Weg zu Pitters Badehaus. Pitter, einst selbst Päckelchesträger, führte eine angesehene Badestube. Er hatte sich inzwischen zur Ruhe gesetzt und den Betrieb des Hauses seinen Kindern überlassen. Doch noch immer war er der Patron der Kölner Gassenjungen und -mädchen.

Cedric klopfte an seine Wohnung in einem Anbau im Hof des Badehauses und wurde auch gleich eingelassen. Krumm und schief war Pitter geworden, ein alter Mann, der seinen haarlosen Schädel unter einer wollenen Sendelbinde versteckte.

»Seid mir gegrüßt, Meister Pitter. Ich hoffe, der Frühling wärmt Eure Glieder und der Wein Euren Magen.«

»Viel zu kalt, dieser Frühling. Und der Wein von Frau Alyss ist auch nicht so gut wie der einst von ihrer Mutter Almut.«

Ein tosendes Feuer im Kamin heizte die Stube wie die Schwitzkammer im Badehaus. Cedric musste sich schon nach kurzer Zeit den Schweiß von der Stirn wischen. Er beeilte sich, sein Anliegen so rasch wie möglich vorzubringen.

»Eine Gänsehirtin also. So eine wie Lore gibt es nicht wieder, Junge. Aber ich will sehen, was ich tun kann. Das Kroppzeug heute ist noch immer hungrig. Morgen werden sich drei oder vier von ihnen bei Frau Lauryn melden.«

Cedric war froh, als er den überheizten Raum verlassen konnte, und fröstelte auf dem Weg zurück zu dem Haus des Tuchhändlers. Er schritt also kräftig aus, und als er durch das Tor in den Hof trat, hatte er die Hitze abgeschüttelt und fühlte sich wieder gut. Vor allem deswegen, weil ihm unterwegs ein höchst erheiternder Einfall gekommen war.

»Lauryn, was machst du mit den verwaisten Gösseln?«

»Wird sich der neue Hirte drum kümmern müssen. Und sowie sie etwas Fleisch angesetzt haben, kommen sie in die Röhre. Sofern sie nicht der Fuchs auch noch holt. Ohne Mutter sind sie hilflos.«

»Ich wüsste einen Hof für sie, wo sie gut aufgehoben wären.«

»Dann schaff sie mir um Himmels willen von den Füßen.«

Mit einem großen runden Kolb voller flaumiger Gänseküken trat er kurz darauf den Weg zur Fähre an.

Lore fand er im Gemüsegarten vor den Bienenstöcken stehen und den Immen das tägliche Geschehen schildern. Sie tat es in ihrer eigenen Sprache, und nicht alles von dem breiten Kölsch verstand Cedric. Doch es schien ein ruhiges Gespräch zu sein, dem die Bienen lauschten, während sie sie friedlich umsummten. Um deren Zorn und Stiche nicht auf sich zu ziehen, blieb er in achtungsvoller Entfernung stehen. Allerdings wurden die Gössel in seinem Korb unruhig und begannen zu fiepsen. Lore drehte sich um.

»Was willst du denn hier?«, fauchte sie ihn an.

»Dir ein Geschenk bringen, liebste Lore.«

»Ich brauch keine Geschenke. Und von dir schon gar nicht.«

»Es sind aber acht hübsche Geschenke. Und sehr liebebedürftige.«

»Kann ich nicht brauchen.«

»Sieh sie dir doch wenigstens mal an!«, forderte er sie auf und neigte den Korb. Eine junge Gans entwischte ihm und wackelte auf Lore zu.

»Hau ihr auf den Schnabel, damit sie weiß, dass du ihre Mutter bist.«

»Ich bin niemandes Mutter, und schon gar nicht die von solch hässlichen Vögeln!«

»Du hast einst Gog und Magog gebändigt, erinnerst du dich? Und diesem Hof hier fehlen ein paar wachsame Schnattergänse.«

»Soll ich denen vielleicht auch noch das Sprechen beibringen, wie der Rabenmeister seinen Raben?«

»Das würde mir besonders gefallen. Komm, sie sind noch so klein und so hungrig, Lore.«

Das zweite Gössel watschelte auf sie zu. Und schon kniete sie nieder und giftete es an: »Do hürs mer zu, häs verston!«

Das dritte und vierte entschlüpfte dem Korb, und piepsend versammelten sie sich um Lore. Ihnen folgten hurtig die vier letzten.

»Is jut, is jut, mer jon op de Feldcher.«

Ohne Cedric einen weiteren Blick zu gönnen, schnappte sich Lore einen Stecken und trieb die kleine Herde durch das Törchen auf die Weide. Eifrig begannen die kleinen Vögel an den Gräsern und Kräutern zu knabbern.

Cedric folgte ihr nach einer Weile und sagte sanft: »Die Mutter hat der Fuchs geholt. Pass auf, dass sich hier keiner über sie hermacht.«

»Ich weiß, wie man sich um Gänse kümmert. Aber ich muss es dem Fährmeister sagen.«

»Ich sage Myntha Bescheid. Soll ich mich um einen Stall für sie kümmern?«

»Brauchst du nicht, sie können zu den Hühnern. Und jetzt geh!«

»Nein, Lore. Ich habe dir ein Geschenk gebracht, und ich möchte einen Dank dafür.«

»Hol dir eine Pastete. Sind gut heute. Mit Speck und kleinen Rübchen.«

»Lore, ich bin nicht hungrig. Aber ich hätte gerne ein freundliches Wort von dir. Immer beschimpfst du mich, immer beißt du nach mir. Wir waren mal Freunde, Lore.«

»Do bes wechjejange.«

»Ich bin wiedergekommen.«

»Do bes ene Herr jewure.«

»Und du eine Hausdame.«

»Quark.«

»Lore, ich liebe dich noch immer. Sei doch wieder gut zu mir.«

»Ich habe Angst, Cedric. Angst, dass du wieder gehst. Es hat so wehgetan.«

Sie drehte sich zu ihm, und in ihren Augen standen Tränen.

»Ich weiß, Liebste. Ich weiß.«

Er breitete die Arme aus, und sie lehnte sich an ihn.

Die Gössel schnatterten um sie herum, während sie in trauter Innigkeit beieinanderstanden.

»Ich geh nicht mehr fort, Lore. Ich habe jetzt hier mein Zuhause gefunden. Und wenn wir uns einig werden, dann suche ich eine schöne große Bleibe für mein Handelshaus.«

»Und da soll ich die Köchin für dich werden?«

Cedric lächelte sie an und schob sie ein Stückchen von sich.

»Wenn das dein Wunsch ist. Aber du könntest mich auch heiraten und dem Haus vorstehen.«

»Dich heiraten? Und deine Kinder kriegen? Ich bin viel zu alt dafür.«

»Bist du nicht.«

»Und viel zu hässlich.«

»Bist du nicht.«

»Und ich hab geschworen, nie einem Mann beizuliegen.«

»Ich weiß. Aber ich schwöre dir, dir nie wehzutun. Dir hat man einst übel mitgespielt, und ich verstehe, dass du dich fürchtest. Aber die Liebe kann auch schön sein.«

Lore legte ihren Kopf wieder an seine Schulter. Er hielt sie und wartete geduldig, bis sie bereit war, mit ihm zu sprechen.

»Ich hab solche Angst«, flüsterte sie nach einer Weile.

»Magst du mir nicht vertrauen?«

»Du bist weggegangen.«

»Ja, das musste ich. Nicht deinetwegen, sondern um meinen Weg zu finden. Wir waren Kinder noch. Und, Lore, es hat auch mir wehgetan. Ich habe dich schon damals geliebt. Aber ich konnte nicht anders.«

»Is jut.«

»Willst du also meine Frau werden, Lore?«

Sie hob den Kopf und sah ihm in die Augen.

»Do krechs ene Huusdrache.«

»Der wird mich von Dummheiten abhalten und das Haus schützen. Danke, Lore. Und heute begleitest du mich zum Gaffelessen in der Himmelreich. Ja?«

»Nie nicht.«

»Aber sicher doch. Aber nicht in diesem Kittel.«

Er gab ihr einen schnellen Kuss auf die Wange und ließ sie los.

»Ich muss jetzt einiges erledigen, Lore. Aber zum Vesperläuten bin ich wieder hier und hole dich ab.«

»Ich will nicht.«

»Du musst!«, sagte er und lachte sie an. »Du findest schon ein hübsches Kleid und einen Kamm. Bis nachher!«

Überaus beschwingt verließ er die Weide und stürmte ins Fährhaus. Myntha, die eben mit einem Stapel Laken die Stiege hinunterkam, überrannte er fast.

»Ich hab sie überzeugt«, keuchte er und grinste dabei von einem Ohr zum anderen.

»Was? Wen?«

»Lore! Sie wird mich heiraten. Und heute kommt sie mit zum Gaffelessen. Ihr müsst ihr helfen, sonst kneift sie wieder.«

»Master Cedric, Ihr könnt mir nicht einfach unsere Köchin wegheiraten. Das geht nicht.«

»Jungfer Myntha, ich habe Jahre auf sie gewartet. Glaubt mir, ich kann. Ihr bekommt eine neue, ganz wunderbare Köchin. Ich kümmere mich darum. Ich hab ja auch für Lauryn eine Gänsehirtin besorgt. Und für Euch finde ich ebenfalls noch einen Mann. Versprochen. Ach, und acht Gössel habt Ihr jetzt auch im Hof.«

»Die auch nur Lore zu bändigen weiß. Die verdammten Gänse schenke ich Euch zur Hochzeit, und bleibt mir bloß mit Euren Verehrern vom Hals.«

»Schon gut, es waren nicht alle von passender Art, aber ich habe welche gefunden, die sich nicht vor Euch fürchten.«

»Glaubt mir, ich hätte sie allesamt flugs das Fürchten gelehrt, Master Cedric. Und nun – na ja, wünsche ich Euch Glück und Wohlergehen. Hütet Lore gut, sie ist ein feines Weib.«

»Ja, das ist sie. Das ist sie wirklich.«

30. Kapitel

Lore stellte sich noch ein bisschen widerborstig an, als es darum ging, sich für das Gaffelessen aufzuputzen.

»Ja, dein Sonntagsgewand ginge auch, aber warum willst du nicht das Samtgewand anlegen? Die grüne Farbe passt so schön zu deinen roten Haaren.«

»Die kommen unters Tuch.«

»Aber gewiss nicht. Wir stecken den Zopf auf, einverstanden, aber dann legen wir nur ein Haarnetz darüber. Ich habe früher eines mit Perlen getragen, das überlasse ich dir.«

»Ich will das nicht, das steht mir nicht zu.«

»Lore, soll es etwa nachher heißen, Master Cedric hätte sich mit einem gerupften Huhn verlobt? Du musst ihm Ehre machen, verstehst du das nicht?«

»Durch Putz und Jedöns?«

»Genau durch das.«

»Mmpf.«

Sie ließ es sich gefallen, dass Agnes ihr Bänder in die Zöpfe flocht und Myntha ihr das zarte Seidennetz darüberlegte. Und als sie das prächtige Samtgewand aus der Truhe von Mynthas Mutter angelegt hatte, schien sie eine Handbreit gewachsen zu sein.

»Jetzt ist es gut. Sieh in den Silberspiegel.«

Lange blickte Lore hinein. Dann sagte sie plötzlich: »Zu Frau Alyss' Hochzeit haben sie mich auch so aufgeputzt. Und ich bin auf dem Messveech geritten. Cedric hat es geführt.«

»Ja, ich habe davon gehört. Es muss ein prachtvoller Zug gewesen sein.«

Lore seufzte leise.

»Sie sind glücklich geworden, Frau Alyss und Master John.«

»Du wirst das auch, Lore.«

»Vielleicht.«

Cedric war gebührend beeindruckt von Lore, aber als die beiden gegangen waren, überkamen Myntha wieder dunkle Gedanken. Ihr Vater hatte tief betrübt auf die Nachricht reagiert, dass der Ritter Johannes um ihre Hand anhalten würde. Dass sie, wenn er dieser Ehe zustimmte, weit von Köln leben würde, war ihm nicht recht. Dennoch wollte er ihrem Glück nicht im Wege stehen. Dass der edle Herr ein weit besserer Gatte als der Rickel sein würde, war auch ihm völlig klar. Nur leichter war Myntha die Entscheidung nach diesem Gespräch nicht geworden.

Und dann war da noch der Rabenmeister…

Auch diese Nacht barg viele schlaflose Stunden für sie.

Am nächsten Morgen schüttelte Myntha die grauen Gedanken ab und widmete sich ihren Pflichten. Lore war wieder am Kessel tätig, doch summte sie mit rosigen Wangen leise vor sich hin. Der Abend mit Cedric schien angenehm verlaufen zu sein, und ein klein wenig neidete Myntha ihr ihre glückliche Stimmung. Dann aber begab sie sich auf den Markt, um die fälligen Einkäufe zu erledigen. Der Bandkrämer versorgte sie mit einigen Rollen feinem gebleichtem Garn, das sie zum Stopfen benötigte, bei der Zeitlerin Rixa erstand sie einen Topf Honig und schwatzte eine Weile mit ihr, einen Stockfisch erhielt sie bei dem holländischen Fischhändler, und zu guter Letzt suchte sie den Drugwarenhändler auf, um ein Säckchen Pfeffer zu erstehen und ihre Frage loszuwerden.

»Schaut, diese Pastillen habe ich auf dem Markt bei dem Turnier in Düsseldorf erhalten. Sie sind fast so gut wie Eure, aber es ist noch eine andere Zutat darin. Könnt Ihr herausfinden, was es ist?«

Der Mann nahm ihr das klebrige Kügelchen ab und hielt es sich zunächst unter die Nase und schnüffelte daran.

»Nun ja, es ist Honig. Minze auch, und das beruhigende Pulver, das in unseren Pastillen drin ist, scheint der dortige Pillendreher auch zu verwenden. Aber Ihr habt recht, da ist noch etwas anderes drin. Vielleicht Sauerampfer? Oder Essig? Nein, Essig nicht, aber etwas Säuerliches, das ist gewiss.«

Ein junger Mann trat hinzu und bat, ebenfalls sein Glück versuchen zu dürfen.

»Waren diese Pastillen besonders teuer?«, fragte er, nachdem er sie berochen und sich die Finger abgeleckt hatte.

»Nicht viel mehr als die hier angebotenen. Warum fragst du?«

»Weil ich vielleicht das Aroma von Limone bemerkt habe, einer sehr seltenen Frucht aus dem Morgenland.«

»Sauerampfer ist das, der hilft gegen Halsschmerzen, du Klugscheißer.«

»Ich weiß nicht. Auch der Saft der Limonen lindert das Halsweh. Oder es ist Quittensaft, der ist auch bei Husten nützlich.«

»Quitten sind bitterer, möchte ich einwenden. Ein säuerliches Mittel, aber welches es genau ist, erschließt sich Euch nicht.«

»Nun ja, ich denke …«

»Lasst nur, Meister Krudener. Ich werde meinen Lehrmeister fragen. Er ist Apotheker und kennt viele Heilmittel. Wenn Ihr mir diese Pastille überlasst, werte Jungfer, dann will ich ihn befragen.«

»Wer ist denn dein Lehrherr, Geselle?«

»Meister Ole, Apotheker von Deutz.«

»Oh, ah ja, von dem habe ich schon gehört. Was war es doch gleich …«

»Er hat kürzlich sein Weib verloren und steht jetzt mit zwölf Kindern alleine da. Es ist schwierig für ihn, Jungfer. Und für mich auch«, sagte der Geselle mit einem schiefen Grinsen. »Manchmal sind es zu viele Mäuler zu stopfen. Die Älteste hilft zwar mit, aber geschickt ist sie nicht mit Kessel und Spieß. Und der Apotheker trauert tief. Er glaubt, dass lockere Weiber ihn zur Sünde verleiten und seine Frau deshalb sterben musste. Das ist schon ein bisschen wirr, findet Ihr nicht auch?«

»Du sollst nicht schlecht über deinen Lehrherrn reden, Malte. Das gehört sich nicht.«

»Ja, entschuldigt, Meister. Jungfer. Ich geh dann mal. Wenn ich etwas über die Pastille herausgefunden habe, melde ich mich.«

»Ist gut, Malte«, sagte der Händler, und Myntha fügte hinzu: »Und sende Nachricht ans Fährhaus, wenn du mehr zu den Pastillen weißt.«

»Über diese Pastille mögt Ihr Auskunft bekommen, aber ansonsten hört nicht auf den Jungen, Jungfer. Ole ist ein redlicher Mann, auch wenn der Tod seines Weibes ihn tief erschüttert hat. Wirr im Kopf ist er deshalb noch lange nicht.«

»Schon gut, Meister Krudener. Und so wichtig ist mir das mit den Pastillen nun auch nicht. Was bin ich Euch schuldig?«

Das Häppchen Auskunft über den Apotheker hatte Myntha Stoff zum Nachdenken gegeben. Sein Name war schon mehrmals gefallen, und sie versuchte sich daran zu erinnern, wann und wo es gewesen war. Bis sie zu Hause war, hatte sich ein leidiges Gewusel in ihrem Hirn angesammelt, und mit einem Ächzen wuchtete sie den Korb auf den Küchentisch.

»Lore, was weißt du über den Apotheker von Deutz?«, stürzte es gleich danach aus ihr heraus.

»Ich? Nichts. Warum?«

»Mich juckt da was in meinem Kopf, an dem ich mich nicht kratzen kann.«

»Nehmts Hackmetz und haut mal drauf.«

»Das wäre sowieso das Beste.«

Aber dann gab es Brote zu schneiden und mit einer

Mischung aus Butter und Räucherfisch für die Mittagsgäste zu bestreichen, und als sie damit fertig war, war es ihr wieder eingefallen.

»Er ist wirr im Kopf«, sagte sie. »Er behauptet, seine Frau sei gestorben, weil ihn die losen Weiber zur Sünde verführt haben.«

»Der Apotheker?«

»So sagte sein Gehilfe. Was, wenn er in seinem Gram diese losen Weiber ermordet hat?«

»Gram macht einen elend und seelenwund, nicht zum Mörder.«

»Ja, kann sein.«

Myntha wusste, was Lore meinte. Dennoch bildete sich ein reichlich schreckliches Bild in ihrem Kopf, und als es sie allzu mächtig störte, legte sie die Stopfwäsche beiseite und rief Agnes zu: »Ich muss zum Rabenmeister. Zur Vesper bin ich zurück.«

Frederic saß auf der Bank vor der Kate und befestigte die neuen Eisenspitzen an den Pfeilen. Er fühlte sich niedergeschlagen, und als er darüber nachsann, musste er sich eingestehen, dass ihm sein Gehilfe fehlte. Nicht dass Henning sich wirklich wortlos dem Ritter angeschlossen hatte. Am letzten Abend des Turniers hatten sie noch ein sehr langes Gespräch geführt, bei dem Henning ihm viel anvertraut hatte, was er selbst die ganze Zeit geahnt hatte. Dass er der Erbsohn des Herrn von der Löwenburg war, hatte er schon zuvor herausgefunden. Doch bevor Henning sich gezwungen sah, dem hinterhältigen Ritter Bernolph zu entfliehen und sich den Beutel mit den

Pachteinnahmen der Mönche von Altenberg anzueignen, hatte er das ganz normale Leben eines Pagen und Knappen geführt und von väterlichen Lehrherren eine vielseitige Ausbildung erhalten. Umso mehr hatte es den jungen Mann entsetzt, als er plötzlich einem bösartigen Ritter zugewiesen wurde. Schläge, Hunger und Drangsal hatten ihn verbittert, und der Mord an seinem Ritter hatte ihn Rache schwören lassen. Mehr als einmal hatte Henning ihm, Frederic, dafür gedankt, dass er ihm in der dunkelsten Zeit seines Lebens, ohne Fragen zu stellen, beigestanden hatte.

»Ihr habt mich beobachtet, Meister Frederic, aber nie habt Ihr mich irgendwas gefragt.«

»Du hättest mir nichts gesagt, mein Junge. Aber deine Herkunft, deine Erziehung und dein Wissen konntest du mir nicht verheimlichen. Ich habe anerkannt, auf welche Weise du deine Buße bei mir geleistet hast. Den tiefen Groll und die Trauer, die du mit dir herumgeschleppt hast, hätte ich dir gerne erleichtert, aber du musstest deinen eigenen Weg finden, damit fertigzuwerden.«

»Ihr habt mir vertraut, Meister Frederic. Ihr habt mir Eure Pferde anvertraut. Ihr habt mich so viele Dinge gelehrt. Sogar das Kochen.«

»Das hat dich besonders gewurmt.«

»Anfangs ja, aber inzwischen habe ich eingesehen, wie wichtig es sein kann, nicht zu verhungern.«

Manchmal hatten sie gelacht, manchmal waren sie ernst und bedächtig gewesen.

»Es war von Beginn an Euer Vertrauen in mich, das mir mehr als alles andere geholfen hat, wieder zu mir selbst zu finden. Allerdings werde ich nicht ohne Freude zusehen, wenn diesem Bernolph die Ritterwürde aberkannt wird. Ich schätze, die Mannen des Herzogs werden ihn schon bald festsetzen.«

»Er wird nicht weit kommen. Ich hörte, dass man ihm nach seinem Aufbruch hier bereits gefolgt ist. Das ungehinderte Geleit nach dem Turnier hat er verwirkt. Er wird als Verbrecher gejagt.«

»Und es wird ihm inzwischen bekannt sein, wem er das zu verdanken hat. Ich hoffe nur, dass er weder an Euch noch an meinem Ritter Vergeltung üben will.«

»Mag sein, dass er es will, aber so weit wird es nicht kommen. Glaub mir, die Bande, die er um sich gesellt hat, wird plötzlich in alle Winde verstreut sein, wenn sie von seinem Geschick gehört haben. Und schlechte Nachrichten reisen schnell.«

Es war ein langer Abend gewesen, den sie miteinander verbracht hatten, aber der Abschied war dann kurz gewesen. Und nun plagte Frederic die Wehmut.

Er hatte einen Freund verloren.

Scheiße.

»Wollt Ihr die Pfeilspitze nicht langsam befestigen? Ihr starrt schon seit Zeiten unbeweglich auf den Pfeil, Rrrabenmeister. Uh, und Ihr dünstet wahrlich finstere Wolken aus. Sogar Robb hat es die Sprache verschlagen.«

»Haut ab, Unholdin. Ich kann Euch hier nicht brauchen.«

»Geht nicht, Rabenmeister, ich brauche Euch.«

»Wozu? Um Grillen zu fangen?«

»Um mit Euch zu reden, Meister Finsterling. Es geht um Molly und ihren Mörder. Den zu fangen wird Euch mehr unterhalten als ein paar lustige Grillen, die hier ihre Lieder sägen.«

Die Eisenspitze gelangte endlich an den ihr zugehörigen Platz am Ende des Pfeiles, und Myntha stellte den Korb mit dem Krug Würzwein auf dem Hackklotz ab. Wortlos ging sie in die Kate, um zwei Becher zu holen. Sie fand das wenige Geschirr klebrig und schmutzig auf dem Tisch stehen und schüttelte den Kopf. Dann stellte sie es zusammen und trug es zum Trog. Mit reichlich Sand scheuerte sie die Schüsseln, Becher und Brettchen und stellte sie neben dem Rabenmeister auf die Bank.

»Ihr seid nicht nur der Meister der Düsternis, Ihr seid auch ein Schwein. Ohne einen Gehilfen, der Euch die Dreckarbeit abnimmt, kommt Ihr wohl alleine nicht zurecht.«

»Haltet Euch da raus, Unholdin, und verschwindet endlich.«

Sie goss unberührt von seinen Forderungen zwei Becher voll Wein und reichte ihm einen.

»Wollt Ihr mich trunken machen und dann mit Euren unholden Reden meine Sinne betören?«

»Könnte ich das jemals? Ihr seid unbetörbar, Rabenmeister. Für so etwas fehlt Euch ein Sinn. Aber ich habe ein anderes Anliegen, wie ich schon sagte. Jetzt trinkt verdammt noch mal einen Schluck und hört mir zu!«

Er trank tatsächlich einen Schluck, und der schwere Wein schien ihn etwas zu besänftigen.

»Dann spinnt mir Euer Garn vor. Ich kann Euch ja nicht hindern.«

»So ist es. Es handelt sich um den Apotheker von Deutz. Er war am Tag, als die Molly starb, im Badehaus und hat Ärger gemacht. Rabenmeister, er hat erst kürzlich sein Weib und sein dreizehntes Kind verloren.«

»Ein eifriger Gatte, meint Ihr?«

»Ja, nicht wahr? Nicht alle Männer zeugen in so kurzen Abständen so viele Kinder. Er war eben zehn Jahre verheiratet.«

»Das arme Weib. Es kam ja nie aus seiner gesegneten Lage hinaus.«

»Und zudem wurde der arme Mann auch noch von lockeren Weibern zur Sünde verführt.«

»Nicht nur ein eifriger Gatte, auch noch ein brunftiger Hirsch.«

»Spottet nicht. Er gibt diesen Frauen, die ihn zur Sünde verführt haben, die Schuld am Tod seiner Gattin.«

»Haben die Weiber die Gattin gemeuchelt?«

»Hört auf zu spotten, Rrrabenmeister. Er glaubt, weil er der Sünde anheimfiel, musste sein Weib bei der Geburt des letzten Kindes sterben.«

»Was für ein Unsinn. Die arme, ausgelaugte Vettel ist vermutlich an Auszehrung gestorben. Aber was soll das Ganze, Jungfer Unhold?«

»Meister Frederic, wenn dieser Apotheker in einem solchen Wahn begriffen ist, könnte er dann, weil er den Mädchen die Schuld am Tod seines Weibes gab, sich nicht auch gezwungen gesehen haben, diese Sünderinnen zu meucheln?«

»Eure Gedankengänge sind gelegentlich krude. Aber nicht völlig blödsinnig. Es gibt solche Menschen, die immer die Schuld bei anderen suchen. Aber gesetzt den Fall, das ist so, was wollt Ihr machen?«

»Ich weiß es nicht. Darum wollte ich ja mit Euch darüber sprechen.«

»Und Ihr denkt, dass ich eine Antwort habe?«

»Ihr habt in Eurem Leben andere Erfahrungen gemacht als ich. Mag doch sein, dass Ihr eine Lösung seht.«

»Jungfer, es ist ein Schöffe abgestellt worden, den Mörder dingfest zu machen. Was kümmert es Euch, wer es war und warum er es tat?«

»Weil Thyn von Bramberg ein hohles Ei ist. Ein geldgieriger Wicht, der sich keinen Deut um die Morde schert. Und weil ich die Molly kannte, weil sie meinen Brüdern und meinem Vater eine lustige Buhle war, weil sie mir sorgsam die Haare gewaschen hat und niemandem je etwas Böses tat.«

»Regt Euch ab, und trinkt einen Schluck Wein, Jungfer Unhold. Ja, vielleicht habt Ihr recht. Aber Ihr mischt Euch allzu gerne in Dinge ein, die Euch in gefährliche Lagen bringen, aus denen andere Euch dann wieder herausfischen müssen.«

»Genau darum bin ich diesmal zu Euch gekommen.«

»Damit ich mich für Euch in Gefahr bringe. Ein freundliches Ansinnen.«

Myntha stand auf und griff nach ihrem Korb.

»Gut, ich werde jemand anderen finden, der diesem witzlosen Amtmann von dem Apotheker berichtet. Mal sehen, wer für den dann bürgt.«

»Schön, das erspart mir Eure Knurrigkeit. Lebt wohl, Jungfer. Ich habe zu tun.«

Ausgesprochen schlecht gelaunt trat Myntha den Rückzug an und scheuchte sogar die Raben missmutig fort. Sie würde die Angelegenheit auch ohne Hilfe zu regeln wissen.

31. Kapitel

Die Regelung der Angelegenheit musste warten, denn am nächsten Morgen kündigte ein Bote den Besuch von Frau Swinte und ihrem Bruder Rickel an, die den Ehevertrag nun endlich zu schließen wünschten. Reemt murrte, als Myntha ihn bat, sein bestes Gewand anzuziehen.

»Was ist mit dem Ritter, Tochter? Du willst doch den Herrn Johannes nicht verärgern, indem du ihm mit einem Rivalen drohst?«

»Vater, der Herr Johannes spielt jetzt keine Rolle. Wir müssen uns auf jeden Fall anhören, was der Mühlenerbe zu sagen hat. Wenn es uns nicht gefällt, dann haben wir einen guten Grund, den Ehevertrag abzulehnen.«

»Du musst aber endlich heiraten, Myntha. Du bist eigentlich sowie schon zu alt.«

»Ist das meine Schuld? Ich habe damals meinen Verlobten nicht im Rhein ersäuft. Ich hätte Gernot viel lieber geheiratet, glaub mir.«

»Ja, ja, entschuldige.«

»Und wenn Frau Swinte auch nur das Wort Jungfernprobe in den Mund nimmt, ersäufe ich sie im Rhein.«

»Dabei helfe ich dir auch noch. Aber dennoch – sie wird sicher versuchen, uns entgegenzukommen.«

Myntha seufzte leise. Sie hatte immer weniger den Wunsch, den einäugigen Rickel zu ehelichen. Nur der Gedanke an eigene Kinder konnte sie vielleicht dazu bringen, mit ihm die Ehe einzugehen. Vorausgesetzt, Frau Swinte hielt sich aus ihrem Leben heraus.

Sie kam wie üblich angerauscht, in Samt und Seide mit einer Haube voller klimpernder Goldplättchen. Der Rickel verhielt sich wie gewohnt zurückhaltend, zeigte aber ein freundliches Lächeln, als er Myntha begrüßte.

Comtesse Agnes hatte sich ebenfalls mit kostbarem Damast herausgeputzt, doch ihre Haube kräuselte sich nur anmutig um ihr Gesicht. Seit Myntha um ihr Geheimnis wusste, bewunderte sie die Art, wie sie stille Noblesse verkörperte. Sie selbst hatte ein leichtes himmelblaues Gewand gewählt, und ihre langen blonden Haare hielt ein Kranz aus Rosenknospen und Bändern zurück.

»Verehrter, wohledler Herr Fährmeister«, flötete Frau Swinte und eilte mit ausgestreckten Armen auf Reemt zu. »Ich bin ja so beglückt, Euch bei guter Gesundheit anzutreffen.«

Reemt ignorierte die ausgestreckten Hände, verbeugte sich knapp und fragte: »Wähntet Ihr mich siech und krank, Frau Swinte?«

»Ein solch trauriges Schicksal kann doch jeden treffen. Ich hatte kürzlich mit einem schlimmen Magenleiden zu ringen. Tagelang konnte ich keinen Bissen zu mir nehmen.«

»Das war sicher schlimm für Euch, Frau Swinte, aber es hat Euch Zeit gelassen, den Ehevertrag endlich wohlwollend zu prüfen«, sagte Myntha und bat ihre Besucher, am Tisch in der Stube Platz zu nehmen. Die lange Fastenzeit schien Frau Swintes Appetit nicht mehr zu beeinträchtigen, denn sie nahm gleich von den Küchelchen, die Lore bereitgestellt hatte.

»Oh, sehr wohlwollend. Wohledler Herr Fährmeister, wir sind mit allen darin enthaltenen Klauseln einverstanden, und mein Bruder würde sich freuen, wenn wir heute noch einen Hochzeitstermin vereinbaren könnten.«

»Das klingt *très rejouissant*«, säuselte Agnes. »'abt Ihr dabei *le contrat*? Dann *nous* können ihn *lirer et sceller*, rischtisch?«

»Ja, gebt uns den Vertrag, dann prüfen wir ihn ebenfalls wohlwollend.«

»Er ist bei unserem Notar, wohledler Herr Fährmeister. Ihr versteht, ein Siegel setzt man nicht in einer Stube.«

»Werter Herr Rickel, könnte es sein, dass der Vertrag eine Klausel enthält, die wir bisher noch nicht kannten? Sicher eine Anerkennung unserer Mitgiftzahlungen und des Brautschatzes?«, fragte Myntha und sah dem Rickel liebenswürdig ins Auge. Der senkte seinen Blick, und Frau Swinte räusperte sich.

»Nur eine Kleinigkeit, werter Herr Fährmeister. Eine winzige Kleinigkeit, die die Brautkrone der liebreizenden Jungfer Myntha betrifft.«

»So, so«, sagte Reemt und starrte die Schwester des Bräutigams dann schweigend an.

Die begann, sich ein wenig zu winden.

»*Comme ça, comme ça*«, sagte Agnes und lächelte den Rickel an.

»Ah ja?«, fragte Myntha liebenswürdig.

Frau Swinte ruckelte auf ihrem Platz hin und her und nahm sich noch einen Kuchen. Agnes, Reemt und Myntha warteten mit gespannten Mienen, bis sie ihn gekaut und geschluckt hatte. Doch erst als sie ihn gründlich mit Wein hinuntergespült und sich zweimal geräuspert hatte, kam sie auf die winzige Kleinigkeit zu sprechen.

»Ja, mein Bruder ist mit der geringeren Mitgift einverstanden, werter Herr Fährmeister, wenn dann dieses kleine Flitterding, mit dem sich die liebreizende Braut schmücken wird, in dem Brautschatz enthalten ist.«

»Flitterding. Könnte es sein, liebe Frau Swinte, dass Ihr die Brautkrone meint, die Frau Alyss meiner Tochter als Leihgabe stiften wird?«

»Nun, ein hübsches Dingelchen, gewiss, das später ihre Töchter tragen werden.«

»Habt Ihr je die Brautkrone von Frau Alyss gesehen, Frau Swinte? Kennt Ihr die Eltern von Frau Alyss, die dieses Flitterding für sie haben anfertigen lassen?«

Frau Swinte griff nach einem weiteren Kuchen.

»Nun, da *votre sœur* 'at nach die *Carême un grand faim*, 'err Rickel, könnt Ihr beantworten *cette question, n'est-ce pas*?«, säuselte Agnes.

Der Rickel machte ein einfältiges Gesicht und starrte seine eifrig kauende Schwester an.

»Aber… aber Ihr wollt mich doch heiraten!«, stieß er hervor.

»Ich darf Euch helfen, werter Herr Rickel?«, sagte Myntha sanft. »Das Flitterding, wie Eure Schwester die goldene Brautkrone zu nennen beliebt, ist nicht mein

Eigentum, sondern eine Leihgabe und mehr wert als Euer gesamtes Mühlen-Jedöns.«

»Mühlen-Jedöns!«, fauchte Frau Swinte und spuckte Krümel.

Agnes hustete. Reemt ebenfalls. Myntha starrte dem Rickel ins Auge.

»Und was die Heirat anbelangt, werter Herr Rickel, so braucht meine Tochter noch Zeit für ihre Entscheidung. Denn auch der Ritter von Odenhausen hat inzwischen um ihre Hand angehalten. Ein sehr würdiger Mann, der den großen Vorteil hat, seine Entscheidung nicht von der Zustimmung seiner Schwester abhängig zu machen.«

Und wieder überraschte Myntha ihr Vater, der in genau dem richtigen Augenblick die vernichtendste aller Bemerkungen zu machen in der Lage war.

Frau Swinte grollte, der Rickel stand auf und verbeugte sich gemessen.

»Ich hoffe, Jungfer Myntha, dass Ihr dennoch auch meine Bewerbung weiterhin in Betracht zieht. Über die Brautkrone wollen wir dann nicht mehr reden.«

»Das werden wir ja sehen«, giftete Frau Swinte. »Euer krummbeiniger Freier wird schon noch wissen, was er an Euch hat. Ob er einen derart geizigen Brautvater gutheißt, wird sich weisen.«

»Nun, Frau Swinte, er braucht meine Mitgift nicht. Herr von Odenhausen ist reich belehnt.«

»Ritter-Jedöns!«, zischte sie und strebte aus der Stube. Der Rickel folgte ihr kopfschüttelnd.

»Sie leidet manchmal unter schwarzer Galle. Seht es ihr nach«, murmelte er.

»Sie *ist* schwarze Galle«, knurrte Agnes, als ihre Besucher draußen waren.

»Sie bringt mich dazu, tatsächlich dem Ritter meine Hand zu reichen. Vater, wenn er vorspricht und Ihr einen guten Eindruck von ihm habt, dann erlaubt mir, ihn zu ehelichen. Ich will lieber in der Ferne leben als mit diesem Drachenweib hier in einem Haus.«

»Glaubst du denn, der Rickel wird noch mal zurückkommen, Tochter?«

»Die Swinte wird ihn schon herscheuchen. Sie brauchen einen Erben für ihr Mühlen-Jedöns.«

Doch Myntha blieb verstimmt in der Stube sitzen. Und es war Reemt, der kurz darauf zu ihr kam und ihr den Arm um die Schulter legte.

»Du wirst es schon richtig machen, meine Tochter. Gräm dich nicht. Vielleicht kommt schon morgen ein guter Mann, der dich heimführt. Das Gold im Rhein wartet nur darauf, dass ich es für dich hole.«

»Ach Vater …«

32. Kapitel

Es war der junge Gehilfe, der in der Küche bei Lore auf Myntha wartete, und sie scheuchte bei seinem Anblick die schwarze Wut von sich. Er trug keine Schuld an ihrem Zorn über die Gehässigkeiten der Frau Swinte. Er war ein liebenswürdiger Jüngling, der sie mit weit größerer Höflichkeit begrüßte. Also zwang sie ein Lächeln auf ihre Lippen und erwiderte seinen Gruß.

»Jungfer Myntha, ich habe meinem Lehrherrn die Pastille zur Prüfung gereicht, und er hat sie eingehend untersucht. Er erwartet Euch am Stand des Drugwarenhändlers hier auf dem Markt. Wenn Ihr so freundlich sein würdet, mir zu folgen, wird er Euch die Ingredienzen jener Probe nennen. Er hat sogar eine kleine Auswahl von Pastillen hergestellt, deren Geschmack Ihr prüfen könnt.«

»Lore, gibt es noch etwas, das wir vom Markt benötigen?«

»Wenn Ihr einen harten Käse findet, gibt's heute Abend Käsestäbchen.«

Da diese als ausgesuchte Leckerei galten, erklärte sich Myntha gerne bereit, ein halbes Käserad zu erstehen, und schloss sich dem Apothekergehilfen an.

»Auch mein Meister versuchte es zunächst mit Sauerampfer, Jungfer, doch das Ergebnis war nicht besonders wohlschmeckend. Aber nach einigen Experimenten mit anderen Gewürzen sind die Pastillen recht köstlich geworden. Er hat mir eine davon zum Probieren gegeben.«

»Ich bin neugierig, ob er das Rezept ermittelt hat. Ein wunderbarer Tag heute, nicht wahr?«

»Nicht zu warm, nicht zu kalt, und ein leiser Wind weht den Rhein hinab. Wir sind mit dem Boot gekommen, und es war eine schöne Fahrt von Deutz her. Gut, zurück müssen wir kräftig rudern, aber selbst das ist bei diesem blauen Himmel eine leichte Last.«

Der Geselle ging mit eiligen Schritten voraus, aber Myntha hielt ihn unterwegs einmal zurück.

»Warte einen Moment. Ich will hier bei dem Käsehändler einkaufen.«

»Das könnt Ihr doch …«

»Warte, er hat nur noch ein halbes Rad von dem harten Käse da. Ich möchte nicht, dass mir ein anderer das wegschnappt.«

Und damit begann sie einen lebhaften Handel mit dem Mann am Stand, bis sich das halbe Rad des Käses in ihrem Korb befand. Dass der Geselle dabei ungeduldig mit den Füßen scharrte, übersah sie geflissentlich. Sein Meister würde die kleine Verzögerung nicht übelnehmen. Und wenn doch, dann würde sie sich dafür entschuldigen.

»So, ich bin fertig. Dann gehen wir jetzt zum Drugwarenhändler.«

»Ich bitte Euch, lasst uns eilen.«

»Schon gut, Junge. Er wird dir nicht den Kopf abreißen.«

Aber sie schloss sich ihm eiligen Schrittes an, und dann

sagte der Geselle: »Hier sind wir schon. Meister, dies ist Jungfer Myntha aus dem Fährhaus, die begierig ist, Eure Pastillen kennenzulernen.«

Der Meister Ole hatte sich mit dem Drugwarenhändler angeregt unterhalten, wandte sich aber sogleich ihr zu. Er war ein großer, schwerleibiger Mann, dessen blonde Haare bereits von Grau durchzogen waren und glatt unter seiner schwarzen Kappe hervorquollen. Seine große Hand fühlte sich schwammig an, und Myntha musste ein leichtes Schaudern unterdrücken, während er die ihre mit seinem warmen, weichen Druck immer länger umfangen hielt und herzlich auf sie einsprach. Es gelang ihr endlich, ihm ihre Hand zu entziehen und das Gespräch auf die Hustenpastillen zu bringen.

»Sofort, werte Jungfer.« Und zu seinem Gesellen sagte er: »Dieser vortreffliche Kräuterhändler hat eine erfreuliche Auswahl an *plantinas* aus der Heide. Lass dir ihre Namen und ihre Wirkweise von ihm erklären, mein Junge. Und von dem, was du für uns als nützlich erachtest, lass dir zwei, drei Lot abfüllen.«

»Ja, Meister!«

Der Geselle schien um zwei Fuß zu wachsen ob des wichtigen Auftrags, und der Apotheker reichte Myntha ein Beutelchen.

»Nehmt, Jungfer. Ich habe lange experimentiert, und mir scheint die *plantina acerbuia* das rechte Kraut zu sein. Die *plantina rumexius* hingegen wollte mir nicht geeignet sein. Aber probiert selber.«

Die lateinischen Begriffe verstand Myntha nicht, aber sie vertraute dem Apotheker, der vermutlich bessere Lateinkenntnisse hatte als sie. Und tatsächlich schmeckte die erste Pastille einfach wunderbar. Sie war groß und rund und fühlte sich im Mund frisch an. Minze war darin und zarte Süße, nicht jedoch von Honig, und eine scharfe Säure, die ihren Speichelfluss anregte. Gegen Husten würde sie hervorragend wirken. Sie sprach ein Lob aus, und der Apotheker antwortete: »Es ist erstaunlich, Jungfer, wie einfach es manchmal ist. Das passende Arzneikraut wächst überall am Ufer unseres schönen Flusses. Kommt, folgt mir, ich will es Euch zeigen.«

Neugierig begleitete Myntha den Apotheker. Sollte tatsächlich dieses saure Kraut am Rheinufer wachsen, so würde es auch Lore in ihrer Küche verwenden wollen. Ein wenig wunderlich kam es ihr jedoch vor, dass bisher noch niemand davon gehört haben sollte. Und noch wunderlicher kam es ihr vor, dass der Boden so schwankte und sich Meister Ole vor ihren Augen verdoppelte.

Und dann wurde ihr erbärmlich übel.

Lore hatte die Suppe für das Mittagsmahl gerichtet und schon Mehl und Eier für den Teig bereitgestellt, den sie für die Käsestäbchen benötigen würde. Aber da stand plötzlich Cedric in der Tür und hielt ihr einen Strauß gelber Schlüsselblumen entgegen.

»Einen schönen Gruß, Lore. Schau, ich habe Blumen für dich. Sie wachsen in Lauryns Garten, und sie schwört darauf, dass sie einen guten Schlaf schenken. Aber eigentlich finde ich sie nur hübsch, und sie duften süß nach Honig.«

»Und was soll ich damit?«

»Sie in deine Kammer stellen und dich daran erfreuen.«

»Ich geh nur in meine Kammer, um zu schlafen.«

»Nun, gerade dann werden sie dir hübsche Träume schenken. Von mir, süße Lore. Und sie werden deine Sehnsucht nach mir wecken.«

»Kann ich nicht brauchen.«

Dennoch beäugte Lore die leuchtend gelben Blumen gründlich.

»Haben die Stacheln?«

»Nein, meine Liebliche. Ganz im Gegensatz zu dir sind die Schlüsselblumen sanfte Geschöpfe.«

»Und so was soll ich für dich werden?«

»Nein, nein, ich liebe es, von dir gekratzt und gebissen zu werden. Wo kämen wir hin, wolltest du mich je kosen?«

Lore lachte auf und nahm die Blumen an sich.

»Ich stelle sie in einen Krug, und für den werde ich hier in der Küche noch ein Plätzchen finden. Und wenn Enna das Unkraut im Garten entfernt hat, wird sie sich daran erfreuen. Pass nur auf, dass sie nicht in Sehnsucht nach dir entbrennt.«

Lore holte Wasser vom Brunnen und erlaubte sich ein glückliches Lächeln. Mit Cedric zu zanken machte ihr inzwischen wirklich Spaß, und so blieb die Arbeit in der Küche eine Weile liegen, und auch Myntha vermisste sie nicht.

Das änderte sich, als Witold in den Raum stapfte und einen Sack Mehl in die Ecke wuchtete.

»Ist die Suppe fertig?«, fragte er und ließ sich auf die Bank fallen. »Haro bekommt bei Bilke sein Mahl. Soll ich etwa die Leute aus der Gaststube mit nach drüben nehmen?«

»Nein, nein!« Eilig rührte Lore im Kessel und brüllte nach der Schankmaid. »Brot schneiden, schnell. Ich mach die Schüsseln fertig.«

»Und was habt Ihr hier zu suchen, Master Cedric?«, fragte Witold und grinste den Tuchhändler an. »Mit unserer Köchin tändeln?«

»Ihr eine Schüssel Suppe abschwatzen. Das Tändeln mit ihr ist hart wie trockenes Brot.«

Da Lore die Suppe zu den Gästen brachte, fragte Witold leise: »Du willst uns doch nicht die Köchin abspenstig machen?«

Er füllte zwei Schalen mit der heißen, gehaltvollen Suppe und stellte sie auf den Tisch.

»Doch, Witold, das werde ich. Gestern habe ich mir ein Haus angesehen, das gut geeignet für meinen Tuchhandel scheint. Und es ist groß genug für eine Familie mit vielen Kindern. Witold, sie geht mir seit Jahren nicht aus dem Kopf, und ich bin froh, sie hier wiedergefunden zu haben.«

»Sie gehört bei uns zur Familie, Cedric. Und gerade Myntha war sie eine große Hilfe, nachdem wir sie damals aus dem Eiswasser gezogen hatten.«

Cedric löffelte seine Suppe und schüttelte dann den Kopf.

»Eure Schwester braucht ihre Hilfe jetzt nicht mehr. Aber ich möchte Lore zum Weib haben.«

»Und, will sie dich auch zum Gatten haben?«

»Ich bin dabei, sie zu überreden.«

»Und was wir davon halten, das interessiert dich nicht?«

»Ihr könnt es ihr nicht verbieten, Witold.«

Witold wischte seine Schüssel mit Brot aus und zuckte mit den Schultern.

»Sie und meine Schwester sind Freundinnen geworden, Master Cedric.«

»Können sie doch bleiben.«

»Wo ist Myntha eigentlich? Weiß sie schon davon?«

Lore war aus der Gaststube zurückgekommen und hatte die Frage gehört.

»Sie wollte zum Markt, Käse kaufen. Und irgendwas bei dem Drugwarenhändler mit einem Apotheker regeln.«

»Und darüber vergisst sie das Mittagsmahl?«

»Ja… Ja, sie ist schon eine ganze Weile fort. Aber vielleicht hat sie Gevatterin Ellen getroffen und schwatzt noch ein wenig.«

»Apotheker? Was wollte sie bei einem Apotheker? In Mülheim gibt es keinen Apotheker, Lore«, sagte Witold.

»Sie kannte aber den Gesellen, den er geschickt hat. Ach ja, es ging wohl um irgendwelche Pastillen.«

»Apotheker? Master Cedric, das will mir nicht gefallen. Folgt mir zum Markt.«

»Sofort. Was weckt Euer Misstrauen?«

»Wir dachten neulich darüber nach, wer unsere Molly umgebracht haben könnte. Und wie es scheint, hatte sich am selben Tag der Apotheker von Deutz im Badehaus eigenartig benommen. Ich will nur sichergehen, dass Myntha nicht in eine missliche Lage gerät.«

Der Drugwarenhändler füllte eben ein Säckchen Kräuter für ein altes, krummes Weiblein ab und erklärte ihr, wie sie daraus einen Aufguss machen sollte. Witold sah sich um und schob dann die Alte beiseite.

»Krudener, wo ist meine Schwester hingegangen? Angeblich wollte sie mit einem Apothekergesellen zu Euch kommen.«

»Ja, die Jungfer war hier. Ich weiß nicht genau, was sie vorhatte, aber sie ist Meister Ole gefolgt. Der Geselle hat einige Kräuter gekauft und ist dann zum Gürtelmacher rüber.«

»Wohin ist der Apotheker gegangen?«

»Keine Ahnung. Ich habe den beiden nicht zugehört. Ich habe nur aufgeschnappt, dass es um irgendein Rezept ging. Und – ach ja, ich habe mich noch gewundert, dass Meister Ole so seltsame Begriffe für die Ingredienzen verwendet hat. Aber er ist ein gelehrter Mann und wird schon wissen, wovon er spricht.«

Cedric hatte sich schweigend umgesehen und sagte: »Weit kann der Geselle nicht sein. Suchen wir ihn!«

Der Gürtelhändler wies sie zum Taschenmacher, und da fanden sie den Gesellen, der die ausgelegten Taschen begutachtete.

»Wohin ist dein Meister mit der Jungfer Myntha gegangen, Bursche?«, herrschte Witold ihn an.

»Weiß ich nicht. Wollte ihr eine *plantina* zeigen, glaub ich.«

»Wo, Junge?«, wollte auch Cedric barsch wissen. Das führte dazu, dass der Geselle nur die Lippen schmollend verzog und nichts mehr sagte.

»Nichts für ungut, Junge«, sagte Witold sanfter. »Ich suche meine Schwester. Sie ist etwas übermütig und sollte nicht mit einem fremden Herren weggehen. Was sollen denn die Leute sagen?«

»Och, bei meinem Meister ist sie gut aufgehoben.«

Cedric klopfte Witold auf die Schulter.

»Dort ist Frederic. Holen wir ihn dazu.«

»Geht«, sagte Witold und widmete sich wieder dem Gesellen.

»Sicher ist sie nicht in Gefahr mit deinem Meister, aber für andere sieht es nicht gut aus. Wohin könnten sie gegangen sein?«

»Weiß ich wirklich nicht. Ich warte hier auch auf meinen Meister.«

Frederic war hinzugetreten und musterte den Gesellen kurz und lächelte ihn dann an. Das schien den Jungen lockerer zu machen. Er antwortete freimütig, als Frederic ihn fragte: »Woher kommst du, Junge? Dein Meister und du, ihr seid nicht von hier.«

»Nö. Wir sind von Deutz.«

»Und zu Pferd gekommen?«

»Ach was, wir haben ein Bötchen.«

Es mochte den Gesellen entsetzen, dass die Miene des Mannes sich von freundlich zu geradezu brutal verwandelte.

»Zum Rhein, schnell!«

Myntha war es elend, aber erbrechen konnte sie nicht. Sie kniete auf dem Boden und würgte. Der Apotheker versuchte sie hochzuzerren, aber sie sank immer wieder zusammen. Nach dem zweiten Versuch warf er sie sich über die Schulter, und gnädiges Dunkel senkte sich über sie.

Der Korb mit dem Käse blieb am Ufer stehen.

Ihn entdeckte Cedric und winkte seine Begleiter zu sich.

»Kann sein, dass das Mynthas Korb ist. Wenn der Kerl ein Boot hatte, dann hat er sie womöglich von hier entführt.«

»Ohne dass sie sich wehrte?«

»Sicher nicht. Vielleicht hat sie als Zeichen den Käse hinterlassen? Aber das kann auch eine falsche Spur sein, Cedric.«

»Es ist die einzige, die wir haben. Dort liegt ein Ruderboot. Leihen wir es uns aus.«

»Rudert ihr, ich habe Meuric hier.«

Cedric und Witold sprangen in das kleine Boot und griffen zu den Riemen. Das Geschrei des Besitzers verklang, als Frederic ihm einige Münzen in die Hand drückte. Dann rannte auch er zu seinem Pferd und sprengte los. Er kam schneller voran als die beiden Ruderer, die gegen die Strömung anzukämpfen hatten, und vor ihnen entdeckte er das Boot, in dem sich ein schwerleibiger Mann an den Riemen abmühte. Eine zusammengesunkene Gestalt vor ihm konnte nur Myntha sein. Kurz überlegte Frederic, ob er ins Wasser springen und zu dem Boot schwimmen sollte, verwarf aber die Idee, denn Witold und Cedric waren noch zu weit entfernt, um eine Hilfe zu sein. Aber weiter vorne an der Biegung tauchte eben ein schwer beladener Oberländer auf. Er trieb Meuric an. Als er auf

Höhe des dickbauchigen Schiffes war, hielt er ein und rief laut: »Kapitän! Zu Hilfe! Ich brauche Eure Hilfe.«

Ein hagerer Kerl, der an dem großen Ruder am Heck stand, brüllte zurück: »Was liegt an?«

»Da vorne kommt ein Ruderboot. Der Kerl hat ein Weib entführt. Haltet sie auf!«

»Hah!«, brüllte der Mann und gab dann einige barsche Befehle. Ein zweiter Mann gesellte sich zu ihm und ergriff das schwere Ruder, drei andere senkten die kleineren Riemen ins Wasser. Der Oberländer drehte sich schwer in der Strömung und nahm Richtung Ruderboot Fahrt auf. Der Apotheker bemerkte die Gefahr und versuchte, seine Last in den Fluss zu stoßen. Das gelang ihm jedoch nicht, denn gleichzeitig versuchte er nun hektisch, sein Gefährt aus der Richtung des Oberländers zu bringen. Doch der Rhein half ihm nicht. Frederic ritt langsam am Ufer entlang und beobachtete das Treiben. Als der schwere Oberländer das Ruderbötchen rammte, sprang er von Meuric und lief zum Ufer. Das kleine Boot war gekentert, und als er die leblose Gestalt im Kielwasser des Oberländers versinken sah, stürzte er sich in das Wasser. Eine Welle schwemmte den schreienden Apotheker Richtung Ufer. Ihn ignorierte er. Das Bündel, das eben unterzugehen drohte, bekam er an einem Gewandzipfel zu fassen und zog es an sich. Myntha, benommen und schlaff, rührte sich nicht, und er hatte alle Mühe, ihren Kopf über Wasser zu halten.

Der Kapitän des Oberländers winkte ihm zu und rief: »Alles in Ordnung?«

»Wird schon!«, keuchte Frederic. Dann kämpfte er weiter gegen die Strömung, um ans Ufer zu gelangen. Der

Apotheker schrie immer noch und wedelte mit den Armen im Wasser. Schwimmen konnte er offensichtlich nicht, aber er schaffte es, über Wasser zu bleiben.

Witold und Cedric legten sich mit all ihrer Kraft in die Riemen und entgingen nur knapp dem Schicksal, ebenfalls von dem großen Schiff gerammt zu werden. Sie erreichten Frederic mit seiner Last, und gemeinsam versuchten sie, Myntha in das Boot zu heben. Mehrmals entglitt sie ihnen, doch dann war es geschafft. Mit einem Schmerzensschrei landete sie zwischen Witolds und Cedrics Beinen. Frederic kämpfte sich zum Ufer vor und blieb an einem Treibholzstamm keuchend liegen.

»Wir bringen sie zum Fährhaus, Frederic«, rief Witold und zog die Ruder ein. Cedric wendete das Boot, und der Rhein erfasste sie und trieb sie flussabwärts.

Frederic schauderte in seinen nassen Kleidern, aber Meuric kam auf seinen Ruf hin zu ihm. Er saß auf und ritt ebenfalls am Ufer entlang zum Fährhaus. Gleichzeitig mit den beiden Männern traf er ein und half, die inzwischen bewusstlose Myntha hineinzutragen.

Lore empfing sie mit einem Aufschrei des Entsetzens.

»Hoch mit ihr. Wir müssen ihr die Kleider ausziehen. Agnes!«

Sie schleppten Myntha die Stiege zu ihrer Kammer hoch, und hier wartete Agnes bereits mit Tüchern. Zwei davon reichte sie Frederic.

»Witold wird trockene Kleider für Euch auftreiben, Rabenmeister. Raus hier! Alle Männer raus.«

Während Frederic die nassen Kleider ablegte und sich abtrocknete, sagte er: »Dieser verdammte Apotheker muss ihr ein Gift verabreicht haben. Holt diesen Lumpen her und quetscht aus ihm heraus, was es ist und was man dagegen tun kann.«

»Und wenn er ersoffen ist?«

»Dann schnappt Euch den Gesellen.«

Agnes klopfte und brachte einen dampfenden Becher.

»Trinkt, Meister Frederic. Das wärmt Eure Glieder!«

Der heiße, gewürzte Most tat es, und als der Becher leer war, meinte er: »Ich komme mit Euch.«

»Noch ein Bad solltest du vermeiden«, sagte Cedric. »Aber Meuric trägt dich am schnellsten zu der Stelle, wo der Apotheker versunken ist. Entweder er ist tot, oder man hat ihn herausgezogen. Wir kümmern uns um den Gesellen.«

»Gut. Mal sehen, was ich vorfinde.«

Tatsächlich sah Frederic schon von Weitem die Gruppe von Leuten, die sich an einer Stelle am Ufer versammelt hatten. Als er vom Pferd glitt, sah er auch den Apotheker auf dem Boden liegen. Er würgte Wasser aus und stöhnte zum Herzerbarmen.

»Vielleicht können die Mönche vom Hospiz ihm helfen«, sagte eines der Fischerweiber.

Man nickte, aber niemand sah sich bemüßigt, die Mönche zu holen.

»Helft mir, den Kerl auf mein Pferd zu packen«, befahl Frederic mit harter Stimme.

Niemand rührte sich.

Frederic fasste einen der Fischer am Arm und zerrte ihn zu dem Mann.

»Hochheben. Sofort!«, brüllte er ihn an.

Das wirkte, und gemeinsam legten sie den Apotheker quer über den Sattel. Er keuchte und stöhnte noch immer, aber Frederic ergriff die Zügel und sagte: »Verschwindet. Aber einer von Euch sollte den Schöffen Thyn zum Fährhaus bitten. Er soll sich um diesen Verbrecher kümmern.«

»Ich hol ihn Euch«, sagte das Fischerweib, das schon zuvor von den Mönchen gesprochen hatte.

Frederic warf ihr ein Silberstück zu, und die anderen raunten unwillig. Das Weib aber sagte leise: »Danke«, und verschwand.

Der Rückweg war beschwerlich, denn je mehr der Apotheker zu sich kam, desto weniger war er gewillt, auf dem Pferd zu bleiben. Auf der Höhe von Sankt Clemens blieb Frederic schließlich nichts anderes übrig, als den Mann mit einem Faustschlag zu beruhigen. Danach war es einfacher voranzukommen.

Reemt empfing ihn schon im Hof und packte Frederics Hände.

»Mein Kind, es war schon wieder in den Fluten. Und sie ängstigt sich doch so sehr vor dem Wasser.«

»Dieser Kerl hier wird für all das büßen, Fährmeister. Bindet ihn und schafft ihn in Eure Werkstatt. Wir werden ihn befragen, sowie er wieder aufwacht. Sind Witold und Cedric schon zurück?«

»Noch nicht, aber sein Bruder ist hier. Schaffen wir diesen fetten Kerl in die Werkstatt. Ein paar passende Planken stehen dort herum und auch ein paar Längen Taue.«

Haro und Frederic hatten den Apotheker gleich darauf zusammengeschnürt, und als er aufwachte, begann er zu plärren.

»Haltet Euer Maul, Kerl. Es hört Euch doch keiner«, beschied Frederic ihm kurz. »Und nun erzählt uns, was Ihr mit der Jungfer Myntha vorhattet.«

»Das Weib ist mir gefolgt, Herr. Sie ließ sich nicht abschütteln. Sie war so lästig, Herr.«

»Meine Schwester kann lästig sein, aber Männern wie Euch folgt sie nicht freiwillig. Sie ist benommen und wäre beinahe ertrunken. Also?«

»Sie hat mit meinem Gesellen getändelt. Er hat sie zu mir gebracht. Und dann hat sie mir schöne Augen gemacht. Ich konnte mich ihrer nicht erwehren, Herr. Die Sünderinnen wollen mich alle verführen. Solche wie sie haben mein Weib in den Tod getrieben.«

Haro packte den Mann am Hals und drückte seine fetten Wangen nach oben.

»Unsere Schwester verführt keine Männer. Und schon gar nicht solche Schlappbäuche wie Euch. Ist das klar?«

»Sie ist wie die Hure Babylons und ein Tort für die Männer. Alle Weiber sind Sünderinnen, alle wollen Unzucht mit mir treiben«, heulte der Apotheker.

»Dä hät doch ene Hau met de Pann krejen«, fauchte Lore, die dazugekommen war.

»Es war meine Faust, aber die hat solchen Unsinn nicht verursacht«, antwortete Frederic. »Aber vielleicht hilft deine Pfanne, Lore. Oder dieser schöne Hammer.«

»Schlach em op de Fööss.«

»Guter Vorschlag.«

Frederic holte aus, und der Apotheker heulte lauter.

Haro schüttelte ihn.

»Was wolltet Ihr von Jungfer Myntha? Raus damit!«

»Das Weib wollte mich verführen.«

Und da Frederic noch nicht zugeschlagen hatte, griff Lore zu einer großen Zange und kniff dem jaulenden Mann in die Wade. Dann fuhr sie mit der Zange höher und verhielt in seinem Schritt.

»Noch ein so dummer Spruch, und das Ding in deiner Bruche ist ab!«

»Halt, halt!«, schrie der Geselle, den Witold und Cedric in die Werkstatt schleppten.

»Ist der Kerl in der Lage, uns Auskunft zu geben?«, grollte Frederic.

»Versuchen wir es. Was wollte dein Meister von meiner Schwester, Junge?«

Der Geselle zitterte und stammelte, aber immerhin erfuhren sie von den Pastillen.

»Er hat welche für sie gemacht. Extra für sie. Ich durfte sie nicht probieren.«

»Wo sind die Dinger?«

»Weiß ich nicht.«

»Was haben sie enthalten?«

»Weiß ich nicht.«

Lore hatte die Zange sinken lassen und schlug leise vor. »Herr Cedric, reitet zu Trine am Neuen Markt. Sie kennt sich mit Giften aus.«

»Traust du dich, Meuric zu reiten?«, fragte Frederic. »Dann nimm ihn. Er ist schnell genug.«

»Ich schaffe das.«

Das Ross bockte zunächst, aber dann trug es den Tuchhändler. Witold rannte zur Fähre und ließ die vier wartenden Fahrgäste stehen.

Während Cedric und Witold sich um die Apothekerin vom Neuen Markt kümmerten, befragten Frederic und nun auch Reemt den Apotheker und den Gesellen weiter. Immerhin erfuhren sie, dass Myntha ihn nach dem Rezept der Pastillen gefragt hatte, die sie bei dem Turnier erworben hatte. Der Apotheker jammerte weiter, dass sie ihn verführen wollte, und erhielt eine klatschende Backpfeife von Reemt.

»Ihr seid von Sinnen!«, fuhr er ihn an. »Meine Tochter ist eine ehrbare Jungfer, und Ihr seid von jedem Witz verlassen.«

»Die Jungfer hat nicht mit ihm getändelt«, sagte der Geselle leise. »Meister Ole bildet sich in der letzten Zeit häufig ein, dass Frauen ihn in Versuchung führen.«

»Ach ja«, sagte Frederic. »Vielleicht auch die Badermaid Molly?«

»Die kenne ich nicht.«

»Lore, Haro, nehmt den Jungen mit in die Küche und gebt ihm einen Becher Most. Dabei wird ihm das Reden sicher leichter fallen.«

»Ich nehm die Zange mit.«

»Nein, Lore. Befragt ihn gütlich.«

»Wenn Ihr meint.«

»Kommt, Bursche. Ein Becher Most wird deine Kehle schmieren. Wir wollen hoffen, dass meine Schwester nicht dem Gift erliegt, das dein Meister in die Pastillen gemischt hat. Hilf uns, so gut du kannst.«

Die freundlichen Worte schienen den Gesellen zu beruhigen, und willig folgte er Lore und Haro, der ihn am Arm aus der Werkstatt führte.

»Und nun zu Euch, Meister Ole«, sagte Frederic und nahm die Zange auf. »Wo sind die Pastillen?«

»Ihr wolltet mich ersäufen. Ich habe alles verloren, da im Rhein«, jammerte der Apotheker.

Das mochte wahr sein. Und betrüblich.

»Dann spuckt das Rezept aus, Pillendreher! Oder muss ich es Euch mit der Zange aus dem Schlund ziehen?«

»Nur Honig und die *plantina acerbuia*.«

»Was ist das für ein Zeug?«

»Ein saures Kraut. Ganz harmlos.«

»Und warum liegt Jungfer Myntha jetzt besinnungslos in ihrem Bett?«

»Ich weiß es nicht. Sie wollte mich verführen. Das mag ihren Geist verwirrt haben.«

»Ihr seid ein Idiot, Apotheker.«

Und Reemt ließ den Hammer krachend auf Meister Oles Zehen fahren. Das Geschrei gellte ihnen in den Ohren.

»Lasst mal, Fährmeister«, sagte Frederic leise. »Zu den harten Befragungen kommen wir später.«

»Warum nicht jetzt?«

»Wir brauchen ihn bei Besinnung. Aber heizt schon mal eine Kohlepfanne an. Drohungen sind gelegentlich ganz nützlich.«

»Ihr seid schon gemein, Rabenmeister«, sagte Reemt grinsend und ging nach hinten in die Werkstatt.

Sie ließen den gefesselten Apotheker eine Weile alleine, in der Hoffnung, dass er sich auf seine Möglichkeiten besann. Von der Fähre her klang Hufschlag, und ein junger Mann sprang im Hof von Meuric. Er half einer Frau hinunter, und beide liefen auf Frederic und Reemt zu.

»Euer Freund kommt nach, er sagte, es sei dringend.«

»Oh ja. Trine, seid uns willkommen.«

Trine, die ihren grauen Zopf über die Schulter warf, machte eine leichte Verbeugung, und ihre Hände tanzten ihre lautlose Frage.

»Ich bin ihr Sohn, Fährmeister. Thado ist mein Name. Meine Mutter fragt, wie sie Euch helfen kann.«

»Kommt beide mit. Zuerst müssen wir aus diesem verdammten Apotheker herausholen, was er in die Pastillen gemischt hat, die er Jungfer Myntha gegeben hat. Und danach müsst ihr sehen, ob Ihr ihr helfen könnt. Meister Ole ist hier. Kennt Ihr ihn?«

Wieder tanzten Trines und Thados Finger, und Trine, die taubstumme Apothekerin, nickte.

»Wir kennen ihn, Meister Frederic. Aber nicht sehr gut. Wo ist er?«

»In der Werkstatt.«

»Gehen wir.«

Trine betrachtete den gefesselten Mann und trat dann näher an ihn heran. Sie schnüffelte vernehmlich. Ihr Sohn übersetzte ihre Handbewegungen für die anderen so beiläufig, dass es schien, als spräche die Apothekerin.

»Er hat ein Bad im Rhein genommen. Heute Morgen hat er einen Hirsebrei gegessen und schon ein Grutbier getrunken. An seinen Händen spüre ich einen Hauch von Honig und Limonen. Damit kann er die Jungfer Myntha nicht vergiftet haben.«

»Sucht weiter, ich bitte Euch. Er sprach von einem *plantinum*. Sagt Euch das etwas?«

»*Plantinum*. Was für ein Scharlatan«, spuckte Thado verächtlich aus. »Vermutlich meint er *planta*, also einfach Pflanze.«

Wieder schnüffelte Trine an dem Apotheker, dem das sichtlich Unbehagen bereitete.

»Habt Ihr seine Taschen schon durchsucht? Meine Mutter meint, er müsse die Pastillen noch bei sich tragen.«

Meister Ole zappelte wild, als Frederic diesem Vorschlag folgte, und in der Tat fand sich ein durchweichtes Beutelchen an seinem Gürtel, in dem noch zwei Pastillen klebten.

Trine sog tief den Atem ein, und ihre Finger signalisierten selbst Frederic höchste Gefahr.

»Er hat einen Auszug aus Tollkirschen daruntergemischt, Meister Frederic. Tollkirschen sind ein böses Gift, auch wenn sie nicht schlecht schmecken. Wenn die Jungfer davon geschluckt hat, bringt sie unbedingt zum Erbrechen. Und lasst sie viel trinken. Mit Wasser verdünnten Wein am besten.«

Reemt stürzte aus der Werkstatt, Lore folgte ihm.

»Tollkirsche also?«, fauchte Frederic.

»Die Hexe lügt!«, kreischte der Apotheker.

»Nicht nur ein Stümper und ein Scharlatan, sondern auch ein Mörder und ein Lügner. Er behauptet, Jungfer Myntha hätte ihn verführen wollen.«

Trines Finger bewegten sich flink. Und Thado sagte: »Damit könnte er leider recht haben. Für eine kurze

Weile macht die Tollkirsche wirklich toll. Aber dann setzt Übelkeit ein, und manchmal Bewusstlosigkeit.«

»Könnt Ihr sie retten?«

»Lore wird sich um sie kümmern. Was müsst Ihr noch wissen?«

»Wir haben den Schöffen verständigt, der die Morde an den jungen Frauen untersuchen soll. Er ist zwar ein raffgieriger Großtuer, aber letztlich muss er dem Gericht einen Angeklagten liefern. Und hier haben wir einen Beweis für eine Untat. Und ich selbst kann bezeugen, dass er die wehrlose Jungfer in den Rhein stoßen wollte.«

»Und diese Pastillen bezeugen, dass er sie vergiften wollte. Jeder andere Apotheker wird Euch das bestätigen.«

Plötzlich durchschnitten gellende Schreie die Luft.

»Myntha!«, brüllten Witold und Haro gleichzeitig. Thado und Trine rannten los, die beiden Brüder folgten ihnen. Frederic hätte sich ihnen gerne angeschlossen, aber er wollte den Apotheker nicht alleine lassen. Doch er ahnte, was passiert war – Myntha war aufgewacht und erinnerte sich daran, dass sie in den Rhein geworfen worden war.

»Das, Ihr verdammter Pillendreher, werdet Ihr büßen«, knurrte er kurz, dann fuhr seine Faust erst in Meister Oles Magen und dann auf sein Kinn.

Einem dritten Schlag entging der Apotheker nur, weil der Schöffe in die Werkstatt kam.

»Hier habt Ihr Euren Mörder. Scheut Euch nicht, ihn zu befragen, Schöffe. Aber untersteht Euch, jemanden für ihn bürgen zu lassen.«

»Ihr habt durch Prügel ein Geständnis erhalten?«

»Das überlasse ich Euch. Wir haben allerdings Beweise für seine letzte Tat.«

Und damit verließ auch er die Werkstatt.

Die Schreie hatten aufgehört, und als er in Mynthas Kammer trat, hielt Reemt seine Tochter an sich gedrückt, und ihre Brüder redeten sanft auf sie ein. Trine aber streichelte sie und hielt ihr einen Becher an die Lippen.

»Wird sie es schaffen?«, fragte Frederic leise.

Thado nickte. »Sie wird das Gift los, aber nicht die bösen Träume. Geht jetzt, wenn Ihr ihr ihre Würde lassen wollt.«

Als Myntha zu würgen begann, zog Frederic sich zurück. Doch er kochte noch immer vor Wut.

33. Kapitel

Myntha hatte sich einige Tage sehr schlapp gefühlt und unter bösen Bauchschmerzen gelitten. Aber alle kümmerten sich um sie und berichteten ihr, was geschehen war. Der Schöffe hatte den Apotheker mitgenommen und im Kerker festgesetzt. Ob tatsächlich niemand für ihn gebürgt hatte oder ob die Warnung des Rabenmeisters gewirkt hatte, wussten sie nicht, aber schon nach drei Tagen holten die Büttel den Mann ab, um ihn nach Porz zu bringen, wo ihm der Prozess gemacht werden würde.

Tagsüber ging es ihr inzwischen immer besser, doch in ihren Träumen wurde sie von entsetzlichen Mahren heimgesucht. Agnes und Lore verbrachten die Nächte in ihrer Kammer und weckten sie, wenn ihr Schlaf unruhig wurde und sie glaubte, ertrinken zu müssen.

»Lasst mich meine Arbeit machen, Lore. Sie lenkt mich ab.«

»Ihr seid noch immer ein schlaffes Kräutlein.«

»Dann mache ich sie eben langsam.«

Es ging. Sie saß neben Enna am Küchenkamin, hörte deren gemurmelten Versen zu, nahm Fische aus, mörserte Gewürze, zupfte Kräuter, stopfte Leinen. Und murmelte die blutrünstigen Verse mit, die das Schlachten der Recken auf Kriemhilds Befehl beschrieben.

»›Tausend und viere die kamen in das Haus:
Da hörte man erklingen den hellen Schwertersaus.
Sie wurden von den Gästen alle drin erschlagen:
Man mochte große Wunder von den Burgunden sagen.‹«

Die Beschreibung der blutigen Kämpfe beruhigte seltsam ihr Gemüt, und schon wenige Tage später suchte sie die Gärten auf, um das Unkraut zu rupfen, das erste Gemüse zu ernten, die Erbsen- und Bohnenranken aufzubinden und mit Mico zu spielen. Der dreibeinige Kater schien zu merken, wann wieder düstere Gedanken sich ihrer bemächtigten, und dann drehte er schnurrend seine Achten um ihre Beine.

Schließlich brachte Witold die Nachricht, dass der Apotheker die Morde an den jungen Frauen gestanden hatte und zum Tode verurteilt worden war. Und auch der Raubritter Bernolph war gefasst worden und befand sich im Kerker des Herzogs, so hatte der Ritter von Lunerke mitteilen lassen.

»An Fronleichnam wird ihm seine Ritterwürde aberkannt. Der Herr von Odenhausen fragt an, ob Ihr, Euer Vater und Eure Brüder diesem Akt beiwohnen wollt. Auch Eure Damen sind herzlich eingeladen.«

Myntha hätte wohl zu gerne ein heißes Kribbeln verspürt, denn die Einladung des Herrn Johannes war sicher nicht ohne Absicht ausgesprochen worden. Doch es lag eine trübe Gleichgültigkeit auf ihrem Gemüt. Da aber Hennings Vergeltung geübt werden sollte, erklärte sie sich bereit, mit ihrer Familie nach Düsseldorf zu reisen.

Das Gericht fand unter freiem Himmel auf dem Burgplatz statt, eine Tribüne war errichtet und ein Schandgerüst aufgestellt.

»Was haben sie mit dem Ritter vor? Soll er öffentlich hingerichtet werden?«, fragte Myntha Frederic, der sich an ihre Seite gestellt hatte.

»Das kann ich Euch nicht beantworten, Jungfer Unhold. Hättet Ihr es gerne?«

»Nein. Ich mag Hinrichtungen nicht besonders.«

»Das öffentliche Sterben ist eine Mahnung, sich nicht zu versündigen. Aber ich denke, das hier wird eine größere Demütigung für den Ritter werden. Und vermutlich wäre er wohl dankbar für einen schnellen Tod, wenn diese Zeremonie vorbei ist.«

»Wie auch immer, ich hoffe, es heilt Hennings Wunden.«

»Sie sind schon geheilt«, murmelte der Rabenmeister. »Er hat seine Würde wiedergefunden.«

»Ja, so sieht es aus.«

Henning, in den Farben der Löwenburg, ritt neben dem Herrn von Odenhausen auf den Burgplatz. Zwei eifrige Jungen nahmen ihnen die Pferde ab, und Myntha lächelte unwillkürlich, als die beiden Männer auf sie zukamen. Hennings Haltung war aufrecht und stolz. Es umgab ihn ein Nimbus von Ernst und Geltung, der zuvor nicht erkennbar gewesen war. Aber er war der Erbsohn eines einflussreichen Mannes und hatte schon als Kind gewusst, dass er einst eine wichtige Rolle spielen würde. Vielleicht war es ihm deshalb auch gelungen, die langen Monate der Erniedrigung zu ertragen.

»Meister«, sagte er eben und kniete vor Frederic nieder. »Jungfer Myntha, Comtesse Agnes, Fährmeister. Ich grüße Euch und entbiete Euch meinen Dank. Auch mein Vater möchte Euch seine Wertschätzung übermitteln.«

»Lasst es gut sein, Jungherr. Ihr habt Euch botmäßig und anständig in Euer Schicksal gefügt. Und die Zeit mit Euch, Jungherr Henning, war mir stets ein Vergnügen. Und nun lasst uns sehen, wie der Mann, der Eurem Ritter und Euch Schaden zugefügt hat, seine gerechte Strafe erhält.«

Henning erhob sich.

»Ja, Meister, es war eine lehrreiche Zeit bei Euch. Gestattet nun, dass ich meinem Herrn zur Seite stehe. Auch ein Knappe hat seine Aufgaben«, fügte er mit einem kleinen Lächeln hinzu.

»Meine Güte, Ihr könnt aber vornehme Reden drechseln«, sagte Myntha leise zu dem Rabenmeister.

»Hat der Junge es nicht verdient, Jungfer Unhold?«

»Doch, sicher. Aber er kommt mir so fremd vor.«

»Er ist in seine alte Haut geschlüpft. Ich finde, sie steht ihm.«

Auch Ritter Johannes von Odenhausen kam zu ihnen und grüßte sie freundlich. Doch die Fanfaren verhinderten, dass er länger bei ihnen verweilen konnte. Er musste seinen Platz bei der Ritterschaft einnehmen.

Ein Gremium von Richtern und Schöffen eröffnete die Zeremonie, der Herzog und sein Bischof forderten sie auf, die Anklagen gegen den Ritter Bernolph von Dalberg zu verlesen. Die Büttel brachten den Angeklagten zum Richtplatz, und Myntha entfuhr ein Laut des Erschreckens. Ein gebrochener Mann kniete dort, man war nicht freundlich mit ihm umgesprungen. Doch die kleine Regung des Mitleids schwand, als sie die Klagen hörte. Es war eine lange Liste höchst unerfreulicher Taten. Mord und Raub, Brandschatzung und Entführung, Vergewaltigung und weitere Rechtswidrigkeiten wurden ihm zur Last gelegt. Zudem aber war es die Missachtung der ritterlichen Tugenden, die man ihm vorwarf und derentwegen er seine Ritterwürde verlieren würde.

Man führte ihn auf das Gerüst, und der Henker zerbrach seine Waffen und seinen Schild. Hohnworte wurden laut und schwollen zu einem wütenden Geschrei an.

Henning, so stellte Myntha fest, schwieg jedoch. Aber er sah zu Bernolph hin, und als ob dieser den flammenden Blick bemerkte, hob er seinen Kopf und erwiderte den Blick. Hennings Gesicht blieb reglos. Doch dann zuckte ein kleines kaltes Lächeln über seine Züge, und Bernolph drehte sich weg.

Zwei Büttel traten mit einer Bahre vor, man stieß den Angeklagten darauf und breitete ein schwarzes Tuch über ihm aus. So bedeckt trug man ihn zur Kirche. Die Gesellschaft folgte dem Totenzug, und der Bischof hielt die Totenmesse.

Bernolph mochte später lebend die Kirche verlassen, doch er galt nun als tot und all seiner Rechte beraubt. Seine Spießgesellen waren gefasst oder geflohen, die Ritter würden ihm keine Hilfe bieten. Er war geächtet und würde betteln müssen, um überleben zu können.

»Der wird wieder auf die Füße kommen«, murrte Frederic. »Und noch mehr Unheil anrichten. Aber nicht hier.«

»Glaubt Ihr?«

»Man hat ihm die Würde aberkannt, aber seine Fähigkeiten hat er nicht verloren. Er kann kämpfen, und Söldner werden immer gesucht.«

»Rauben, morden, brandschatzen. Man hätte ihm besser den Kopf abgeschlagen.«

»Sprecht Euren unholden Bann über ihn, Jungfer, dann wird er auf dem nächsten Schlachtfeld verrotten.«

»Lasst mich in Ruhe, Rabenmeister«, sagte Myntha bitter und wandte sich dem Ritter Johannes zu, der ihre Aufmerksamkeit erheischte.

Frederic ritt mit düsterer Miene nach Hause. Nicht nur seinen Gehilfen hatte er an den edlen Ritter von Odenhausen verloren. Es schien auch, als habe sich die Gunst der Jungfer von ihm abgewandt. Unseligerweise war er darüber verärgert.

Warum eigentlich?